Dreh' dich nicht um.

Bibliografische Information der Deutschen Nationalbibliothek: Die Deutsche Nationalbibliothek verzeichnet diese Publikation in der Deutschen National-bibliografie; detaillierte bibliografische Daten sind im Internet über http://dnb.dnb.de abrufbar.

© 2024 Hans-Manfred Milde

Buchgestaltung: Michael Milde
Verlag: BoD • Books on Demand GmbH, In de Tarpen 42, 22848 Norderstedt
Druck: Libri Plureos GmbH, Friedensallee 273, 22763 Hamburg

ISBN: 978-3-7597-7724-9

Hans-Manfred Milde

Dreh dich nicht um.

Erzählung

Hochzeitsmorgen.

Die Kühe heben verwundert ihre Köpfe. Lange bevor die Sonne die Nachtschatten auflöst, ihre Reste in die Stallecken vertreibt, wird frisches Heu in die Krippe gelegt. Auch der Griff ans Euter ist ungewohnt um diese Zeit. Die Kühe lassen gewähren, füllen die Eimer nur zur Hälfte. Józef ist damit zufrieden, den Rest wird er am Abend ausmelken.

Dann ist es so weit.

Im blauen Hochzeitskleid schreitet Maria durchs Hoftor. Józef trägt ihren Arm. Der kleine Léon liegt im Kinderwagen. Ein Nachbarmädchen, die Urszula Krychowiak, schiebt ihn hinter dem Brautpaar her. Die Straße wirkt wie ausgestorben, der Kirchturm ist schon zu sehen.

Plötzlich stockt Marias Schritt. Zweifel wachsen, Qualen der Ungewissheit halten sie fest. Józef streichelt ihren Arm.

Dreh dich nicht um, sagt er. Was hinter uns liegt, ist vorbei. Was vor uns liegt steckt voller Geheimnis. Ein neues Leben beginnt. Dreh' dich nicht um.

Vater.

Dick gegen die Kälte geschützt trat Wilhelm Menzel aus dem Haus. Unter der Tür blieb er stehen, öffnete seine Hände, drehte ihre schwieligen Flächen nach oben, wollte sie segnen lassen. Vom Großvater hatte er diese Geste übernommen. Traditionen weiterzutragen, bereitete ihm Freude.

Die im rechten Winkel gebauten Gebäude (Wohnhaus, Scheune, Remise) zwangen den Hof ins Quadrat. Zur Dorfstraße schützte eine übermannshohe Mauer, durchbrochen von einem zweiflügeligen Tor für Fuhrgespanne oder Autos. Daneben ein kleines Eingangstor aus Sandstein für Kunden und Besucher. Im Firststein ist die Zahl 1769 eingemeißelt. Balthasar Menzel war der Erste der langen Gärtnerreihe. In seinem dreiunddreißigsten Lebensjahr hieb er sie in den Torbogen. Generation folgte auf Generation. Nun war es an Wilhelm, sie weiterzuführen. Soviel er wusste, (mehr gaben die Kirchenbücher des kleinen Dorfes nicht preis), folgte auf Baltasar ein Benjamin. Danach kamen Gottfried und Gottlieb. Letztgenannter sein Großvater. Nach ihm Vater Karl. Und nun er. Nicht nur Jungpflanzen, die furchtsam aus den Samenkörnern krochen, fanden Geborgenheit und Schutz bei den Menzels. Alle Lebewesen, die Not verspürten, fanden bei ihnen sicheren Hort. Ganze Geschichten gäbe es zu erzählen, wäre nur Zeit.

Fest eingemummt stapfte Wilhelm in dieser Januarnacht durch den Schnee. Alle drei Stunden musste er ins

Treibhaus, Koks nachschaufeln, sonst verglomm die Glut. Vor der gläsernen Tür blieb er stehen und starrte zum Himmel. Farbige Wellen zogen bunte Bänder. Zartestes Grün wechselte in faserndes Gelb. In den Glasscheiben spiegelte sich der himmlische Zauber wider. Kein Laut war zu hören, die Stille stand wie ein starker Baum. Verstört lehnte sich Wilhelm an die niedere Mauer, das Wunder des nächtlichen Schauspiels erregte ihn. Schrecken und Staunen begannen zu balancieren. Alle Ambivalenzen menschlicher Gefühle durchströmten ihn. Aus seiner Hosentasche, (in der sich neben Messer und Bindfäden auch eine halbvertrocknete Kastanie befand), zog er sein Taschentuch und wischte über sein Gesicht.

Schon vor drei Stunden war ihm ein eigenartiges Leuchten aufgefallen. Er hatte gefürchtet, in einem der nach Norden liegenden Dörfer brenne eine Scheune. Die Angst der Menschen, das angstvolle Schreien der Kühe und Schweine, das Gegacker der Hühner, das Geschnatter der aufgescheuchten Gänse, alles war ihm leibhaftig geworden. Das war vor drei Stunden. Jetzt wusste er den brennenden Himmel zu deuten. Mit fahrigen Händen suchte er zu greifen, was weder zu fassen noch zu begreifen war. Er befingerte die eiskalte Luft, in die sein Atem eine lange weiße Fahne schickte. Als er ansetzte zu sprechen, zerriss das weiße Band und bildet kleine zerfasernde Inseln. Wie Traumbilder schwebten sie vor seinen Augen.

Ja, ja, nee, nee - doas gibt es nich. Das kann es nicht geben. Ein Polarlicht bis hierher zu uns ins Schlesische? Nee, das gibt es nicht.

Wilhelm stotterte, suchte mit der rechten Hand nach der Stelle, an der sein Herz verborgen lag, doch seine Finger verirrten sich in der Fütterung seiner Jacke. Sein Herz lag weit entrückt. Sein Kopf glühte. Es kostete Kraft, die Augen zu schließen, aber die wehenden Farben blieben, brannten sich ein. Um sicher zu gehen, dieses Wunder der Natur sei noch über ihm, öffnet er seine Augen erneut und fuhr mit seiner kalten Hand über die heiße Stirn, als könne er damit Irrgärten verwischen. Halluzinationen vertreiben. Die Farben blieben, webten neue Bilder, wogten auf und ab.

Nun ja, nu nee. Das muss een Nordlicht sein. Een Polarlicht bis hier zu ins, doas gibt es doch gar nicht. Ich weeß nicht, ich weeß nicht.

Wilhelm Menzel war kein gebildeter Mann. Er hatte die Schule des kleinen Dorfes besucht, danach bei einem befreundeten Gärtner die Lehre begonnen. Zwei lange strenge Jahre wurden das. Wie man sät, Keimlinge pikiert, Pflanzen in größere Töpfe umtopft, das alles wusste Wilhelm vom Vater. Manches machte der Lehrmeister anders, sollte er doch. Nur wenn der Lehrmeister die Art, wie es Vater machte, unmodern oder gar falsch nannte, geriet Wilhelm in Zwiespalt.

Alles, was die Natur vollbrachte, alles, was außergewöhnlich war, faszinierend, ans Lemurenhafte grenzte, interessierte ihn über alle Maßen. Nordlichter werden auch Polarlichter genannt, wurde ihm in der Dorfschule gelehrt. Ein Wunder der Natur nannte es der Lehrer und weckte Wilhelms Interesse. Fotos des gewaltigen Himmelsschauspiels kannte er, doch mit eigenen Augen hatte er noch keines zu Gesicht bekommen. Trotz klirrender Kälte verharrte er und begann zu träumen. Seine Gedanken trugen ihn in die eisige Kälte des Nordpols. Doch wie kommt ein Gärtner aus der Mitte Schlesiens so hoch in den Norden, wenn nicht durch Krieg? Allein Kriege waren es, welche die kleinen Leute in die große weite Welt führten. Mit Varus von Rom in den Teutoburger Wald. Mit Gustav Adolf von Schweden nach Franken. Mit Steuben nach Amerika. Mit Napoleon von Paris nach Moskau. Für den deutschen Kaiser von Schlesien nach Verdun. Doch jetzt beim Anblick der wehenden Lichter fanden derartige Gedanken bei Wilhelm keinen Eingang, weder in seinen Kopf noch in sein Herz. Beides war übervoll. Verunsichert brummelte er leise vor sich hin, als fürchte er, die Stille zu stören.

Bis nach Hamburg soll manchmal so ein Nordlicht scheinen, wenn's überaus stark ist. Aber bis hierher ins Schlesische, nee, das gibts doch nicht. Das gloob ich nich.

Durch alle Fasern seiner Haut drangen die wechselnden Farben tief in ihn ein. Vorsichtig tastete er sich zur Tür. Sie war mit Eis überzogen, der Frost hatte sie verklemmt. Kräftig musste er ziehen, bis ihm endlich die feuchte Wärme ins Gesicht schlug. Wie eine Erlösung empfand er es. Hier im Treibhaus quoll sein Leben. Hier war der Speicher der Geheimnisse des Werdens und Vergehens. Mit seinem Garten und seinen Pflanzen war er längst eine Symbiose eingegangen. Traumtänzer hatte ihn der Vater genannt, hatte gefürchtet, der Sohn werde eines Tages Gedichte über Blumen schreiben, statt Unkraut zu zupfen oder mit der Harke den Boden zu lockern. Der Vater irrte.

Im schwachen Schein der Taschenlampe bewegte sich Wilhelm durch den engen Gang, ließ dabei seine Hand über das Grün des Asparagus gleiten. Ein schneller Blick huschte über die keimenden Pelargonien, über Nelken und Primeln. Freude empfand er dabei nicht. Im Gegenteil. Er fürchtete, in ihm könne ein Irrsein erwachsen. Hatte er draußen gesehen, was die Leute gemeinhin *Gesichter* nennen?

Erst im Heizungsraum fühlte er sich geborgen. Jeder Handgriff, jede einzelne Bewegung war ihm vertraut. Aus dem geöffneten Feuerloch überflutete ihn rotglühendes Licht. Wilhelm hielt der Glut seine gespreizten Hände entgegen, streckte das Kinn weit nach vorn. Die Augen hielt er geschlossen. Wärme und Farben des Feuers drangen auch so tief in ihn ein.

Mein Gott, Wilhelm, du bist doch erst achtunddreißig, da kannste doch nicht schon verblöden.

Gewaltsam riss er die Augen wieder auf, löste Hände und Gesicht von der Wärme und griff nach der Gabel. Mit geübtem Schwung warf er vier Schippen Koks in den glühenden Schlund und stellte zufrieden die Gabel wieder zurück. Sorgsam verschloss er die Ofentür, kramte aus seiner Joppe die Taschenlampe hervor. Weil sie nicht aufleuchten wollte, klopfte er sie gegen das warme Eisen des Ofens. Das Klopfen half. Den Lichtstrahl richtete er auf das am Kessel befindliche Thermometer; was er sah, befriedigte ihn. Vorsichtig drehte er sich wieder um und tastete zum Ausgang. Noch bevor er den ersten Schritt in die gespenstische Nacht wagte, verharrte er und begann mit schwerem Atem zu sprechen.

Wenn ich jetzt raus komm' und das Polarlicht leuchtet noch immer, dann hol' ich die Frau, damit sie's auch sieht. Und dem Mariele zeig' ich's auch.

Der Gedanke gefiel ihm. Am Nordhimmel waberten noch immer die Farben, liefen in Wellen auf und ab. Das Grün leuchtete kräftiger als vorher. Mit großen Schritten eilte Wilhelm zurück ins Haus, stürzte in die Wohnstube und plapperte los.

Frau, komm, schnell, ich zeig' dir was, was du noch nie gesehen hast, in deinem ganzen Leben nicht. Und Mariele muss auch mit.

Mutter.
Die hölzerne Eckbank war Henriettes Domizil. Nach getaner Arbeit kuschelte sie in den Kissen, zog sie eng um ihren Körper, als müsse sie sich verbarrikadieren.

13

Sie liebte das Lesen. Niemals wäre sie draußen im Hof oder im Garten mit einem Buch herumgelaufen. Allein aus Furcht, die Nachbarn würden über sie Spott ausschütten. Sie ist halt eine aus der Stadt, würden sie labern; sie will angeben, wie gebildet sie ist.

Angeben wollte sie nicht, blieb deshalb im Haus, drückte ihren Rücken in die Kissen. So lag sie bequem, hielt das Buch mit beiden Händen und wiegte den Kopf. Geflüstert hauchte sie die Worte, die sie gerade las.

Hätt' ich irgend wohl Bedenken
Balch, Bochara, Samarkand,
süßes Liebchen, dir zu schenken,
dieser Städte Rausch und Tand?!
Nein, er hatte keine Bedenken. Nackt ist sie am schönsten!

Still seufzte Henriette in sich hinein, streichelte zärtlich über das Buch. Der Roman *Wanda* von Gerhart Hauptmann war ihr ans Herz gewachsen. Zwei Jahre nach der Hochzeit mit dem Gärtner Wilhelm Menzel war ihr bei einem Besuch im Elternhaus in der *Vossischen Zeitung* eine Artikelserie in die Hände gefallen, die unter dem Titel *Der Dämon* veröffentlicht wurde. Mit großer Begeisterung hatte sie alles gelesen und die Eltern gebeten, die Fortsetzungen für sie aufzuheben. Zum Weihnachtsfest kam die Überraschung. Der inzwischen als Buch erschienene Hauptmann-Roman *Wanda* lag unter dem Baum. Wenn sie jetzt darin las, zog sie

Vergleiche zu ihrem Leben, stellte ihre Welt gegen die des Künstlers Paul Haake. Seelennahrung nannte sie es. Vor Jahren hatte sie Gerhart Hauptmanns Roman *Die Insel der großen Mutter* gelesen. Bei aller Schönheit der Sprache, der Fülle der Leidenschaften, blieb es für sie eine ferne Welt. Gut hätte sie sich vorstellen können, eine der gestrandeten Frauen auf der *Île des Dames* zu sein, ihren Part zu spielen im Kreis dieser Frauenrepublik. Auch der Schönheit der Südseeinsel zu erliegen wäre ihr sicher gelungen; vielleicht auch Phaon, dem Jüngling. Doch dieses Inselleben lag weit weg in einer fremden, wenn auch schönen Welt. *Wanda* dagegen, dieses Zirkusmädchen, das hätte auch hier gastieren können, hier in dem kleinen Dorf, in dem sie jetzt lebte. Alles, was im Roman *Wanda* geschah, atmete die Luft, die auch sie umgab.

Warum bin ich nie einem Paul Haake begegnet. Warum ist kein Mann zu mir in so großer Liebe entbrannt, wie dieser geniale Bildhauer zu dieser schmutzigen Seiltänzerin?

Diese Frage stellte sie sich immer wieder. Müsste ich arm sein, im kalten Winter hinter dem Schweidnitzer Keller Streichhölzer feilbieten? Arm und Elend, die Haare voller Perlenschnüre, die nichts weiter als Läuseeier waren? Wäre ich nur so einem leidenschaftlichen Mann wie diesem Künstler Paul Haake aufgefallen? Die gepflegte Tochter eines Beamten der Stadtverwaltung bleibt da ohne Chance. Liebe, was ist das? Gibt es diese großen leidenschaftlichen Lieben nur für besondere

Menschen? Für besonders Reiche? Besonders Geniale? Dieses verlauste Mädchen Wanda Schiebelhut – (allein schon dieser Name) - wie ein Engel, der aus Versehen aus dem Himmel gefallenen ist, so hat sie der Bildhauer Paul Haake gesehen und geliebt. Das ist Leidenschaft. Liebe!

Henriette spürte Röte ins Gesicht ziehen. Ohne aufzublicken, schob sie einen roten Wollfaden zwischen die Seiten, klappte mit einer schwermütigen Bewegung das Buch zu und ließ ihre Hände auf ihm liegen, als wolle sie alles, was darin geschrieben stand, beschützen. Manchmal ärgerte es sie, dass Wilhelm keine Bücher las. Seine Welt war eng. Haus, Garten, Wochenmarkt, mehr war da nicht. Der Mittelpunkt seines Lebens war sie nicht. Ein Amts Akt vollzog den Wandel. Nun lebte sie in diesem verschlafenen Dorf. Was ihr zuerst als Paradiesgarten erschien, wurde bald zur Einöde, manchmal gar zu einem Zwinger. Auszubrechen aus dieser Abgeschiedenheit hatte sie nie versucht. Pflichterfüllung nannte sie es. Allein mit Hilfe ihrer Bücher versuchte sie, diese unsichtbaren Gitterwände zu überwinden. Freiräume zu erträumen. Ihre Bücher waren es, die sie in andere Welten führten, ihrer Sehnsucht uferlose Meere boten. Kam sie nach harter Gartenarbeit am Abend müde ins Haus, träumte sie sich in den Schlaf. Manches Mal hegte sie heimlich den Wunsch, in ein leichteres Geschäft eingeheiratet zu haben; in eines, welches kein Staketenzaun abgrenzt. Fand sie bei der Arbeit eine Weinbergschnecke, deutete sie ihr Gleichnis: Ans Haus gefesselt, die Fühler aber weit voraus in der Ferne gestreckt. Die Bilanz ihrer Ehe hieß *Zufriedenheit*. Unter *Glücklichsein* verstand sie etwas anderes. Oft hatte sie nachgegrübelt, wie es dazu gekommen war. Schuld gab sie den Freitagen. Am Freitag war in der Stadt Markt. Gurken, Tomaten, Radieschen, Mohrrüben, Oberrüben, Salate und viele andere Gemüse wurden zum Verkauf angeboten. Auch Blumen. An einem dieser Freitage geschah die Annäherung. Beim Auswählen geradegewachsener Mohrrüben war ihr eine Kiste umgefallen. Der Gärtnerjunge hatte sie angelacht und gefragt, ob sie die Möhren essen wolle oder einen Blumenstrauß daraus binden. Frech empfand sie das. Aber mit seiner geraden Haltung, seinem sonnengebräunten Gesicht hatte er Eindruck hinterlassen. Sie war damals mit Oskar aus Kunzendorf befreundet. Oskar arbeitete in der Spinnerei, war blass und ausgezehrt von der Arbeit. Außerdem plante er, nach Amerika auszuwandern. Durch die Stadt lief das Gerücht, die Fabrik werde geschlossen. Als Arbeitsloser kann ich dich nie heiraten, hatte er geklagt. In Amerika finde ich Arbeit, das kannst du mir glauben. Gebettelt hat er: Komm mit nach Amerika.

Auswandern? Mutter gab sich empört. Wenn der Oskar eine reiche Amerikanerin kennenlernt, verlässt er dich. Dann sitzt du allein herum, verstehst die fremde Sprache nicht und heiratest in deiner Dummheit einen Schwarzen. Mütter haben ihre eigene Logik. Auch Vater redete dagegen. Seine ewigen Sprichwörter mussten dafür herhalten. *Bleibe im Lande und nähre dich redlich.*

Der Gärtnerjunge sah nicht nur besser aus als Oskar, in der Gärtnerei wuchs das Essen hinterm Haus. Eine Freundin hatte ihr geholfen den Namen des Gärtnerjungen auszuklamüsern. Wilhelm Menzel.

Verträumt wischte Henriette eine Locke von der Stirn; es sah aus, als wolle sie ihre Gedanken auslöschen.

Am nächsten Freitag hat er mir eine Rose geschenkt. In der Mitte honigfarbiges Gold, die Blütenblätter darum in feurigem Rot, die Ränder mit gelben Streifen. Was Rot bedeute, wisse ich wohl, hat er mich angelächelt. Die gelbe Farbe stehe für Eifersucht. Er habe mich in der vorigen Woche mit einem anderen Mann gesehen, deshalb gehöre das Gelb in die Rose.

Zu gut erinnerte sich Henriette an diese Worte. Auch im Benehmen konnte es der Gärtnerbursche mit Oskar aufnehmen. So kippte die Waage. Von da an war sie regelmäßig zum Wochenmarkt gegangen, hatte auf Amerika verzichtet. Heute klang das skurril. Drei Bagatellen hatten sie verführt, in dieses kleine Dorf gelockt. Ein Lächeln aus braungebranntem Gesicht. Eine Rose mit roten Rändern. Die Aussicht auf gesichertes Essen. Das Schicksal kann grausam sein. Doch Henriette glaubte, alles sei vorbestimmt. So hatte sie sich für Wilhelm entschieden. Aber die Sehnsucht war ihr geblieben. Nicht nach Oskar, sondern nach der Ferne. An ein Leben hinter dem Horizont. Eine Postkarte mit der Ansicht der fackeltragenden Freiheitsstatue von New York brachte alte Gefühle zurück.

Henriette seufzte tief. Andere Wünsche hielten sie besetzt. Sonntags in der Stadt spazieren gehen. Schaufenster betrachten. In einem Café sitzen, vorübergehenden Menschen zuschauen. Stadtluft atmen. Sonntags fuhr aber kein Omnibus. Sollte sie Wilhelm bitten, sie mit dem Lieferwagen in die Stadt zu fahren, abends wieder abzuholen? Nein, das wollte sie nicht. Sie wusste nicht einmal, ob sie es annehmen würde, böte er es ihr an. Lieber verträumte sie die Sonntage in der Stube. Dreizehn Jahre normales Eheleben lagen hinter ihr, ein einziges Kind hatte sie geboren. Ob sie ein Zweites gewollt hätte, wusste sie nicht. Liebe, echte Liebe, wie die eines Paul Haake, hatte sie nicht erlebt. Sie wusste nicht einmal, ob sie alles wusste, was sie als Frau wissen sollte. Ein aufklärendes Buch gab es nicht, mit den Eltern darüber sprechen wäre ihr nicht im Traum eingefallen. Den wahren Grund für die schnelle Heirat kannte nur sie. Zwölf Wochen vor der Hochzeit hatte sie erstmals ihren Schoß für Wilhelm geöffnet, danach gefürchtet, Ungewolltes könne geschehen sein. Die Angst vor Schande im Kleinstadtmilieu ließ sie schnell heiraten. Erst vier Jahre später wurde sie schwanger. Vier Jahre kopuliert mit den gleichen eintönigen Gefühlen. Kaum hatte sie entbunden, kam die nächste Enttäuschung.

Hätt' mir einen Sohn gewünscht! Ich brauch doch einen, der den Namen Menzel weiterträgt.

Wilhelms Kommentar hatte sie schwer verletzt. Neun lange Jahre waren seit Marias Geburt vergangen, noch immer kein Junge.

Liegt es an mir? Oder an Wilhelm?

Blütenblätter der Gänseblümchen abzupfen, dabei die Frage stellen: *Er liebt mich ... er liebt mich nicht ... er liebt mich ... er liebt mich nicht ...* Henriette hätte sich das nie getraut. Aber beim Auszupfen zu dicht stehender Salatpflänzchen hatte sie heimlich abgezählt: *Es liegt an ihm ... es liegt an mir ... es liegt an ihm ... es liegt an mir*. Das Leben ist widersprüchlich, man kann es ohne Glauben an Wunder nicht bestehen.

Wilhelm stürmte in die Stube, verscheuchte alle Gemütlichkeit. Zögernd schob Henriette ihr Buch auf den Tisch, blickte aber nicht auf.

Frau komm. Draußen gibt's was, so was hast du noch nie gesehen. Glaub' mir, das ist was Einmaliges.

Henriette hob den Kopf und mahnte, leise zu reden, das Kind schlafe schon. Wilhelm hörte nicht auf ihre Worte und stürmte die knarrende Holztreppe hinauf. Selbst wenn das Kind schliefe, er würde es wecken.

Mariele? Maria!

Das Mädchen spürte die Erregtheit in Vaters Stimme, die so verlockend klang.

Was ist denn, Vatel?

Komm, Mariele, kumm ock. Steh auf, ich zeig' dir was, was du noch nie gesehen hast. So was wirst du in deinem ganzen Leben nimmer sehn. Kumm schnell.

Der siebenjährigen Maria war, als reite Vaters Stimme auf einer lang nachschwingenden Glocke, erzeuge Echo. Sie legte ihr Märchenbuch zur Seite, verließ Dornröschen, die hinter der Rosenhecke auf die Ankunft des Prinzen gewartet, der sie mitnehmen wollte auf sein Schloss in einem fremden Land. Maria war gewiss, auch zu ihr werde eines Tages ein Prinz kommen, sie mitnehmen in ein fremdes Land, werde ihr ins Ohr raunen: *Kumm ock, Maria, komm!*

Vaters Worte klangen wie ein Lockruf, wie ein Zauberspruch, der den Weg in Mysterien öffnet. Ihr Herz begann zu klopfen, eine wohlig kribbelnde Gänsehaut zog über ihren Rücken. Auf der Zunge spürte Maria den wohltuenden Geschmack von warmem Kakao und spürte den Wunsch, diesen Becher leer zu trinken. Der Lockruf des *Kumm ock* hatte sie erfasst, wie sollte sie ahnen, dass diese zwei Worte wie Meilensteine ihren Lebensweg säumen. Schnell sprang sie aus dem Bett und stolperte an Vaters Hand die Treppe hinab.

Du wirst das Madel doch nicht aus dem Bett in die eiskalte Nacht jagen. Was wird schon zu sehen sein? Der Stern von Bethlehem bestimmt nicht.

Wilhelm Augen glühten, als habe das himmlische Leuchten seine Seele bis zum Rand aufgefüllt. Mit jeder Minute des Wartens wuchs seine Erregung. Henriettes

Einwand fand keine Beachtung. Wieder lockte er, draußen gäbe es was Außergewöhnliches zu sehen, sie solle mitkommen, doch Henriette schüttelte nur den Kopf.

Sternschnuppen fallen nicht so langsam, dass sie jetzt noch zu sehen sind.

Nach zwölfjähriger Ehe glaubte Henriette, ihren Wilhelm genau zu kennen. Er verstand sein Metier, das gab sie unumwunden zu. Aber er war auch ein Phantast, ein Schwärmer, der mit Blumen sprach, aus wandelnden Wolken Figuren deutete. Nachts, so glaubte Henriette, versuche er, die Sterne zu zählen. Sie kannte seine Naturverbundenheit, wusste um seine Liebe zu Blumen und Pflanzen. Oft hatte sie ihn heimlich beobachtet, hatte gesehen, wie er Blätter und Blüten liebkoste. Hatte sogar mitansehen müssen, wie er eine voll aufgeblühte Rose, nachdem er ihren Duft eingesogen hatte, zärtlich küsste. Ein Hauch von Eifersucht war durch sie gezogen.

Kann ich die Pootschen[1] anlassen, Vatel?

Setz dir die dicke Mütze auf. Es ist verflucht kalt draußen.

Das Kind mitten in der Nacht aus dem Bett jagen und fluchen auch noch, du bist mir vielleicht ein Vorbild.

Der Gärtner ließ sich nicht beirren und lockte weiter.

Kumm ock, Mariele, kumm. Weißt du, mir gucken uns was ganz Verrücktes an, draußen im Garten.

---

[1] Hausschuhe

Wieder kroch dieser nach Geheimnissen gierende Lockruf in Marias Ohr. Sie wollte fragen, was Vater mit seiner Stimme gemacht habe, sie klinge anders als sonst, wusste aber nicht, wie sie das sagen sollte, ihr fehlten die richtigen Worte. Indes drängte der Vater zur Eile, fürchtete, sie kämen zu spät, der Himmel sei inzwischen wieder sternenklar ohne wogende Farben und ihm bliebe die Ungewissheit, Traumgesichter gesehen zu haben.

Kumm ock, schnell, lockte seine Stimme erneut.

Vatel, lauf nicht so schnell, sonst verlier ich meine Pootschen!

Maria spürte den wuchtigen Schlag der grimmigen Kälte mitten ins noch bettwarme Gesicht. Mit beiden Händen drückte sie ihren Mantel zusammen, versuchte den Pelzkragen dicht um den Hals zu schlagen. Der Schnee knirschte unter Vaters Schritt, es hörte sich an, als trete er auf zersplitterndes Glas. Kaum im Garten angekommen, sah er die leuchteten Farben und freute sich, von seine Tochter bestätigen zu bekommen, er sei weder *meschugge* noch sehe er *Gesichter*.

Kumm rüber zum Treibhaus. Von dort hat man den schönsten Blick.

Er führte Maria an jene Stelle, von der er vorhin die Himmelslichter betrachtet.

Siehste, Mariele. Guck mal, der Himmel brennt.

Vatel! Nee, ich hab' Angst.

Wilhelm spürte die zitternde Kinderhand, spürte den zuckenden Arm, der gegen seine Schenkel schlug. In der eisigen Stille glaubte er sogar, die Zähne des Kindes klappern zu hören. Schnell knöpfte er die unteren Knöpfe seiner Joppe auf, zog Marias frierenden Körper zwischen seine Beine und schlug die vorderen Zipfel um sie herum. Von den Knien bis hinauf zum Bauch spürte er Marias bebenden Körper.

Du brauchst keine Angst nicht zu haben. Und fürchten musst' du dich auch nicht. Nee, Madel, du brauchst wirklich keine Angst nicht zu haben. Das Licht tut uns nichts.

Weil es sich von oben herab schlecht sprechen ließ – (Wilhelm glaubte, angesichts dieses himmlischen Wunders nur flüstern zu dürfen) - hob er Maria auf seinen Arm und drückte das zitternde Kind fest an sich. Ihm war, als ströme aus dem Körper des Kindes die gleiche Wärme, wie vorhin aus dem Feuerschlund des Treibhausofens. Ihre Köpfe klebten aneinander. Weil er fürchtete, zu laute Worte könnten das Wunder des Himmels verlöschen, sprach er leise und mühte sich, hochdeutsch zu sprechen.

Weißt du, Maria, das ist ein Polarlicht. Das kommt von der Sonne.

Von der Sonne? Mitten in der Nacht?

Marias Stimme zitterte.

Ja, wirklich. Am Tag schickt die Sonne Lichtstrahlen, damit es hell wird auf der Erde. Und Wärmestrahlen, damit es warm wird. Das weißt du ja. Nachts kommen andere Strahlen von der Sonne, die die Erde nicht haben will und deshalb nicht rein lässt. Die tanzen dann außen um die Erde herum und ärgern sich grün und blau. Davon glüht der Himmel.

Kommen die jede Nacht?

Ich glaub' schon. Die kommen jede Nacht, aber nicht immer bis zu uns. Die bleiben meistens ganz oben im Norden, in der Nähe vom Nordpol.

Und warum kommen die heute bis zu uns?

Das weiß ich nicht. Die Sonne hat vielleicht zu viel auf einmal geschickt von dem Zeug, deshalb leuchtet es bis zu uns.

Ich hab' aber Angst, Vatel.

Du brauchst dich nicht zu fürchten. Das Licht tut uns nichts.

Aber es ist doch Feuer? Du hast doch gesagt, der Himmel brennt.

Nun ja, eigentlich sind es Lichter. Früher haben die Leute gesagt, wenn's Polarlicht so stark leuchtet, dann ...

Wilhelm stockte, wollte das Wort, welches ihm auf der Zunge tanzte, dem Kind nicht zumuten.

... was ist dann, Vatel?

Wilhelm versuchte abzulenken.

Guck, jetzt färbts sich neu! Jetzt guckts aus wie eine riesige Girlande, grün und blau und untenherum blühen die Veilchen so richtig lila.

Was haben die Leute früher gesagt, Vatel?

Maria suchte weiter nach dem, was ihr der Vater verborgen hielt.

Früher haben die Leute geglaubt, im Himmel wohnen viele Götter. Der eine von denen war der Kriegsgott. Wenn der seinen Hammer schwingt, brennt der Himmel.

Und heute?

Heute wissen wir, die vielen Götter gibt es nicht. Das war bloß so ein Gerede von den Leuten. Früher haben sie das nicht besser gewusst.

Und Krieg gibts auch nicht mehr?

Nu ja, nu nee! Krieg gibts schon immer noch. Krieg hat's immer gegeben. Ich glaub', der Krieg wird nicht aussterben nicht.

Und wenn der Himmel brennt, dann gibts Krieg?

Nu ja, früher haben die Leute so gesagt, wenn's Nordlicht flackert gibt's Krieg.

Und heute?

Die vielen Fragen des Kindes verwirrten Wilhelm. Ihm wäre lieber, er könnte still das Wunder am Himmel anstarren, doch Marias Erregung ließ das nicht zu.

Ist Krieg schlimm?

Schlimm? Oh, Madel, schon das allein ist eine ganz schlimme Frage. Reden mir lieber über was anderes, über das Wunder und die Schönheit, die uns der liebe Gott zeigt. Den heutigen Tag müssen mir uns gut merken, so was kommt nicht gleich wieder.

Da machen wir einen dicken roten Strich in unseren Kalender, der an der Wand hängt, damit wir uns merken, wann das Wunder gewesen ist. Dann können wir ausrechnen, wie lange es dauert, bis es Krieg gibt, oder ob es überhaupt keinen Krieg nicht gibt.

Nu ja, wenn's Krieg geben sollte, dann ist das nicht gleich nächste Woche oder im nächsten Monat. Das kann dauern.

Wie lange denn?

Ach Madel, das weiß ich auch nicht so genau. Warten wir's ab und hoffen, dass es überhaupt keinen Krieg nicht gibt.

Aber wenn's keinen Krieg gibt, dann hat der Himmel ja Unrecht. Muss nicht der Himmel immer recht haben?

Du frägst einem ja Löcher in den Bauch. Sei mal ganz stille, vielleicht hören wir was.

Maria umklammerte den Hals des Vaters und fürchtete, der Himmel könne anfangen zu reden, könne klingen wie Vaters Stimme.

Henriette war es, die das heimliche Lauschen zerstörte.

Werdet ihr gleich reinkommen! Das ist ja eine furchtbare Kälte hier draußen. Das Kind holt sich den Tod, sie hat nicht einmal Strümpfe an.

Guck mal, Menzeline. Ist das nicht ein Wunder?

Maria wühlte ihren Kopf aus Vaters Joppe und flüsterte.

Muttel, guck mal, der Himmel brennt.

Das ist ein Nordlicht. Es geht fast bis über unsere Köpfe. Die Leute sagen, wenn es so stark leuchtet, wird's Krieg geben. Das würde aber ein großer Krieg werden.

Die Gewalt des himmlischen Leuchtens ließ Henriettes Stimme verstummen. Sie drängte sich an

Wilhelms Seite, umschlang ihren Mann und das Kind, gewährte und suchte Schutz gleichermaßen.

Als sie wieder in der warmen Stube waren, ging Wilhelm Menzel zur Wand, nahm den Kalender vom Nagel und malte in das Datumsfeld des Dienstags, 25. Januar 1938 einen dicken roten Kreis.

Maria.

An einem Mittwoch trug Maria ihr Sonntagskleid. Es war ihr neunter Geburtstag. Ein besonderes Geschenk sollte sie bekommen. Ein richtiges Schloss wollten ihr die Eltern zeigen, hoch oben auf einem Felsen.

Im Führerhaus des Lieferwagens saßen sie eng. Maria wäre lieber auf die Ladefläche geklettert, hätte die frische Luft um die Ohren wehen lassen, doch das Kleid durfte nicht schmutzig werden. Vater hatte ein dickes Kissen zwischen die Vordersitze gequetscht, so konnte sie von ihrem erhöhten Platz dem Kopfsteinpflaster zuschauen, wie es zwischen den Vorderrädern des Autos hindurchwanderte.

Wilhelms Wunsch, einen Sohn zu bekommen, der den Namen Menzel von Generation zu Generation weiterträgt, war noch immer unerfüllt. Was den Vorvätern über Jahrhunderte gelang, blieb ihm verwehrt. Erst als Maria laufen lernte, wie ein treuer Vasall hinter ihm durch den Garten lief, Blumen liebkoste, mit täppisch kindlichem Freudengeschrei ihre Begeisterung kundtat, wandelte sich sein Empfinden. Von da an stürzte seine Zuneigung auf Maria, er überschüttete sie mit seiner Liebe und merkte nicht, was er Henriette entzog.

Ein richtiges Schloss? fragte Maria erstaunt.

Du wirst du staunen, wie groß das ist.

Kann man es schon von weitem sehen? Gibt's dort auch einen König? Und einen Königssohn?

Groß ist das Schloss schon, doch ein König wohnt dort nicht. Nur ein Fürst. Aber ein Fürst ist auch ein mächtiger Mann, vor allem ein sehr reicher. Sogar der Kaiser war beim Fürsten schon zu Besuch.

Sehen wir den Kaiser?

Aber Mariele, wir haben keinen Kaiser mehr. Unser Kaiser ist doch weggelaufen.

Warum ist er weggelaufen, der Kaiser?

Einen Kaiser darfst du nicht fragen, was er macht. Der kann tun, was er will. Den darfste nicht einmal fragen, warum er etwas tut. Der macht, was er will.

Maria lebte, trotz ihrer neun Jahre, noch immer verwoben in der Welt der Märchen. Sie liebte Dornröschen, litt mit Schneewittchen, träumte von Prinzen auf weißen Pferden. Allen Märchen fügte sie den selbsterdachten Schlusssatz bei ... *einmal kommt auch zu mir einer und führt mich in ein fremdes Land.* Sie glaubte fest an den Prinz, der sie wachküsst, der sie in ein fremdes Land führt, dort glücklich macht – ohne zu ahnen, wie nah alles war, wie bitter ihre Träume eines Tages schmecken werden.

Unruhig rutschte Maria auf ihrem ungewohnten Platz herum, griff vor Aufregung ins Lenkrad, nur um Vaters Hand zu berühren. Wilhelm nahm es still hin und strich über die Stirn des Kindes, als wolle er ihre Träume verwischen. Langsam näherten sie sich der Stadt. Marias Augen waren überall.

Guck mal, Vatel, das große Haus dort hinten. Ist das das Schloss?

Nee, das große Haus ist eine Fabrik. Dort drin arbeiten viele Menschen. Hundert. Vielleicht gar zweihundert oder noch mehr. Das ist eine Spinnerei. Aber jetzt sei mal ein bisserle still, hier in der Stadt muss ich mehr aufpassen als bei uns auf dem Dorf.

Bei dem Wort *Spinnerei* flohen Henriettes Gedanken zu Oskar, zu seiner Blässe, aber auch zu seiner Karte aus Amerika mit der Freiheitsstatue. Um diese Gedanken zu verscheuchen, begann sie zu sprechen.

In der Spinnerei wird aus Flachs ein langer Faden gemacht. Den braucht man zum Weben. Das ist eine schmutzige Arbeit.

Das Auto fuhr um eine enge Kurve. Henriette musste ihr Reden unterbrechen und sich und das Kind festhalten. Kaum war alles wieder im Gleichgewicht sprach sie weiter.

Dahinten, siehst du den großen Schornstein mit dem Anker? Das ist eine Uhrenfabrik. Unser Wecker, der frühmorgens immer so laut klingelt, der wurde auch in dieser Fabrik gemacht.

Maria kam aus dem Staunen nicht heraus. Zweihundert Menschen in einem Haus, das konnte sie sich nicht vorstellen. Wie man eine Uhr macht, die so tickt, als schlage ein Herz in ihr, noch weniger.

Fahr nicht so schnell, Vatel. Sonst seh' ich ja nicht alles.

Gleich bleib ich an der Schokoladenfabrik stehen. Dort machen sie die *Hochwald*-Schokolade. Gell, Mariele, dort tätste am liebsten auch arbeiten, wenn du mal groß bist.

Maria schüttelte den Kopf. Sie war nach dem Vater geraten, liebte die Natur, kannte die Jahreszeiten. Wann welcher Samen in die Erde gesät, wann die einzelnen Blumen blühen, eine Frucht reif, alles wusste sie. Schon an den kleinsten Samenpflanzen erkannte sie, ob daraus ein Krautkopf oder ein Blumenkohl wachsen wird. Sie wusste Nutzpflanzen von Unkraut zu unterscheiden, auch wenn es ihre Seele schmerzte, wenn sie zusehen musste, wenn Vater blühenden Löwenzahn mit dem Spaten ausstach und auf den Kompost warf. Seine goldgelbe Blüte liebte sie, wie auch die Pusteblume, die sich aus ihr entwickelte. Vor Jahren hatte sie den Wunsch geäußert, zum Geburtstag ein ganzes Beet voller Pusteblumen zu bekommen. Es war der erste Geburtstagswunsch, den ihr der Vater nicht erfüllte. Seine Ablehnung schmerzte sie, in der Nacht hatte sie ihr Kopfkissen nassgeweint. Am nächsten Tag war sie heimlich in die hinterste Ecke des Gartens gehuscht, hatte selbst den Wind gespielt, die weißen Federkronen über ein frisch umgegrabenes Feld geblasen und gehofft, ihre frevlerische Tat werde dem Vater verborgen bleiben. In ihren Träumen flog sie mit den Samenfedern hoch in die Wolken. Ihre Fantasie war riesengroß. In einem Haus mit hundert oder gar zweihundert Menschen arbeiten zu müssen, konnte sie sich nicht vorstellen, selbst wenn dort süße Schokolade hergestellt wird. Gedankenverloren schüttelte sie ihren Kopf, während das Auto unter Lindenbäumen eine Brücke ansteuerte und anhielt.

Guck mal, Mariele, in dem Haus dort drüben, dort wird Schokolade gemacht. Die schmeckt dir doch immer so gut.

Wilhelm mühte sich, Hochdeutsch zu sprechen, doch Maria hörte ihm nicht zu. Das Summen der Bienen unter den Lindenbäumen interessierte sie mehr.

Fliegen unsre Bienen auch bis hierher, Vatel?

Nein, das ist für unsere Bienen zu weit. Soweit zu fliegen, das schaffen sie nicht. Aber guck mal auf das Wasser in der Bache, kohlrabenschwarz ist es. Man könnte meinen, es kommt aus der Hölle.

Auf Marias Frage, warum es so schwarz ist, mischte sich Henriette ins Gespräch und versuchte zu erklären, das Wasser sei durch die Kohlegruben in Waldenburg geflossen, habe sich dabei verfärbt. Maria interessierte das alles nicht, sie wäre gern weitergefahren zum Schloss, doch der langausgestreckte Am des Vaters zeigte zur Brücke.

Guck mal, das erstaunt mich aber. Die haben eine neue Brücke gebaut. Die Alte hatte drei Bögen, in der Mitte ein großer und rechts und links zwei kleine. Warum sie die weggerissen haben, versteh' ich nicht.

Während er noch über die neue Brücke sinnierte, kamen zwei Jungen laut lachend über die Straße gerannt. Einer trug ein kleines Holzschiff im Arm, der andere zog während des Laufs seinen rechten Kniestrumpf hoch. Sie liefen aber nicht zum tief fließenden Wasser, sondern setzten sich auf die Brückenmauer direkt unter ein gelbes Straßenschild. Sorgsam drapierten sie das Schiff auf dem Steinsims, den Bug richteten sie nach vorn. Eine dunkel gekleidete Frau, die ihnen folgte, hielt einen Fotoapparat an ihren Bauch gepresst. Schon im Heranlaufen blickte sie von oben in den Sucher. Zuerst trat sie nahe an die Jungs heran, ging danach wieder ein paar Schritte zurück. Das wiederholte sich mehrere Male. Sie schien durch ihren Sucher auch zu sehen, dass Fremde ihr dabei zuschauten. Ohne ihren Blick von der Suchlinse zu lösen, forderte sie die Fremden auf, vorüberzugehen. Sie müsse erst den richtigen Winkel für das Foto zu finden, das sei nicht so leicht. Wilhelm Menzel antwortete lächelnd, sie solle nur zuerst fotografieren, die beiden Kerlchen würden sonst ungeduldig. Die Frau machte wieder einen Schritt nach vorn und rief:

Lachen! Ihr müsst lachen.

Endlich drückte sie ab. Wie erlöst sprangen die Jungen von der Steinmauer und stürmten mit dem Schiff die

Böschung hinunter zum Wasser. Wilhelm räusperte sich.

Liebe Frau, könnten sie uns auch mal fotografieren? Wissen sie, unsere Maria hat heute Geburtstag. Wir machen einen Ausflug ins Fürstliche, als Geburtstagsgeschenk sozusagen. Wenn sie mir verraten, was das Foto kostet, bezahl ich's ihnen gleich.

Die Frau hob ihren Blick und zeigte erstmals ihr Gesicht. Der sehr kleine Mund fiel Wilhelm sofort auf. Sie drehte an einem Hebel, bis aus dem Apparat ein Klicken zu hören war.

Das mache ich gern, aber das mit dem Bezahlen hat Zeit. Erst müssen wir gucken, ob das Bild auch gut wird. Stellen sie sich unter das Schild, dann wissen sie später, wo es aufgenommen wurde.

Maria wollte sich zwischen Vater und Mutter stellen, die fremde Frau verlangte aber, sie solle sich auf die Steinmauer setzen. Sie sei noch zu klein, das Schild solle doch mit auf das Foto. Zögernd ließ sich Maria vom Vater hochheben, hielt sich aber krampfhaft an seiner Jacke fest. Vom tief im Bachbett fließenden schwarzen Wasser drangen die spitzen Schreie der spielenden Jungen herauf.

Wenn du Geburtstag hast, musst du lachen und genau vorn in die Linse gucken. Dort kommt gleich ein Vögelchen raus!

Während die Menzels an der Brückenmauer lehnten, lief die Frau wieder vor und zurück, suchte die richtige Position. Während dieser Prozedur verstärkte sich ein eigenartiges Geräusch, schwappte zwischen den Häusern hin und her, wurde lauter. Mit erhobener Stimme forderte die Frau Maria auf, sie solle lachen. Ein Geburtstagskind müsse lachen - doch die Furcht vor dem Abgrund hinter ihrem Rücken und den immer lauter anschwellenden Tönen ließ Maria still werden. Es gelang ihr kaum, den Mund in die Breite zu ziehen. Endlich löste die Frau aus.

Wilhelm vereinbarte, das Bild in der nächsten Woche abzuholen, doch die anschwellenden Geräusche übertönten seine Stimme. Er musste lauter sprechen. Mit erhobenem Zeigefinger zeigte die Frau quer über die Kreuzung auf das Sparkassengebäude.

Dort oben wohne ich im zweiten Stock, links.

Dann ging alles sehr schnell. Ein Motorrad mit Beiwagen kam die abschüssige Straße herabgebraust. Bremsen quietschten. Ein Soldat sprang aus dem Beiwagen, stellte sich mitten in die Kreuzung und sperrte mit hoch erhobener roter Kelle jede Durchfahrt. Sogar die Frau durfte nicht mehr auf die andere Straßenseite. Maria drängte sich an Vaters Beine. Henriette fasste angstvoll nach seinem Arm. Die klirrenden Geräusche kamen näher. Plötzlich tauchten aus einer Kurve Militärlastwagen auf, die trotz ihres Tarnanstrichs in der Sonne glänzten. Maria begann zu zählen, brach aber schnell wieder ab. Was jetzt an ihr vorbeifuhr, hatte sie noch nie gesehen. Gespensterautos schienen es zu sein. Vorn fuhren sie auf normalen Gummireifen, hinten liefen gezackte eiserne Räder über klirrende Ketten. Von denen kam das furchteinflößende Rasseln. Auf den Ladeflächen der Autos saßen Soldaten dicht an dicht, ihre aufgerichteten Gewehre reichten über ihre Gesichter hinaus. Einige winkten Maria zu, doch sie mochte ihre Hände nicht vom Vater lösen. Wilhelm stand wie erstarrt. Ihm war, als rolle Gewaltiges auf ihn zu. Das Rasseln der Ketten wirkte auf ihn wie eine dämonische Kraft, der Anblick der Gewehre drohte ihn zu würgen. Das Klirren weckte die Furcht, sie würden auch nach ihm greifen, ihn auf Wege zwingen, die er niemals gehen wollte. Wilhelm wünschte, er wäre daheim geblieben. Hätte Rosen geschnitten. Erde aufgelockert. Kompost ausgebreitet. Oder sonst etwas getan.

Als die Kolonne endlich vorübergerollt war, überquerte die Frau die Straße und ließ noch hören, es gehe jeden Tag so. Das sei kein gutes Zeichen.

Mit brüchiger Stimme versuchte Wilhelm, die Weiterfahrt anzumahnen, doch Maria hielt ihn an der Jacke fest. Sie wollte wissen, was die Zahl 6 auf dem gelben Schild zu bedeuten habe. Froh, keine Frage über Soldaten beantworten zu müssen, antwortete er schnell.

Weißt du, Mariele, das ist so. Alle großen Straßen haben eine Nummer. Die hier hat die Nummer 6. Die Straße mit der Nummer 6 ist eine sehr lange Straße. Sie geht quer durch ganz Deutschland. Oben am Meer fängt sie an, in Bremen. Über Leipzig und Görlitz kommt sie dann bis hierher. Hier geht sie über die Brücke und weiter bis nach Breslau. Wenn wir wieder daheim sind, zeig ich dir's auf der Landkarte. Da wirst du staunen, wie lang sie ist, die Straße mit der Nummer sechs.

Der Name Bremen war Maria bekannt. Von dort kam der EDUSCHO-Kaffee, der nur sonntags aufgebrüht wurde oder wenn Besuch kam. Den Namen Leipzig kannte sie auch. Wenn Mutter Gemüseeintopf kochte und alles, was im Garten wuchs in die Brühe schnitzelte, hieß das Leipziger-Allerlei. Straßen hatten Maria nie interessiert, ihr Leben war eng begrenzt wie das des Vaters. Gärtnerei, Nachbarschaft, Schule - größer war ihr Leben nicht.

Sie fuhren weiter am Fluss entlang, jeder hing eigenen Gedanken nach. In Wilhelms Ohren klangen noch immer die rasselnden Ketten, Henriette dachte an Oskar in Amerika und Maria freute sich auf das Schloss.

Nach kurzer Fahrt stoppte Wilhelm das Auto und forderte zum Aussteigen auf.

Guckt zuerst nur auf die Straße, dann wird euer Staunen noch größer.

Maria folgte Vaters Wunsch. Mit gesenktem Kopf lief sie an seiner Hand. Erst als sie die Erlaubnis erhielt, hob sie ihren Kopf und blickte auf. Was sie sah, erstaunte sie. Hoch auf einem dicht bewaldeten Felsen stand ein gewaltiges Schloss. Es dauerte eine Weile, bis Maria ihre Sprache wiederfand.

Dort oben wohnt der Fürst, bei dem der Kaiser zu Besuch war?

Gut aufgepasst haste, Madel. Ja, das ist das Schloss. Aber der Fürst ist nicht derheeme.

Woher weißt du, dass er nicht daheim ist?

Wäre der Fürst im Schloss, tät die fürstliche Fahne draußen hängen. Dem Wiesner-Bauern sein Vater sagt immer: Wenn der Lappen draußen hängt, ist der Lump drin! Der konnte den Fürsten absolut kein bisserl leiden nicht.

Du sollst nicht mit der Politik anfangen, mischte sich Henriette ins Gespräch. Wilhelm hob beschwörend die Hände und beschwichtigte.

Ist schon gut. Ist schon gut!

Maria Augen glänzten. Wie gebannt schaute sie hinauf zum Schloss, als blicke sie tief in ihre Träume. An der rechten Seite ragten wie zum Schutz vor dem Abgrund zwei schlanke Türme hoch in den Himmel. In ihren abgerundeten Spitzen spiegelte sich die Sonne. Mitten aus dem gewaltigen Schloss wuchs ein noch mächtigerer Turm heraus, dicker und höher als die anderen. So prachtvoll hatte sich Maria ein Schloss nicht vorgestellt. Eines der vielen kleinen Türmchen, die wie zur Zierde an die prächtige Fassade geklebt schienen, hätte ihr zum Träumen gereicht. Während ihre zitternden Hände die Staketen des Gartenzauns umklammerten, blickte sie ehrfürchtig in die Höhe. Die unendlich vielen Fenstern ließen sie raten, hinter welchem Dornröschen ihren hundertjährigen Schlaf schlief? Wie konnte der Prinz diesen gewaltigen Fels bezwingen? Wie das richtige Fenster finden? Marias Herz klopfte gegen die

Brust, wollte herausspringen. Ihr Blick in diese fremde Welt verwirrte sie. Mutters Stimme zählte Jahreszahlen, nannte Namen, nichts drang in Maria ein. Allein der Anblick des Schlosses genügte, die Wahrheit der Märchen zu beweisen. Es dauerte lange bis sie sich von dem Anblick lösen konnte.

Wie betäubt ließ sie sich zurück zum Auto führen. Wortlos kletterte sie auf ihren Sitz. Keiner sprach ein Wort. Unter großen Buchen fuhr das Auto bergan. Erst auf der Anhöhe lichtete sich der Wald, gab die Sicht weit über das Land frei.

Jetzt fahren wir direkt zum Schloss. Hinein dürfen wir vielleicht nicht, aber der Schlosspark ist wunderschön. Da wachsen Bäume, die kenn' ich gar nicht. Wo der Fürst die hergeholt hat, weiß ich nicht.

Wieder lenkte Wilhelm das Auto um eine Kurve und bremste stark ab. Maria wäre fast an die Frontscheibe gestoßen, hätte Henriette sie nicht festgehalten. Wieder stand ein Soldat mit erhobener roter Kelle mitten in der Straße, verbot die Weiterfahrt. Marias Stimme flimmerte bei der Frage, ob das wieder die Straße mit der Nummer sechs sei.

Verneinend schüttelte Wilhelm den Kopf. Gleichzeitig näherten sich Militärautos. Um nicht noch einmal diesem Spektakel zusehen zu müssen, wendete er das Auto und dirigierte es vor ein schmiedeeisernes Tor, das eine geschmiedete Krone schmückte. Als Wilhelm zu sprechen anfing, verwischt das Geklirr der vorbeifahrenden Kettenautos seine Worte.

Hier ist der Eingang zum Schlosspark. Aber von hier müssten wir weit laufen bis zum Schloss. Wir fahren nachher bis zum richtigen Eingang zum Schloss.

Marias Antwort überraschte.

Vatel, ich will heem!

Die Eltern erschraken. Wie aus einem Mund fragten sie, warum sie heim wolle. Die Besichtigung des Schlossgartens sei doch schön. Sie werde staunen, welche Pracht sie dort erwarte. Henriette streichelte Maria über den Kopf, doch das Kind bekräftigte erneut seinen Entschluss.

Ich will heem.

Als das letzte Militärauto vorbeigefahren war, wendete Wilhelm und fuhr in die Stadt. Henriettes Bitte, ihrem Bruder einen Besuch abzustatten, erfüllte Wilhelm nicht. Marias Wunsch galt ihm mehr.

Am Abend saßen sie zu dritt auf der Gartenbank. Fürsorglich legte Wilhelm seine Hand auf Marias Schulter, zog sie an sich und versuchte zu trösten.

Es ist nicht gut, alles in einen Tag reinzustopfen. In unserem Garten ist es am allerschönsten. Da gibt es so viel zu gucken. Wir können der Sonne zuschauen, wie sie frühmorgens aufgeht und am Abend hinterm Kienberg wieder verschwindet. Unser Leben ist doch schön.

Marias Gedanken umkreisten das Erlebte. Zweihundert Menschen in einem Haus. Soldaten mit Gewehren.

Klirrende Kettenautos. Das Schloss mit Türmen und zahllosen Fenstern. Böses und Schönes lag so nah beieinander. Die Zwiespältigkeit des Lebens wurde ihr erstmals bewusst.

Die Gärtnerei.

Der Sommer war warm, dem Garten wohlgesonnen. Gemüse reifte in langen Reihen, wollte geerntet werden. Henriettes Ruf zum Mittagessen kam überraschend früh, der Vormittag war schneller vergangen als gedacht. Wilhelm dehnte und streckte sich und freute sich schon auf den Nachmittag. Viele Kisten wollte er noch mit Oberrüben, Kohlrabi, Zwiebeln, Knoblauch und Sellerie füllen. Voller Zufriedenheit ging er an den Obstbäumen entlang, streichelte die rotbackigen Äpfel, die saftigen Birnen. Wie ein Begnadigter fühlte er sich. Für harte Arbeit gab es reichen Lohn. Gott sei es gedankt. Verträumt sah er sich in seinen Gedanken schon in der Abendsonne auf der Gartenbank sitzen. Eine Mohrrübe verzehrend. Frau und Kind an seiner Seite.

Von der Scheune trat er in den Hof. Die weiße Wolke über dem Haus deutete er als springendes Pferd mit wild zerfaserter Mähne. Mild lächelnd ging er zum Haus, sah dabei den Briefträger, der sein Fahrrad ans Hoftor lehnte.

Ein Brief? Wer sollte schreiben?

Wilhelm schüttelte seinen Kopf. Nach Stunden wortloser Arbeit war er gern bereit, ein paar Worte zu wechseln. Wollte etwas erfahren über die Stimmung in den anderen Dörfern. Was redeten sie dort über einen drohenden Krieg? Der Briefträger, der Schädler Ernst, war für ihn ein alter Laberarsch, der jede Kleinigkeit übertrieb, mit großen Worten ausschmückte. Das war ihm bekannt. Doch für das, was er heute erfahren wollte, konnte er gar nicht genug Worte finden. Dem Reichssender Breslau glaubte Wilhelm nicht mehr. Was der verkündete, war für ihn reine Propaganda. Phrasendrescherei. Er hatte sich schon lange abgewöhnt, hinzuhören. Wenn er in tiefe Gedanken versunken vor dem schweigenden Radioapparat hockte, kam er sich vor, wie der berühmte Vogel Strauß, der den Kopf in den Sand steckt, wenn ihm Gefahr droht.

Kopfschüttelnd schlenderte Wilhelm langsam über den Hof. In alter Gewohnheit säuberte er seine Hände an der grünen Schürze, strich danach über die Stirn. Ein neuer Gedanke ließ ihn verzögern. Wäre es nicht besser, im Hof zu warten. Im Geviert seiner häuslichen Festung wäre es leichter, schlechte Nachrichten zu ertragen. Trotz seiner Bedenken ging Wilhelm weiter bis zum Tor. Was er dort entdeckte, erstaunte ihn. Eine unbekannte Frau stand neben dem Fahrrad und kramte in der Posttasche. Als sie endlich aufblickte, irrte ihr Blick umher, als suche sie nach einer Hausnummer. Das Einzige, was sie fand, war die Zahl 1769 über dem Hoftor.

Unschlüssig zuckte sie mit der Schulter, atmete tief und trat durch das offene Tor. Der plötzlich aufgetauchte Mann ließ sie erschrecken. Wie zur Abwehr hielt sie ihm am langgestreckten Arm einen großen Briefumschlag entgegen.

Post für Wilhelm Karl Menzel.

Wilhelm musste sich zwingen, seinen Mund zu bewegen. Auf breiten Flügeln schwebte eine dumpfe Ahnung, umkreiste ihn und legte sich wie eine eiserne Fessel auf seine Brust.

Wo ist denn der Schädler Ernst? fragte er zurück.

Die Antwort der Frau glich drei Trommelschlägen.

Weiß ich nicht.

Ist er schon bei den Soldaten?

Wieder ertönte die Trommel.

Weiß ich nicht.

Die Worte hallten nach. Den Empfang des Briefes musste Wilhelm schriftlich quittieren. Mit zittrigen Fingern griff er nach dem angebotenen Stift. Als sei er des Schreibens unkundig, oder müsse vor gestrengen Augen eine Prüfung bestehen, setzte er einen dicken Punkt hinter seinen Namen. Im Aufblicken entdeckte er weitere Briefe in der großen Ledertasche, gleich an Größe und Farbe. Grußlos packte die Briefträgerin ihr Fahrrad am Lenker und schob es neben sich her, als fehle ihr die Kraft, aufzusteigen. Wilhelm blickte ihr lange nach. Am Eingangstor zum Schwenke-Bauern lehnte sie das schwere Rad gegen die Mauer.

Der also auch.

Leise gemurmelte Worte. Unschlüssig drehte er sich im Kreis. Seine Überlegung, ob er den Umschlag gleich hier am Tor oder erst in der Küche im Beisein von Henriette und Maria öffnen soll, dauerte lange. Verharrend wiegte er den Brief in der Hand, als könne er so die Schwere seines Inhalts erkennen. Die Nachricht, die dieser Brief enthielt, glaubte er zu wissen. Ahnungen hatten ihn noch nie getäuscht.

Voller Unruhe flüchtete Wilhelm dorthin, wo er sich am wohlsten fühlte. Ins Treibhaus. Während den langen Gang entlang schlich, streichelte er mit der Hand über seine Pflanzen. Keine wollte er unberührt lassen. Erst an der Tür des Heizungsraums verharrte er. Erschöpft ließ er sich auf den Stuhl fallen, den er aus irgendeiner Laune heraus feuerrot angestrichen hatte. Das Baumschneidemesser wusste er in seiner Hosentasche. Er zog es hervor, prüfte mit dem Daumen die Schärfe der Klinge, steckte die gekrümmte Spitze vorsichtig in den Rand des Briefumschlags und schnitt ihn bedächtig auf. Langsam las er Zeile für Zeile. In kurzen Sätzen stand geschrieben, Wilhelm Karl Menzel habe in drei Tagen in der Kaserne in Schweidnitz zu erscheinen. Über den Zeitpunkt einer Rückkehr schwieg sich der Brief aus.

Drei Tage! Das empfand Wilhelm als Frechheit. Nicht einmal volle drei Tage wurden ihm gegeben. Am dritten Tag musste er spätestens um zwei Uhr dort zu sein, diese Zeile war dick unterstrichen. Wie sollte er das schaffen? Die Ernte war im vollen Gange. Gemüse musste geerntet, zum Wochenmarkt gebracht werden.

Abgeerntete Beete umgestochen, Kompost untergegraben. Auf den Feldern warteten Rüben und Kartoffeln. Äpfel und Birnen galt es zu pflücken. Honigwaben waren zu leeren. Späte Schwärme einzufangen. Die Bienenstöcke auf den Winter vorbereiten. Koks bestellen. Mindestens hundertfünfzig, besser hundertachtzig Zentner. Wer weiß wie lange die Einberufung dauert.

Wieder und wieder las er den Brief. Doch ihm blieb keine Zeit. Für einen Gärtner waren drei Tage ein Nichts. Den Kopf voller Gedanken schlich Wilhelm ins Haus.

Vorwürfe empfingen ihn.

Ich habe schon lange gerufen. Hast du mich nicht gehört? Das Essen wird kalt.

Ohne auf Henriette zu achten, setzte sich Wilhelm auf seinen Platz. Seine Worte rollten wie Kieselsteine über den Tisch.

Damit ihrs gleich wisst. Ich soll ... ich muss in die Kaserne.

Henriette löffelte, als habe sie nicht zugehört. Marias Frage dagegen war voller Freude.

Darf ich mitfahren, Vatel?

Der Gärtner saß mit gesenktem Kopf, doch Maria drängelte weiter.

Was machst du in der Kaserne?

Kurz angebunden kam die Antwort

Kinder dürfen nicht in die Kaserne. Nur Soldaten.

Soldaten? fragte Maria erschrocken. Musst du dann auch auf solchen Autos sitzen, wie die Soldaten auf der Adler-Brücke? Und wenn du nicht hingehst?

Mühsam zwang Wilhelm ein Lächeln in sein Gesicht.

Dann holen sie mich ab wie einen Schwerverbrecher.

Henriette hob schweigend den Deckel des Topfes, der in der Mitte des Tisches stand und schöpfte Wilhelm ein. Ein Teil schwappte daneben. Es dauerte, bis sie Worte fand.

Du hast eine Gärtnerei. Wir haben viel Arbeit. Du kannst dich freistellen lassen.

Wilhelm krampfte seine Hände in die weißgescheuerte Tischplatte, wie dicke Schnüre traten seine Adern hervor. Unbeweglich verharrte er. Kein Gesichtsmuskel zuckte, kein Augapfel weitete sich. Erst als sich der Brustkorb hob, sog er Luft in sich hinein und ließ sie genau so langsam wieder heraus. Mit einer vorsichtigen Bewegung schob er seinen Teller zur Seite, wurde aber von Maria ermahnt.

Du musst viel essen, Vatel. Wer weiß, ob es bei den Soldaten so ein gutes Essen gibt.

Henriette löffelte weiter, als gehe sie das alles nichts an. Erst nachdem sie ihren Teller geleert, kam ihre Frage, seit wann er das wisse.

Seit eben. Eine Neue wars, eine Frau. Die kenn ich gar nicht. Der Schädler Ernst ist vielleicht schon bei den Soldaten. Eigentlich ist der viel zu alt … aber zum Krieg brauchen sie alles, was laufen kann.

Maria mischte sich ins Gespräch.

Dann muss der Onkel Karl aber nicht zu den Soldaten, weil der nicht richtig laufen kann.

Nee, der bestimmt nicht. Es erwischt immer die Falschen.

Maria bemerkte Mutters giftigen Blick, verstand ihn aber nicht. Für sie sah es immer lustig aus, wenn Onkel Karl mit seinem Klumpfuß über den Hof lief. Anders dachte Henriette. Nach allem Spott, den ihr Bruder in seiner Kindheit ertragen musste, wurde ihm dieses Ungetüm plötzlich nützlich. In Wilhelm Gedanken kreisten die Worte vom *kleinen Goebbels*. Jetzt wollte er es laut auszusprechen, sagte aber stattdessen:

Wer so begeistert vom *Führer* spricht, sollte auch für ihn an die Front.

Kopf und Füße sind unterschiedliche Dinge, sprudelte es aus Henriettes Mund.

Danke schön, Frau Menzel. Dann hab' ich die richtigen Füße und den falschen Kopf. Bravo!

Die Wanduhr schlug zwölf. Stille kehrte ein. Henriette begann zu weinen. Maria blickte verwirrt auf den schweigenden Vater und die weinende Mutter. Sie waren es doch, die den Ablauf eines Tages bestimmten. Den einer Woche. Eines ganzen Jahres. Angstgefühle erfassten sie. Angst vor einer Kraft, die von außen kam, über sie herrschen wollte. Geister gab es keine, das hatte sie der Vater gelehrt. Es gab Gott, seinen Sohn und den Heiligen Geist. Aber der Dreieinige Gott, der den Menschen Gebote gab, schickte keine Briefe. Maria fand es ungeheuerlich. Wer solle Vater Vorschriften machen?

Kamen Briefe, über die sich Vater ärgerte, sagte er immer: Die können mich gernhaben! Warum sagte er das jetzt nicht? Er könnte doch jetzt auch sagen: Die können mich gern haben!

Maria griff nach seinem Kinn und streichelte mit ihrer Hand über die Bartstoppeln.

Die können uns gernhaben, Vatel. Das sagste doch immer, wenn so ein dummer Brief kommt.

Wilhelm lächelte gequält.

Ach, Mariele. Kumm ock, es gibt noch viel zu tun. Bis ich fort muss ist noch viel zu erledigen. Du hilfst mir doch ein bissel, gell.

Wilhelm schluckte langsam und bedächtig, wollte dem Kind ein gutes Vorbild sein. Was er aß, wurde ihm nicht bewusst. Schweinebraten hätten nicht anders geschmeckt als der Gemüseeintopf, der auf dem Tisch stand. Seine Zunge war taub. Während er löffelte, fiel sein Blick auf das Bild des Generalfeldmarschalls von Hindenburg, der von der Wand zu ihm herabblickte. Seit Kindertagen hing dieses Foto an gleicher Stelle. Als Bezahlung für Gemüse hatte es sein Vater nach dem Weltkrieg von einem Kunden angenommen. Seitdem hing es an der Wand. Henriette hat es nie gefallen. Gleich nach der Hochzeit kam ihr Einwand, ob der immer beim Essen in den Topf gucken müsse. Wilhelm gefiel das Bild auch nicht, aber ein Führerbild hätte ihm noch weniger gefallen. Seine Hoffnung, der Hindenburg werde ihn vor dem Hitler bewahren, war nicht in Erfüllung gegangen. Aus Gründen der Vernunft musste am Giebel des

Gärtnerhauses an bestimmten Tagen eine Hakenkreuzfahne hängen. Wilhelm empfand das nicht als Wider-
spruch. Seine Lebensregel hieß: Draußen ist draußen
und drinnen ist drinnen. Wurde er angesprochen, warum
er kein Führerbild habe, antwortete er in den ersten Jahren mit einem Witz, den er im Kretscham aufgeschnappt
hatte. Ein Hitler-Bild hab' ich schon, weiß aber nicht, ob
ich den Hitler aufhängen soll oder an die Wand stellen!
Solche Späße gab es nur am Anfang. Später wurden solche Witze gefährlich. Jetzt galt für Wilhelm eine andere
Ausrede.

Der Vater hat es hingehängt und der Sohn steht in
Treue zu seinem Vater. Für zwei Bilder ist kein Platz.

Kaum war sein Teller leer, wischte er mit dem Handrücken über die Lippen und ging zurück in den Garten.
Unschlüssig stand er zwischen den Beeten, wusste nicht,
wohin er zuerst gehen soll. Hilflos fühlte er sich. Wie
ein Gespenst schlich er durch seine kleine Welt.

Der Garten, das bin ich. Ich bin die Erde, das Wasser,
das Licht. Jede einzelne Pflanze bin ich. (Sogar den blühenden Löwenzahn bezog er in seine Gedanken ein.) Es
gab so viele Ichs. Eines war ihm aber bewusst: Auch ein
großes *Ich* bleibt ein Staubkorn im Weltall. Jetzt kommt
einer und bläst und alles wirbelt auf. Was oben war wird
unten liegen.

Im Gefühl seiner Machtlosigkeit blickte er hinauf zu
den Wolken, die über den herbstlichen Blauhimmel zogen. Wild springende Löwen mit hocherhobenen Tatzen

glaubte er zu sehen, mit rötlich schimmernden Mähnen. Quallen mit giftigen Fangarmen schwirrten am Horizont entlang. Um all diesem Wirrwarr zu entfliehen, lief er hinter das Treibhaus und kletterte am Schornstein hoch. Sein Blick suchte den Zobten, den Hochwald, die Striegauer Berge. Sie umstanden das kleine Stück Land, welches der Familie Menzel seit Generationen gehörte. Sie waren die Pfeiler seines magischen Dreiecks, bildeten die Zinnen seiner Festung. Sein Garten lag am tiefsten Punkt, an dem alle Lebenskräfte wie in einem Brennspiegel zusammenliefen. Nirgendwo anders wollte er sein. Fernweh kannte Wilhelm nicht. Mochten sie im Kretscham vom Leben in den großen Städten prahlen. Breslau. Berlin. Manchmal schlugen die Lobhudeleien Saltos, als fließe in den Großstädten Milch und Honig über breite Straßen. Einen Wilhelm Menzel konnten sie damit nicht reizen. Saß er am Sonntag nach der Kirche im Kretscham und trank genüsslich sein Haselbach-Bier, fühlte er sich herausgefordert, immer den gleichen Spruch zum Besten zu geben, den er vom Großvater, dem Gottlieb Menzel, kannte.

Derrheeme ies halt derrheeme! Daheim ist daheim.

Jetzt musste er fort. Die Kaserne in Schweidnitz würde nur der erste Schritt sein, das war für ihn so sicher wie das *Amen* in der Kirche. Nach den Tschechen will Hitler Polen erobern. Wer weiß, wer noch drankommt. Wenn England und Frankreich den Polen helfen und Deutschland den Krieg erklären, (im Kretscham hatten sie darüber gelacht), wird Weihnachten noch nicht Schluss sein.

Sein Blick vom Schornstein fiel auf das *Franzosengrab* hinter dem Friedhof. Es stammte aus der Zeit, in der Napoleon mit seinen Truppen hier durchzog.

Vielleicht gibt es bald ein *Deutschengrab* in Polen oder sonst wo. Der Kerl bewahrt noch ganz andere Pläne in der Schublade.

Von seinen eigenen Gedanken betrübt stieg Wilhelm wieder vom Schornstein, ohne zu wissen, wo mit seiner Arbeit zu beginnen. Einem schnellen Gedanken folgend lief er zu einer Ecke des Gartens, kehrte aber auf halbem Wege wieder um. Eine andere Überlegung bedrängte ihn. Der Anblick unerledigter Arbeit trieb ihm Stachel ins Herz. Als er eine abgebrochene Lilie quer über den Weg liegen sah, entfloh ihm ein hitziger Schrei. Vor wenigen Minuten habe die Lilie noch aufrecht gestanden, redete er sich ein. Beim Herumirren habe er sie abgebrochen. Um seine Schuld zu beweisen, suchte er nach Abdrücken seiner Schuhe, tat Sinnloses, als gäbe es keine verrinnende Zeit.

Zuerst kam Maria, danach Henriette. Beide fragten, wie sie helfen können. Wilhelm versuchte ein Lachen.

Helfen? Mir helfen? Macht den Brief ungeschrieben, wenn ihrs könnt. Aber zaubern kann keiner von euch, gell Mariele.

Aber du hast doch immer gesagt, der liebe Gott ist ein richtiger Zauberer. Im Winter legt er sein weißes Zaubertuch übers Land, und wenn er es im Frühling wegzieht, sieht man, was er gezaubert hat. Lauter bunte Blumen und grünes Gras. Das hast du doch immer gesagt.

So ist es auch. Im Winter zaubert er Eisblumen ans Fenster, lässt Schneeflocken durch die Luft tanzen, keine ist der anderen gleich. Im Frühjahr zaubert er Krokusse, Tulpen und Narzissen aus der Erde. Im Sommer Rosen, Gladiolen, Dahlien, Lilien ... (beim Gedanken an die gebrochene Lilie spürte er ein Brennen in der Brust). Unser Herrgott ist schon ein guter Zauberer, aber einen Brief von der Behörde hat er noch niemals nicht weggezaubert. Das kann er glaub ich auch nicht.

Zu Henriette gewandt versuchte er zu trösten.

Von der Wehrmacht kriegst du ein paar Groschen für mich. Das langt vielleicht nicht zum Leben, aber im Krieg gibts nicht viel zu kaufen. Plag dich nicht zu viel. Wenn ich wiederkomm, bring ich alles wieder ins Lot.

Während Henriette langstielige Gladiolen schnitt, hörte sie Wilhelms Worte wie aus weiter Ferne. Erst als sie ihren Sinn begriff, richtete sie sich auf und blickte ihm starr ins Gesicht.

Meinst du, ich lasse mich von den Leuten bereden? Weißt du, was die labern? Es gibt nichts zu kaufen, die Lebensmittel sind rationiert und die Menzel-Gärtnerin lässt das Gemüse auf dem Feld verfaulen! So würden sie reden, diese Laberliesen.

Das schlesische Wort, welches sich eingeschlichen, erschreckte sie. Sie gestand sich sogar ein, alles Geläster, sie sei eine aus der Stadt, war schon immer etwas

Trennendes. Etwas Verletzendes. In diesem Moment bereute sie ihre Empfindlichkeit, schalt sich eine Mimose, nannte sich überempfindlich und gereizt. Stark wollte sie sich zeigen, mutig und hoffnungsfroh.

Die Polen können doch nicht so stark sein, dass der Krieg ewig dauert. Bis Weihnachten ist der Spuk sicher vorbei.

Erfreut über Henriettes Worte, richtete sich Wilhelm auf.

Wir haben noch keinen Koks bestellt. Du musst rechtzeitig bestellen. Hundertfünfzig Zentner, oder besser hundertachtzig. Man weiß ja nie, wie lange es dauert.

Mach dir keine Sorgen, gab Henriette zurück. Wir werde schon klarkommen.

Doch Wilhelm machte sich Sorgen.

Wenn der Koks geliefert wird, sag dem Fahrer, er soll ihn hinten in die Ecke kippen und mit einer Plane abdecken. In den Keller fahren ist viel zu schwer für dich. Das mach ich, wenn ich heim komm. Oder im Urlaub. Wenn ich Weihnachten heimkomme, kann ich den Koks immer noch in den Keller bugsieren.

Alles schien gesagt. Wortlos arbeiteten sie weiter. So verkleckerte der Tag seine Stunden.

*

Am letzten Morgen saßen sie gemeinsam am Tisch.

Aus Henriettes Mund purzelten die Worte, als wäre eine Quelle aufgebrochen, die alles überflutet. Wilhelm saß dagegen still, obwohl ihn tausend Fragen bedrängten.

Mit welchem Recht kann mir jemand befehlen, ein Gewehr in die Hand zu nehmen? Auf Menschen zu schießen? Die haben mir doch nichts getan. Steht nicht in er Bibel: Du sollst nicht töten? Wenn früher die Werber des Königs durch die schlesischen Dörfer zogen, flüchteten die Burschen hinüber ins Böhmische. Verweigerten so den Soldatendienst. Wohin soll ich laufen? In welchem Land kann ich mich verstecken? Ist es eine Ehre dem Vaterland zu dienen, gleich wie der Anführer heißt? Warum steht in der Bibel *Jedermann sei untertan der Obrigkeit.* Unsere Vorfahren haben dem Ansturm der Mongolen Widerstand entgegengesetzt, weil die uns angegriffen haben. Die Polen greifen uns nicht an. Ich soll sie angreifen. Ich kenne keinen Polen, habe noch nie einen gesehen. Woran erkennen ich, ob es ein Pole ist? Nur weil dieser Führer befiehlt und alle ihm zujubeln, muss auch ich jauchzen?

Wilhelms Fragenturm versank in Henriettes Wörterbrei. Während sie Kaffee in die Tassen goss und Brote aufstrich, überschwemmten bekannte Geschichten den Tisch. Vom Ausflug zum Schloss Fürstenstein erzählte sie. Vom Foto auf der Adler-Brücke mit dem Hinweis, er solle es mitnehmen, es werde ihn an einen schönen Tag erinnern. Über die gute Ernte, die im Garten und auf den Feldern heranreift, plapperte sie. Im Dorf gäbe es bald Nachwuchs, die Tochter vom Wiesner sei schwanger.

Ob sie es noch schaffen, Hochzeit zu feiern? Wäre wohl besser, zu warten bis nach dem Krieg.

Die Zeit bis Mittag dehnte sich wie der Gummi an einem Katapult. Alles war verspannt. Während Henriette redete, überlegte Wilhelm, was er nicht vergessen dürfe. Ihm fehlte die Kraft loszulassen. Von Stunde zu Stunde fürchtete er, den Boden unter den Füßen zu verlieren. Davonzufliegen.

In all diesem Trubel stand Maria wie ein verlorenes Schaf. Für die weinende Mutter fand sie Verständnis, für den herumirrenden Vater nicht. Er war es doch, der alles regierte; der festlegte wie und in welcher Reihenfolge der Tag zu verlaufen habe. Welcher Kraft war es gelungen, ihn niederzuringen? Seine Ratlosigkeit, seine Verwirrung, seine Unsicherheit, alles nagte an ihrem Glauben an ihn. Gott-Vater im Himmel und ihr irdischer Vater besaßen für sie das gleiche Gewicht. Gott regierte sein Riesenreich, befahl Sonne Mond und Sternen ihre Wege, schickte Regen Sturm oder Schnee auf die Erde. Ihr irdischer Vater regierte sein kleines Reich, seinen Garten voller Blumen, Gemüse und Obst. Für Maria waren beide Väter einander gleich, bildeten eine Symbiose; der eine im Großen, der andere im Kleinen. Wäre Gott im Himmel so verunsichert wie der herumirrende Vater, seine Welt bräche zusammen, versinke im Chaos. Was aber, wenn jetzt ihre kleine Welt zerbricht?

Mit staunenden Augen sah Maria zu, wie der Vater plötzlich seine Hand hob und einen langen Strich durch die Luft zog. Es sah aus, als wolle er etwas auslöschen.

Hört mal gut zu. Einen letzten Wunsch habe ich noch - (das Wort *letzte* wischte er mit der noch immer erhobenen Hand aus, wiederholte stattdessen) - einen *Wunsch* hab' ich noch. Bleibt in der Stube, wenn ich zum Omnibus geh'. Die Leute müssen nicht zugucken, wenn wir uns verabschieden.

Wilhelm traute seiner Tapferkeit nicht. Henriette war es recht. Maria nicht. Sie wollte protestieren, überlegte kurz, lief dann zum Vater und umarmte ihn. Henriette stand reglos daneben und wartete, bis er zu ihr kam. Er küsste sie und strich ihr über den Kopf.

Kaum hatte er die Stube verlassen, traten Henriette und Maria ans Fenster und blickten ihm weinend nach.

*

Henriette fühlte sich verlassen.

In der ersten Woche nach Wilhelms Abreise gelangen ihr alle Arbeiten reibungslos. Wilhelm hatte vorausschauend die Ställe gesäubert, den Mist aufs Land gebreitet, alle freien Beete umgestochen. In der zweiten Woche wusste sie nicht mehr, wie sie mit der vielen Arbeit allein fertig werden sollte. Die Obstbäume hingen voller Früchte. Salat und Gemüse mussten geerntet werden. Mit dem Gemüsehändler hatte Wilhelm vereinbart, einmal in der Woche Früchte und Blumen abzuholen. Der Händler ließ sich nicht sehen. Was nützte es, Gemüse, Äpfel, Birnen, Pflaumen sortiert in die Scheune zu stellen. Es musste auch verkauft werden. Das Warten machte Henriette ungeduldig. Vermehrt kamen Kunden in die Gärtnerei, kauften Vorrat für den Winter. Das war aber zu wenig. Wenn der Händler nicht bald kam, würde alles verderben.

Um das Bienenhaus hatte sie immer einen weiten Bogen gemacht. Sie glaubte, die Bienen würden sie verfolgten, käme sie nur in ihre Nähe. Den verspäteten Schwarm, der an einem der Kirschbäume hing, würde sie davonfliegen lassen. Wie sollte sie ihn einfangen?

Wilhelms Vorwurf, die Frau vom Pielok habe keine Angst vor Bienen, konnte ihre Standhaftigkeit nicht erschüttern. Sollte sie jetzt zur Pielok gehen, ihre Hilflosigkeit kundtun? Ihr noch ungebrochene Stolz verbot es. Käme die Pielok zufällig in die Gärtnerei, würde sie beiläufig fragen, ob sie beim Schleudern des Honigs zur Hand gehen könne. Der Vorwand, eine andere Arbeit warte auf sie, zwänge die Pielok die Honigwaben selbst aus den Kästen zu nehmen und wieder zurückzuhängen. Der Schwarm im Kirschbaum solle nur davonfliegen, ihm würde sie keine Träne nachweinen.

Henriette sortierte ihre Ausreden. Sie scheute keine Arbeit, aber ihr Stolz verbot, ihre Hilflosigkeit zu offenbaren. Der Balanceakt zwischen Stolz und Verzweiflung gelang nur schwer. Sie vernachlässigte ihr Äußeres, als wolle sie Signale ihrer Verzweiflung senden.

Beim immer seltener werdenden Blick in den Spiegel entdeckte sie erste Falten in ihrem Gesicht. Ihre dunklen Kleider redeten die gleiche Sprache. Maria fiel die Veränderung der Mutter auf. Dunkle Kleider seien wärmer, bekam sie zur Antwort. Sortierte Ausreden lagen bereit, doch ihr Gesicht taugte nicht zur Maske. Maria blickte hindurch. Als das Kind begann, ebenfalls dunkle Kleider zu tragen, waren das Zeichen genug. Henriette stieg aus ihrem Trübsal und bat mit fröhlicher Stimme Maria um Hilfe.

Mariele. Bitte geh mal gucken ob die Hühner Eier gelegt haben.

Erfreut über die gelöste Stimme der Mutter lief Maria los, kehrte aber mit blassem Gesicht zurück. Noch unter der Tür begann sie zu weinen.

Muttel. Die Hühner sind tot! Lauter blutige Federn liegen im Stall. Tote Viecher auch.

Henriette stand wie erstarrt.

Sind alle tot?

Einige gackern noch. Aber ich weiß nicht, wo die sind.

Henriette drehte die Gasflamme aus und folgte Maria zum Hühnerstall. Überall lagen blutige Federn. Schlagartig fiel Henriette ihr Versäumnis ein. Am Abend hatte sie vergessen, die Klappe vor dem Einschlupf zu schließen. Es war Wilhelms Aufgabe. Für den Fuchs war das eine günstige Gelegenheit. Zwei zerbissene Hühner lagen im Stall, eines im umzäunten Freigelände. Vorgestern hatten zwei Hühner auf den Beeten herumgekratzt, am Salat gezupft. Wenn Hühner herauskönnen, kann der Fuchs auch hinein. Sie hätte nach dem Schlupfloch suchen sollen. Hätte, hätte, hätte! Henriette wollte lauthals losweinen, fuhr aber nur mit der Hand über die Stirn. Es war Wilhelms Geste. Maria sah es sofort und lächelte.

Wie der Vatel machste das. Das mit der Hand über die Stirn streichen.

Henriette versuchten zu lachen. Doch als Maria hinzufügte, es sei schade, dass Vatel nicht mehr da sei, konnte sie ihre bereitliegenden Tränen nicht mehr zurückhalten.

*

Die immer kürzer werdenden Tage verkrochen sich in die früh hereinbrechende Dämmerung. Vieles, was Henriette erledigen wollte, blieb unerledigt, wurde aufgeschoben. Als der alte Wiesner-Bauer starb, wurden vier Kränze und ein Sargbukett bestellt. Zum ersten Mal weinte Henriette bei der nächtlichen Arbeit. Bis weit nach Mitternacht band sie Kränze. Drei Schleifen musste sie zweimal drucken. Buchstaben standen in falscher Reihe, manche doppelt. Bald würde das Schleifenband zu Ende sein.

Henriette blieb wenig Schlaf. Während sie den Frühstückstisch für Maria deckte, hörte sie aus dem Radio die kratzige Stimme des Führers:

Seit fünfuhrfünfundvierzig wird zurückgeschossen!
Da war es also heraus. Der Krieg hatte begonnen.

*

Nachbarweiber kamen vermehrt in die Gärtnerei, boten Hilfe an. In den schweren Stunden unseres Vaterlandes müssen wir zusammenhalten, laberten sie. Henriette blieb der Grund ihres Eifers nicht verborgen. Als Lohn füllten sie Gemüse und Obst in ihre Taschen. Henriette nahm es still hin. Eine Anweisung der Behörden verärgerte sie. Die Anbaufläche für Gemüse müsse erweitert, der Platz für Blumen auf höchstens ein Zehntel der Gesamtfläche verringert werden.

So ein Blödsinn, zischte Henriette und spuckte gegen ihre Gewohnheit auf das Papier.

Soll ich die Dahlienknollen, die ich mühevoll ausgegraben und nach Farben und Wuchshöhe sortiert habe, verfaulen lassen? Im Frühjahr wegwerfen?

Als Maria aus der Schule kam, entdeckte sie in Mutters Gesicht dicke Zornesfalten. Auf die Frage, was passiert sei, zog Henriette den zerknitterten Brief aus der Schürzentasche und hielt ihn Maria vors Gesicht.

Lies selbst, was die von mir verlangen. So ein Unfug. Wenn unsere Soldaten als Sieger zurückkommen, haben wir keine Blumen, sie würdevoll zu begrüßen. Die können mich gernhaben.

60

Das hat der Vatel auch immer gesagt, lachte Maria laut auf. Wir machen das genauso wie der Vatel.

Henriettes Entschluss stand schon lange fest. Im nächsten Jahr würde sie alle Dahlienknollen wieder in die Erde bringen. Bei den Rosen würde sie den Winterschutz verstärkten, keine sollte erfrieren. Doch bei allen guten Vorsätzen schwankte ihr Seelenzustand von Tag zu Tag. Ihr Stolz über das Erreichte wurde abgelöst von Tagen voller Verzagtheit und Bedrängnis. Saß Maria zu lange über ihren Schulaufgaben, wurde sie ungeduldig und trieb sie zur Arbeit in den Garten. Zum Ausgleich setzte sie sich am späten Abend neben Maria und löste für sie die Rechenaufgaben. Henriette spürte, welchen Schaden sie dem Kind dadurch bereitete, hoffte aber, der Krieg werde nicht lange dauern. Nach Wilhelms Rückkehr würde alles wieder gut werden. Alles würde werden wie früher. Nach dem Krieg werde sie sich mehr um Maria kümmern. Das Kind solle es besser haben, solle etwas Richtiges lernen. Was das sein sollte, wusste sie nicht. Wurde ihre Verzweiflung zu groß, flüchtete sie in ihre Träume. Sah sich mit Oskar in Amerika in einem leichteren Leben.

Jede Woche kam eine Feldpostkarte.

Immer die gleichen Worte: Mir geht es gut. Nur selten ein Zusatz. Einmal schrieb Wilhelm: Um die Felder tut es mir leid, die Panzer fahren alles kaputt. Eine Gärtnerei habe ich gesehen, alle Glasfenster waren kaputt, die

Treibhäuser eingestürzt. Meine Gedanken sind gleich nach Hause geeilt voller Hoffnung, meiner Gärtnerei bleibe ein solches Schicksal erspart.

Henriette schüttelte den Kopf. Ob er beim Anblick der zerstörten polnischen Gärtnerei geglaubt habe, daheim sehe es auch so aus? Ohne ihn sei alles verkommen? Vielmehr hätte sie interessiert, wann der Krieg zu Ende geht. Wann er heimkommt. Darüber schrieb Wilhelm kein einziges Wort. Ihr Wunsch, Wilhelm werde nach dem Sieg über Polen zurückkehren, verlor von Tag zu Tag an Kraft. In großer Überschrift hatte die Zeitung verkündet, der Krieg wäre am Weihnachtsfest, dem Fest des Friedens vorbei. Sie glaubte es nicht, aber sie hoffte es.

In alter Gewohnheit griff Henriette am Abend zu einem ihrer Bücher, doch nach wenigen Zeilen legte sie es wieder weg. Vor Müdigkeit fielen ihre Augen zu. Auch der Schlaf erquickte sie nicht. Sie wälzte sich von einer Seite auf die andere. Von der Schwere der ungewohnten Arbeit schmerzten alle Knochen. Die Selbstvorwürfe um Maria kamen dazu. Das Kind lachte kaum mehr. Immer häufiger suchte sie nach Ausreden, die Schule zu schwänzen. Zu Henriettes Verzagtheit und Hilflosigkeit gesellte sich das Gefühl der Einsamkeit. Was sie litt, erahnte kein Mensch. Kamen Kunden in die Gärtnerei, zwang sie ihr gewohntes Lächeln ins Gesicht, bediente scherzend, strahlte Fröhlichkeit und Zuversicht aus.

Kaum war sie wieder allein, versank sie in Schwermut. Sie führte einen Zweifrontenkrieg und glaubte, immer und überall Niederlagen einstecken zu müssen.

*

An einem sonnendurchfluteten Mittag kam Maria mit strahlendem Gesicht aus der Schule. Schon vom Hoftor rief sie durch die geöffneten Fenster in die Küche:

Der Krieg ist vorbei! Wir haben die Polen besiegt!

Henriette blickte erstaunt auf. Die tägliche Zeitung hatte sie abbestellt, das Radio stand verstaubt in der Ecke. Auf ihre Frage, woher sie das wisse, polterte Maria los.

Unsere Lehrerin hat gesoagt, wir ham gesiegt! Ei der letzten Stunde ham mer nur noch Lieder gesunga. Zuerscht: *Wenn die bunten Fahnen wehen.* Dann *Unsre Fahne flattert uns voran.* Und zuletzt noch *Deutschland, Deutschland über alles* und *Die Fahne hoch.* Der Bliemel Alfred hat richtig gegrölt.

Ihr solltet lieber richtiges Deutsch lernen, monierte Henriette, schalt sich aber, dem Kind die Freude zu nehmen.

Kommt der Vatel jetzt wieder heem?

Hoffentlich. Ja, hoffentlich kommt er bald wieder heim.

Bei diesen Worten nickte Henriette heftig mit dem Kopf, was Maria verlockte, es ihr nachzumachen. Verlegen trocknete Henriette ihre Tränen.

Lach nur über mich, wenn ich mich freue. Nach dem Essen machst du gleich deine Hausaufgaben. Außerdem bitte ich dich, nicht so schlesisch zu reden, so zu pauern. Vielleicht kommst du einmal in die Stadt nach Breslau oder nach Berlin, dort versteht dich dann keiner.

Aber wenn der Vatel wieder heem kommt, dann rede ich wieder wie er.

*

Die nächste Feldpostkarte verkündete Wilhelms ersten Heimaturlaubs.

Drei Tage und drei Nächte arbeitete Henriette ununterbrochen. Solange das Tageslicht ausreichte, kniete sie im Garten, harkte auf den Feldern so gut sie es verstand. Nachts glaste sie Glasfenster ein, die ihr beim Hochheben entglitten, zu Bruch gegangen waren. Wilhelm sollte keine *polnische Wirtschaft* vorfinden.

Der angekündigte Tag war ein Mittwoch. Kisten und Säcke voller Gemüse und Obst standen wohlgeordnet im Hof. Gladiolen, Astern und Sonnenblumen strahlten aus wassergefüllten Eimern. Der Gemüsehändler kam zwar erst am Donnerstag, doch Wilhelm sollte sehen, wie alles bereitsteht. Henriettes Pläne gingen noch weiter. Sie hatte sich ausgedacht, aus der Scheune heraus das Hoftor zu bewachen, zusehen, wie Wilhelm die im Hof zur Parade aufgereihte Ware bestaunt. Wollte sehen, wie er schnellen Schritts ins Haus eilt, dort niemand antrifft. In der Zwischenzeit würde sie in den Garten eilen, sich finden lassen. Wilhelm würde sich anschleichen, sie von hinten umarmen.

Gedankenversunken griff sie nach einem an die Wand gelehnten Spaten, wollte sich an ihm festhalten, um nicht von ihren Träumen fortgetragen zu werden. Erneut musste sie an Paul Haake denken, den Bildhauer aus dem Roman *Wanda,* der das Zirkusmädchen Wanda aus dem Dreck gezogen, leidenschaftlich geliebt ... doch der Gedanke marterte sie. Ihr Wilhelm war kein Paul Haake, das wusste sie. Entschlossen drehte sie sich zur Seite, ließ dabei den Spaten los. Mit großem Gepolter fiel er um und zertrümmerte eine hochgestellte Glasscheibe.

Mein Gott, träum' nachts im Bett. Die Scheune ist kein Ort zum Träumen. Gleich kommt Wilhelm und was findet er? Zerbrochenes Glas.

Schnell sammelte sie die großen Splitter in die Schubkarre, blickte dabei angestrengt zum Eingangstor. Wilhelms Ankunft wollte sie nicht verpassen. Eine Glasscherbe schnitt ihr in den Finger. Blut lief von der Hand zum Gelenk.

Nun gut, dachte sie. Wilhelm kann ruhig sehen, wie es mir geht.

Trotz dieser Gedanken lief sie zum Wasserhahn, wusch das Blut von der Hand, wickelte ihr Taschentuch um den Finger und erschrak.

Durch das große Hoftor rollte das Auto des Gemüsehändlers in den Hof. War heute schon Donnerstag? War der Mittwoch, für den Wilhelm seine Rückkehr angekündigt hatte, wie ein heimlicher Dieb lautlos vorbeigeschlichen? Während sie zögernd überlegte, ob sie dem Auto entgegeneilen soll, öffnete sich die Autotür. Ein Soldat sprang mit einem Gewehr in der Hand lachend in den Hof. Es war Wilhelm. Henriette erkannte sein lautes Lachen.

Siesste, Max, alles ist schon fertig eingepackt. Wir laden gleich auf, da bleibt uns noch a bisserl Zeit für 'nen Schnaps.

Staunend sah Henriette, wie Wilhelm sein Gewehr an das Vorderrad des Autos lehnte, die Plane von der Ladefläche zog und begann, das bereitstehende Gemüse aufzuladen. So hatte sie sich die Heimkehr ihres Mannes aus dem Krieg nicht vorgestellt. Oder doch? Ein Paul Haake war ihr Wilhelm nicht, das war ihr schon lange bewusst. Ihr Mann war ein Gärtnermeister, der aus dem Krieg kam, ohne zu schreien, ohne zu suchen. Kisten und Körbe hob er auf den Wagen, lachte und scherzte mit dem Händler. Sprach vom Schnaps.

Der Krieg ist eine böse Krankheit, dachte Henriette und beschloss, die Ankunft des Autos zu negieren. Verstohlen schlich sie ins Treibhaus, setzte sich an ihren Arbeitstisch und begann einen Kranz zu binden. Erneut floss Blut in ihre Handfläche. Unschlüssig, ob sie es abwaschen oder demonstrativ dranlassen sollte, entschied sie sich fürs Abwaschen. Ihr Heldentum war abgestorben, für eine Märtyrerrolle taugte sie nicht. Während das kalte Wasser über ihre Hand floss, das geronnene Blut auflöste, bemerkte sie zum ersten Mal ihre aufgerissene Haut, den festgefressenen Schmutz in den Rissen, die abgebrochenen Fingernägel. An den ersten Tagen hatte sie bei der Gartenarbeit Handschuhe getragen, wurde jedoch von den hohnvollen Blicke der Kunden schnell besiegt.

Was die von mir denken? Sie werden herumerzählen, die Menzel-Gärtnerin hat Angst, ihre Hände schmutzig zu machen. Lästern werden sie, sie sei halt eine aus der Stadt.

In ihre dunklen Gedanken drang lautes, fröhliches Lachen. Henriette verspürte den Wunsch, zu entfliehen. Stünde ihr Fahrrad hinterm Treibhaus, sie würde über die Felder fahren bis tief in den Wald hinein. Doch plötzliches Hupen schreckte sie auf.

Tüüt! Tüüt! Immer wieder: Tüüt! Tüüt!

Wie sollte sie sich diesem Signal entziehen? Am liebsten würde sie sitzen bleiben, aber Wilhelm war nicht allein. Der Gemüsehändler war dabei, was sollte der von ihr denken? Woche für Woche würde er wiederkommen, würde sie fragen, warum sie ihren Mann bei seiner Rückkehr aus dem gewonnenen Krieg nicht freudig begrüßt habe. Ob sie ihn nicht mehr liebe, ob inzwischen ein anderer Mann … Männer haben solch dumme Fantasien. Nein, Anlass zu Gerede wollte sie niemandem geben. Nach einem Blick auf ihre kaputten Hände drehte sie sich entschlossen um, legte ihre Schürze ab und ging schweren Herzens in den Hof.

Wilhelm sah sie kommen, wischte in alter Gewohnheit seine Hände an seiner Hose ab und streckte sie ihr weit entgegen.

Da bist du ja! - Guck amol, mir ham schon alles aufgeladen!

Wilhelm strahlte, als habe er ihr mit dem Aufladen eine große Freude bereitet. Dass durch ihre Arbeit alles schon parat stand, wohlgeordnet und gut verpackt, davon sagte er nichts. Seine Umarmung ließ Henriette geschehen. Der Kuss, den er ihr gab, rutschte neben den Mund. Während Wilhelm seine Frau umarmte, errechnete der Händler den Preis und öffnete die Geldtasche.

Nee, nee, lachte der Gärtner, so machen wir das nicht. Nicht hier draußen aufm Hof. Ein kleines Schnapsel gehört schon dazu. Kumm ock, mir giehn ei die gute Stube. Ne Kroatzbeere wird schon noch im Hause sein.

Wilhelm wusste, dass es Henriette missfiel, wenn er schlesisch sprach. Darum bemühte er sich, nach der Schriftsprache zu reden.

Gell, Frau, das ist eine Überraschung. Weißt du, ich habe den Max belabert, mich hierherzufahren. Vielleicht haben mir Glück, hab' ich zu ihm gesagt und es liegen schon ein paar Rettiche vor der Tür. Und wie durch einen großen Zauber sind die Körbe und Kisten schon alle vollgefüllt dagestanden. Wir mussten nur noch aufladen.

Im Wegdrehen murmelte Henriette, es sei kein großer Zauber, es sei harte Arbeit gewesen.

Kumm ock, Max. Jetzt lassen wir uns eine Kroatzbeere schmecken. Gelle, Menzel-Gärtnerin. Weil er keine Antwort erhielt, fügte er hinzu: Oder hast du die Kroatzbeere schon allene ausgenippelt?

Henriette war nicht zum Lachen. Sie stand starr und steif, als sei das, was um sie herum geschah, eine fremde Welt. So gesprächig wie heute war Wilhelm früher nicht in drei Tagen. Machte das alles der Krieg? Wilhelm wollte nach Henriettes Schulter greifen, doch sie entzog sich ihm und ging voraus zur Haustür.

Kommen Sie, Herr Keller. Bitte schön.

In der Wohnstube stellte Henriette zwei Schnapsgläser auf den Tisch, holte die Flasche, die seit Wilhelms Abreise ungenützt im Schrank stand, stellte sie in die Mitte. Wilhelm steckte noch immer voller Fröhlichkeit und fragte voller Übermut, ob sie nicht mittrinke. Ihr sei nicht gut, antwortete Henriette mehr zum Gemüsehändler und ließ ein Glas frisches Wasser einlaufen.

Da siehstes, Max. Da kommt unsereins aus dem verfluchten Krieg heem und die Frau hat Kopfweh.

Ach, ihr zwei beiden, ihr könnt die ganze Nacht noch feiern. Da wird der Kopfschmerz schon vergehen.

Der Händler prostete Henriette zu und zwinkerte mit einem Auge. Ohne darauf zu reagieren, holte sie den Geldbeutel aus der Kommode und legte ihn auf den Tisch. Wie selbstverständlich griff Wilhelm danach. Nachdem alles geregelt war, stieg der Händler in sein

Auto und fuhr hinaus auf die Straße. Wilhelm lief hinterher, verschloss das Tor und legte den Querriegel vor.

Enttäuscht war Henriette zurück ins Treibhaus gelaufen. Im geheimen hoffte sie, ihr Mann werde folgen, werde die Beete inspizieren, die Ordnung loben. Ihr nahe sein. Als sie seine Schritte hörte, begann ihr Herz zu pochen, doch Wilhelm verharrte vor der Treibhaustür, lief einige Schritte weiter und stieg in alter Gewohnheit auf den Schornstein. Von hoch oben wollte er die Zinnen seiner Festung sehen, sich zuhause fühlen.

Er spielt Krieg, dachte Henriette. Er hält Ausschau nach dem, was draußen ist.

Wilhelm stieg am Schornstein empor und blickte sich um. Seine Berge standen unverrückt. Ihm schien sogar, sie seien näher gerückt. Sie seien ihm so nah wie nie zuvor. Lange betrachtete er den Hochwald, den Zobten und die Striegauer Berge; sah ihre Konturen, verglich die Farben mit denen seiner Erinnerung. Dann glaubte er sogar, ihre Nähe zu riechen.

Ich bin derheeme, raunte er wie ein Dankgebet leise vor sich hin. Dann betete er vom Schornstein herab.

Herr, du bist voller Gnade, voller Barmherzigkeit. Herr, bleibe bei mir alle Tage, bis an der Welt Ende.

Es war sein Konfirmationsspruch, den wusste er noch auswendig. Angefüllt mit innerer Zufriedenheit und dem Gefühl wieder daheim zu sein, begann er herabzusteigen. Plötzlich sah er Maria zwischen anderen Mädchen auf die Gärtnerei zukommen. Die Kinder hielten sich an den Händen, hüpften lachend und tanzten.

Erfreut über das friedliche Bild stieg er die letzten Sprossen herab, wollte Maria entgegenlaufen, zögerte aber. Wie sollte er Maria freudig in die Arme schließen, ohne vorher mit Henriette geredet zu haben. Zögernd trat er ins Treibhaus, trat hinter die arbeitende Henriette, ohne sie anzufassen.

Henriette, was ist? Freust du dich denn kein bissel, dass ich gesund aus dem Kriege wieder heimgekommen bin?

Ohne aufzublicken, gab sie ihm ihre Antwort.

Selbstverständlich freue ich mich. Freust du dich nicht, dass in der Gärtnerei alles in Ordnung ist?

Klar freue ich mich.

Aber sagen kannst du das nicht ...

Wilhelm schwieg betroffen.

... dass die Lieferung parat steht Woche für Woche.

Wilhelm hätte gern seine Hand auf ihren Kopf gelegt, fürchtete aber abgewiesen zu werden.

Du kommst und lädst als erstes die Ware auf, als sei sie das Wichtigste, die reine Selbstverständlichkeit.

Henriette begann still zu weinen.

Frau. Ich hoab' geducht ... ich habe gedacht, ich mache dir eine Freude. Ich habe gedacht, du hörst das Auto, kommst aus dem Haus und schon ist alles aufgeladen. Die Arbeit, die für dich viel zu schwer ist, haben der Max und ich schon erledigt. Der Keller Max hat mir erzählt, immer wenn er in den Hof fährt und kräftig hupt, kommst du aus dem Haus oder aus dem Garten und ihr ladet gemeinsam auf. Da habe ich ihm vorgeschlagen, wir machen zuerst die Arbeit, laden alles auf, erst dann wird gehupt.

Henriette ließ während der langen Erklärung nicht von ihrer Arbeit ab. Wilhelm sah das Zittern ihrer Finger, sah das Blut an ihrer Hand und wusste nicht, was zu tun, was zu sagen sei. Doch die Rettung war nah. Maria stürmte ins Treibhaus, ließ die Glastür wuchtig in den Rahmen fallen und schrie:

Vatel! Endlich bist du wieder derheeme.

Sie sprang ihm an den Hals, drückte ihn und küsste ihn laut auf den Mund.

Endlich biste wieder da.

*

Was ist schon Zeit?

Ein Cherub ist sie, die ihre Flügel auf geschlagene Wunden legt. Ohne Versprechen. Doch ihre Flügel sind gestutzt. Zwölf magere Tage misst die Zeit, um Frieden zu stiften im kleinen Kreis. Sein Füllhorn schüttet der Cherub in die andere Schale. In die Größere. Machtvolle. In der das Gespensterwort *Krieg* eingraviert steht. Dort wachsen die Flügel zu neuer Größe, bereit zu fliegen über Länder und Meere. Feuer zu entfachen. Seelen aus ihren Körpern zu lösen. Verlorene Zeit wird zum Herrscher.

*

Am nächsten Morgen erwachte Wilhelm spät. Das weiche Bett hatte ihn verführt, liegen zu bleiben. Schon lange spürte er, allein zu sein. Geräusche von klapperndem Geschirr ließen ihn aufhorchen. Henriette bereitete das Frühstück. Während er noch überlegte, ob er aufstehen oder seinen ersten Urlaubstag voll genießen, stürmte Maria ins Zimmer, warf sich auf ihn und bedeckte sein Gesicht mit vielen Küssen.

Vatel, ich freu mich so, dass du wieder da bist. Bleibst du jetzt für immer bei uns? Oder musst du wieder zurück in den Krieg?

Ach, Mariele, ich freue mich auch, euch alle wiederzusehen. Gesund und munter. Alles ist hier so schön in Ordnung.

Ja, die Muttel ist sehr fleißig. Aber ich helfe ihr auch bei der Arbeit. Ich kann sogar schon verkaufen. Wenn die Frauen aus dem Dorf kommen und Gemüse wollen, dann such ich alles raus und leg es auf den Verkaufstisch. Den hab' ich mit der Muttel in der Remise aufgestellt, damit die Leute nicht immer bis ins Treibhaus laufen müssen. Jetzt kommen sogar welche aus der Stadt, die kenne ich gar nicht.

Wilhelm setzte sich im Bett auf und nahm Maria in den Arm.

Weißt du, Mariele, früher war das halt anders. Da bin ich in die Stadt gefahren und hab unser Gemüse dort verkauft. Und auch Blumen. Da haben wir hier keinen

Verkaufstisch gebraucht. Die Leute sind zu mir ans Auto gekommen; von der Ladefläche runter hab' ich verkauft. Dabei hab' ich sogar deine Muttel kennengelernt.

In der Stadt verkaufen tät ich auch gern, aber wir haben kein Auto mehr, das haben sie doch beschlagnahmt.

Der Gärtner drückte seiner Tochter einen Kuss auf die Stirn.

Möchtest du mal eine Verkäuferin werden?

Oh ja, nur das Rechnen geht halt nicht so gut. Da muss mir die Muttel immer vorsagen, wieviel das kostet.

Ach, rechnen lernst du schon noch.

Von unten kamen Henriettes mahnende Worte, es sei höchste Zeit in die Schule zu gehen. Sie komme gleich, rief Maria zurück, gab dem Vater einen Kuss und winkte beim Hinaushuschen mit der Hand. Kaum war Wilhelm allein, schlüpfte er in seine alte Rolle, kleidete sich an und ging die Treppe hinab. Unter der Haustür blieb er stehen und öffnete seine Hände. Lange stand er so und genoss es, daheim zu sein. Es dauerte, bis er an den Frühstückstisch trat. Die Versöhnung der letzten Nacht gab ihm Mut, Henriette zu umarmen, seine Lippen in ihre Haare zu drücken. Sie ließ ihn gewähren. Dann drehte sie sich in seinem Arm und küsste ihn auf den Mund. Das gemeinsame Frühstück dauerte länger als sonst. Wilhelm fand Lobesworte über die Gärtnerei, mahnte aber auch, Marias Schulleistungen dürften nicht leiden. Henriette empfand das als Tadel. Ihre Frage, wie sie das alles bewältigen soll, blieb ohne Antwort. Maria müsse in der Gärtnerei mithelfen, zumindest die Kundschaft bedienen, sonst käme bald alles unter die Räder. Um den Zwist nicht hochkommen zu lassen, versprach Wilhelm, zum Bürgermeister zu gehen, eine Hilfskraft für die schwere Arbeit einzufordern. Der Ortsvorsteher versprach auch, einen Kriegsgefangenen für die Gärtnerei zu besorgen. Mehr könne er nicht tun.

*

Wieder kam eine Feldpostkarte von Wilhelm.

Mir geht es gut. Was soll ich sonst schreiben? Maria soll fleißig lernen.

Viele liebe Grüße und Küsse, Euer Vatel.

Er ist nicht mein Vatel, dachte Henriette.

Léon.

An einem frühlingshaften Morgen klopfte ein einarmiger deutscher Soldat an die Tür des Gärtnerhauses. Nachdem er sein umgehängtes Gewehr an die Mauer gelehnt hatte, legte er seine freie Hand an die Schirmmütze und übergab Henriette einen Kriegsgefangenen mit dem Hinweis, ihn um fünf Uhr wieder abzuholen.

Aber pünktlich, fügte er hinzu, sonst kriegt er kein Abendessen.

Henriettes Überraschung war groß. Sie betrachtete den Gefangenen, ließ ihre Augen von unten nach oben über ihn gleiten und wieder zurück. Er sah gepflegt aus, ein leichtes Lächeln tanzte auf seinen Lippen. Vor Verlegenheit wischte sich die Gärtnerin ihre Hände an der Schürze ab und wartete, bis der Soldat wieder durchs Hoftor verschwunden war. Ihre Überlegung, ob es erlaubt sei, einem Gefangenen die Hand zu geben, dauerte an. Der Franzose war es, der mit einer leichten Verbeugung das Gespräch eröffnete.

Mein Name ist Léon. Ich soll ihnen bei der Arbeit helfen. Ob ich geeignet bin, weiß ich nicht. Ich verstehe etwas von Pflanzen und werde mir Mühe geben, gut zu arbeiten.

Das korrekte Deutsch überraschte Henriette erneut. In ihrer Verwirrung fragte sie, was er von Pflanzen verstehe, wieso er die deutsche Sprache so gut beherrsche. Mit erkennbarer Verlegenheit erzählte der Mann, in seinem privaten Leben sei er Professor für Botanik an der Universität in Strasbourg. In Strasbourg sprächen viele Menschen deutsch.

Henriettes Konfusion wuchs. Zögerlich streckte sie ihm die Hand entgegen. Der Franzose griff nach ihr und führte sie mit einer leichten Bewegung an seine Lippen.

Alles hatte Henriette erwartet, nur das nicht. Verlegen zog sie ihre Hand zurück und wies ihn an, ihr ins Haus zu folgen. Im Flur gab sie ihm die Gärtnerschürze ihres Mannes. Allein das Wissen, einen Professor im Haus zu haben, verunsicherte sie. Auf ihre Frage, wie sie ihn ansprechen dürfe, ob als Professor oder nur als Herr, gab er lächelnd zurück:

Sagen sie Léon zu mir, Madame. Einfach Léon.

Als Maria aus der Schule kam, hantierte Henriette in der Küche.

Stell dir vor, wir haben eine neue Hilfskraft. Es ist ein Franzose. Ein gebildeter Mann. Ein Professor.

Maria wusste nicht, was ein Professor ist.

Ein Professor ist ein Lehrer. Aber nicht an einer so kleinen Schule wie hier im Dorf. Er lehrt an der Universität in einer großen Stadt. In Straßburg. Er spricht gutes Deutsch. Lauf hinter ins Treibhaus und bitte ihn zu Tisch.

Ironisch imitierte Maria die Stimme ihrer Mutter.

Bitte ihn zu Tisch. So geschwollen redest du sonst nicht. Bitte ihn zu Tisch!

Als der deutsche Soldat am späten Nachmittag wieder erschien und fragte, ob der Gefangene gut gearbeitet habe, ob die Gärtnerin mit seiner Arbeit zufrieden sei, bestätigte Henriette alle Fragen und hörte mit Erstaunen Léon geflüsterter Bestätigung.

Es war mit einer Ehre.

*

An einem der folgenden Tage saßen sie zu dritt am Mittagstisch. Maria brabbelte los:

Muttel, darf mir der Léon bei den Hausaufgaben helfen? Allein versteh' ich das nicht. Der Léon, der erklärt immer alles so gut. Ein paar französische Wörter habe ich auch schon von ihm gelernt.

Marias Augen funkelten vor Freude, doch Léon kaute sein Brot, als ginge ihn die Frage nichts an. Henriette zögerte und schüttelte den Kopf. Als sie den letzten Brocken hinuntergewürgt, griff sie zum Wasserglas und trank einen kräftigen Schluck.

Erstens, das habe ich dir schon oft gesagt, sollst du nicht mit vollem Mund reden. Wie stellst du dir das vor? Wenn die Leute entdecken, Léon arbeitet nicht im Garten, sondern macht mit dir Hausaufgaben, ein französischer Gefangener gibt einem deutschen Madel Unterricht. Das klingt wie Hochverrat. Das ist sicher verboten.

Bitte, Muttel. Dass merkt doch keiner. Wir schließen die Stube zu und ziehen die Vorhänge vors Fenster. Da kann keiner reingucken.

Über diesen Vorschlag musste Henriette laut lachen.

Bist du verrückt! Haben sie das gehört Léon, was Maria da gesagt hat?

Oui, Madame. Ich kann meine Ohren nicht verschließen. Sie sprechen so laut, ich muss es über die kurze Entfernung hören.

Und? Wenn sie ehrlich sind, wollen sie auch nichts von dieser Sache hören. Habe ich recht?

Henriette blickte Léon herausfordernd an, sah sein Lächeln.

Sie fragen nach meiner Ehrlichkeit, Madame. Nun gut, dann sage ich es auch so: Sie haben *nicht* recht.

Léon blickte Henriette frei ins Gesicht. Ihr Entsetzen erschreckte ihn. Schnell fügte er hinzu:

Pardon, Madame, ich wollte sie nicht verletzen, aber sie haben meine Ehrlichkeit herausgefordert.

Sein Lächeln zwang Henriettes Blick zu Boden.

Und, wissen sie einen Ausweg?

Wenn sie Vertrauen zu mir haben, weiß ich einen Ausweg.

Henriette stutzte. Wie konnte er an ihrem Vertrauen zweifeln? Hatte sie durch irgendein Wort, durch irgendeine Geste ihm jemals Misstrauen entgegengebracht? Wie? Wann? Womit? Henriettes Gedanken verkeilten sich. Wie schützend griff sie an den Kragen ihrer Bluse, drückte die Öffnung zusammen.

Sie sind dabei mich zu beleidigen, Léon.

Oh, non, non, Madame.

Léon streckte ihr abwehrend seine geöffneten Hände entgegen.

Es liegt mir fern, sie zu beleidigen. Allerdings ... ihre Tochter ist eine Mademoiselle und mein Vorschlag ist etwas verrückt.

Siehste Muttel, wenn du nichts mehr weißt und ich auch nicht, dann weiß der Léon was. Wie früher der Vatel. Der hat auch immer gewusst, was man machen muss, wenn man nimmer weiß, was man machen soll.

Henriette fühlte sich wie ein Boxer im Ring, von schweren Treffern getroffen. Kinnspitze. Leberhaken.

Plexus solaris. Zuerst Léons Frage nach ihrem Vertrauen, jetzt Marias Erinnerung an Wilhelm. Henriette glaubte, weglaufen zu müssen, fielen ihr keine rettenden Worte ein. Nur reden, reden müsse sie, allein reden würde sie aus der Gefahr eines k.o. retten. Wie nach einer Betäubung blickte sie ins Leere.

Was für ein Vorschlag ist das?

Es ist Sommer. Der Kokskeller hinter dem Treibhaus ist leer.

Abwehrend hielt Maria ihre Hände vors Gesicht. Ihre Antwort kam schnell und schwankte zwischen Lachen und Weinen.

Nee, dort ist es so finster. Und Spinnen krabbeln herum. Ich weeß nicht?

Léon sprach beiläufig, als habe er an der Unterhaltung den Spaß verloren.

Man kann sauber machen.

Henriettes Hilflosigkeit dauerte an. Als Einwand brachte sie vor, der Raum habe kein richtiges Fenster, nur die Eisenklappe, durch die der Koks geschaufelt wird. Das sei zu wenig Licht.

Léon ging zur Tür. Im Hinausgehen murmelte er, es gäbe Kerzen ... aber es sei nur ein Vorschlag.

Oh ja, Muttel. Wir wullns probiern. Wenn der Léon alle Spinnen tuut machen tut, hab ich keene Angst nich.

Henriette kämpfte erneut ihren Zweifrontenkrieg. Von Léon wollte sie den Verdacht nehmen, sie vertraue ihm nicht, gleichzeitig Maria die Möglichkeit geben, ihre schulischen Leistungen zu verbessern. Sie war es doch, die große Schuld an Marias schulischem Leistungsabfall trug. Dann überfiel sie die nächste Frage: Müsste nicht sie, die Mutter, mit dem Kind üben? Das Kind will aber lieber mit Léon zusammen sein, mit ihm lernen. Einer plötzlichen Eingebung folgend stellte sie Maria die Bedingung, sie dürfe mit Léon im Kokskeller lernen, wenn sie verspräche, nur noch ordentliches Deutsch zu sprechen. Maria fiel der Mutter um den Hals, drückte sie und versprach, nicht mehr zu pauern. Blitzschnell lief sie ins Treibhaus und rief laut gegen das vibrierende Glas:

Léon! Wir dürfen!

Weil keine Antwort kam, begann sie, nach ihm zu suchen. Sie fand ihren neuen Lehrer im Kokskeller. Mit einem Besen kehrte er die Spinnweben von den Wänden und schob den Kohlenstaub in eine Ecke. Durch die weit geöffnete Schachtluke fiel ein Sonnenstrahl in den Raum, in dem Millionen kleiner Kristalle funkelten.

Genau hier stellen wir den Tisch hin, jubelte Maria. Hier ist es hell, hier scheint sogar die Sonne!

Wie lange noch?

Du meenst ... du meinst, weil die Sonne nachher gleich untergeht.

Es ist nicht die Sonne, die untergeht. Es ist die Erde, die wegdreht hinein in die Nacht.

Maria sah Léon mit großen Augen an.

Das verstehe ich nicht.

Léons Unterricht hatte begonnen.

Und ich verstehe nicht, warum du plötzlich richtiges Deutsch sprichst.

Die Muttel hoat gesoat ... meine Mutter hat gesagt, nur wenn ich richtig deutsch rede, darf ich mit dir lernen.

Léon lächelte.

Deine Mutter ist eine schlaue Frau.

Aber das mit der Sonne, die nicht untergeht, habe ich nicht verstanden. Wie meenste ... wie tust du das denn meinen?

Léon stellte den Besenstiel an die Wand. Sein Schatten brach ein Dreieck aus dem Sonnenfleck.

Schön langsam. Deine Mutter hat Recht. Es ist höchste Zeit, du musst richtig deutsch sprechen lernen. Wie tust du das denn meinen, das ist ganz schlechtes Deutsch.

Ich weiß, das war dumm von mir. Aber das ist nur, weil ich so aufgeregt bin. Richtig muss es heißen: Wie meinst du das?

Léon wollte Maria anerkennend über das Haar streichen, unterließ es aber. Stattdessen sagte:

Gut. Setzen.

Aber wir haben keine Stühle, lachte Maria. Und keinen Tisch.

Dann wollen wir alles herbeischaffen, gab Léon zurück.

Gemeinsam gingen sie in die Scheune, kramten unter dem Holzstapel zwei Holzböcke hervor, dazu eine breite Holzbohle, luden alles auf die Schubkarre und fuhren es in ihr Versteck. Aus dem Heizungsraum zog Maria den roten Stuhl an den aufgebauten Tisch, setzte sich, legte ihre Arme breit auf das rohe Holz und ließ ihrer Freude freien Lauf.

Jetzt kanns losgiehn … jetzt kann es losgehen, verbesserte sie sich schnell und blickte Léon erwartungsvoll an.

Und dein Lehrer darf wohl stehen bleiben?

Unser Fräulein, unsere Lehrerin hat einen Stuhl, aber sie setzt sich nicht hin. Sie läuft die ganze Zeit immer nur zwischen den Bänken rum.

Das werde ich nicht tun. Ich hole mir einen Stuhl und du holst deine Bücher und Hefte.

Dem aufspringenden Mädchen rief er noch hinterher, sie solle ihre Schreibstifte nicht vergessen. Léon ging in das vordere Treibhaus und griff nach dem Stuhl, der neben dem Verkaufstisch stand. Unauffällig blickte er sich dabei um, konnte aber Henriette nirgendwo entdecken. Zu gern hätte er das in der letzten halben Stunde entstandene brodelnde Gemisch bereinigt. Bis in den hinteren Teil der Gärtnerei ging er, blickte über alle Beete, suchte hinter den Brombeersträuchern. Sogar auf dem Feld hinter dem Zaun war die Gärtnerfrau nicht zu entdecken. In zwei Stunden musste er zurück ins Lager, bis dahin wollte er die entstandenen Missverständnisse auflösen. Weggehen, ohne aufzuklären, wollte er nicht. Es würde den morgigen Tag belasten. Noch einmal hielt er Ausschau, ging danach ins Treibhaus zurück. Schon von der Eisentür des Kokskellers aus sah er Henriette ein weißes Tischtuch auf die Holzbohle legen, nach allen Seiten glattstreichen. In der Mitte stand ein Leuchter mit einer dicken Kerze. Aus der Schürzentasche nahm Henriette ein Feuerzeug und legte es daneben. Im gleichen Moment kam Maria zurück und prasselte los.

Das Feuerzeug kenne ich, es ist vom Vatel. Das hat er vom Opa geerbt. Die Buchstaben *K und M* auf dem Deckel heißen Karl Menzel. Gell, Muttel, das stimmt.

Weil Henriette keine Antwort gab, begann Léon zu loben, sagte es sei richtig feierlich geworden. Ohne zu antworten, ging Henriette zur Tür, drehte sich noch einmal um und mahnte im Hinausgehen, die Eisentür müsse immer geschlossen sein. Laut reden dürften sie auch nicht, sonst höre man sie durch die Luke. Dabei legte sie ihren Zeigefinger vor den Mund und flüsterte lächelnd zu Maria:

Psst. Feind hört mit!

Ich weeß schun. Das steht draußen an allen Plakatwänden.

Du sollst richtiges Deutsch reden, sonst ... –

Henriettes Drohgebärde mit dem Zeigefinger ließ Maria zusammenzucken. Den senkrecht über die Lippen gezogenen Finger deutete Léon anders. Das Zwielicht malte Gespenster.

Für Léon und Maria begann ein neues Leben. Sie trafen sich heimlich und lachten: Wir gehen in unser *cachette*.

*

An einem sonnenüberfluteten Tag kam Henriettes Schwägerin Selma zu Besuch. Der Kaffeetisch war bereits gedeckt, Tassen und Teller standen parat. Nach den üblichen Worten der Begrüßung fiel wie nebenbei der Satz, ein Kriegsgefangener sei jetzt in der Gärtnerei, zur Hilfe für die schweren Arbeit. Wilhelm habe das im letzten Urlaub veranlasst. Die Schwägerin horchte auf, zählte drei Tassen auf dem Tisch, drei Kuchenstücke auf den Tellern. Aufgeschreckt kam die Frage, ob der Gefangene auch an den Tisch komme, mit ihnen Kaffee trinke. Henriette hob ihren Blick, lachte laut auf.

Fürchtest du dich vor einem Franzosen? Hast wohl Maria vergessen, die gibt es auch noch. Sie kommt gleich aus der Schule.

Wie befreit atmete die Schwägerin durch.

Mein Gott, das Madel. Die hätt' ich beinahe vergessen.

In diesem Moment stürmte Maria in die Stube, blickte erstaunt auf den Besuch und machte einen tiefen Knicks.

Ein braves Madel ist sie, unser Mariele, hauchte die Tante und versuchte, dem Kind über den Kopf zu streifen. Maria entzog sich dem ausgestreckten Arm und plapperte los.

Die Lehrerin spinnt. Was die uns wieder aufgepackt hat. Rechenaufgaben, die ich nicht kapieren tu. Die spinnt doch. Nur gut, dass der Léon bei uns ist. Ohne seine Hilfe würde ich sitzenbleiben.

Marias Redefluss war nicht zu bremsen. Ihre Augen leuchteten beim Erzählen. Ein toller Mann sei er, der Franzose, erzählte sie. Ein Professor. Von einer Universität. Er helfe ihr bei den Schularbeiten. Sie lerne jetzt nicht mehr, jetzt studiere sie. Der Léon sei sehr schlau, wisse auf jede Frage eine Antwort.

Der selbstgebackene Kuchen war schnell aufgegessen. Henriette ging in den Garten und füllte die von der Schwägerin mitgebrachten Taschen mit Gemüse und Obst. Die Zwischenzeit füllte die Tante mit vielen Fragen, doch Maria verkündete, sie werde gleich wieder in den Kokskeller gehen, um sich die Rechenaufgaben erklären zu lassen. Nach einem schnellen Knicks rannte sie zur Tür, stieß dort mit der zukehrenden Mutter zusammen.

Wo willst du hin? fragte Henriette erstaunt.

Zum Léon. Die Rechenaufgabe ist mir zu schwer.

Die Schwägerin verfolgte das Geschehen mit einem Kopfschütteln und überschüttete Henriette mit einem guten Rat.

Eines sag' ich dir: Pass mir bloß aufs Madel auf. Du weißt schon, was ich mein. Es ist ein Franzose. Ich weiß nicht, ob der das so genau nimmt. Pass mir gut auf, aufs Madel.

*

Eine Feldpostkarte lag auf der Türschwelle. Henriette nahm sie mit ins Treibhaus und hielt sie Maria vors Gesicht.

Dein Vater hat geschrieben.

Lies' mir vor, was er schreibt. Ich kann seine Schrift so schlecht lesen.

Ohne auf die Karte zu blicken, kamen Henriettes Worte.

Mir geht es gut.

Sonst nichts?

Maria lachte, während sie Léon an einer Haarsträhne festhielt.

Er fragt, ob du gut lernst.

Oui, oui. Schreib ihm, Maria lernt gut! Oui.

Ein kurzer Blick auf den Wecker, der auf dem Verkaufstisch stand, veranlasste Maria, Léons Haare loszulassen.

Ich muss zu den Jungmädeln. Die Ursel wartet schon. Wenn wir nicht pünktlich sind, müssen wir zur Strafe im Kreis rummarschieren.

Wie ein junges Kükcn hüpfte sie hinaus, ihre eilig hervorgebrachten Worte *Heil Hitler* waren kaum noch zu hören.

Henriette fächelte mit der Karte frische Luft in ihr Gesicht, schob sie dann mit einer kurzen Handbewegung zwischen zwei Blumentöpfe.

Geht es ihnen gut?

Léons Frage überraschte sie. Ob es ihr gut gehe, was für eine Frage. Sie wusste es nicht.

Die Zeiten sind verrückt. Ich fürchte, ich werde das auch noch.

Ihre Worte wogen schwer. Gesenkten Kopfs ging sie zu Léon, lehnte ihn an seine Schulter. Léon duldete es, strich über ihr Haar. Sie zuckte nicht zurück. Worte verschwammen, lösten sich auf, gingen verloren, wurden nicht mehr gebraucht. Schweigen umhüllte ihre Köpfe wie schwärmende Bienen, die keinen Unterschlupf finden. Es dauerte, bis neue Wörter in dunkle Brunnen fielen. Kreise zogen. Sich auflösten.

*

An einem Freitagabend. Léon war schon zurück ins Lager.

Maria suchte ihre Mutter, lief laut rufend durchs Haus. Aus der Waschküche hörte sie leises Summen. Sie rüttelte an der Tür, die Mutter hatte sich eingeschlossen. Warum nur? Das gab es früher nie. Es dauerte, bis die Tür geöffnet wurde. Dick in ein Badetuch gehüllt huschte Henriette wortlos vorbei. Erstaunt blickte ihr Maria nach und betrat danach kopfschüttelnd das Bad. Mutters Badewasser verströmte einen herrlichen Duft. Hatte Vater dieses Parfüm aus Frankreich mitgebracht? Oder war es von Léon? Maria rätselte. Das Wasser war noch warm. Maria stieg erfreut hinein, blieb lange darinsitzen. Sie hoffte, der Duft werde auch sie umhüllen.

Erst als ihr das Wasser zu kalt wurde, stieg sie aus der Wanne und trat vor den Spiegel. Sie drehte und wendete sich, betrachtet aufmerksam ihren Körper. Besonders interessierten sie ihre Brüste. Die zartrosa Knospen traten schon stärker hervor, färbten sich rötlich. Ihr Busen begann zu sprießen. Das gefiel ihr. Die Schulterblätter nach hinten gedrückt atmete sie tief ein. Und wieder aus. Das Spiel ihrer Brüste, das Hervortreten und wieder verschwinden, gefiel ihr. Draußen würde sie ihre Schultern stets nach vorn ziehen, leicht gebückt gehen. Draußen ist draußen und drinnen ist drinnen, Vaters Spruch. Wie Vater wollte sie sein, auch wenn sich für sie eine neue Welt auftat. Zwei geheimnisvolle Räume vermittelten ihr die neue Zeit. Ihr *cachette* und das *Salle de bain.* Marias Welt begann sich schneller zu drehen.

*

Henriette bedrängten viele Fragen, doch ihre Neugier gebot Distanz. An einem sonnigen Vormittag platzte es aus ihr heraus.

Sind sie verheiratet, Léon?

Ihre Frage hallte durchs Treibhaus, klirrte gegen die Scheiben. Ein kurzer Satz, seit Wochen umsorgt und behütet, war entschlüpft.

Léon topfte weiter. Erde in den Topf. Pflanze in die Mitte. Erde aus der hohlen Hand nachrinnen lassen. Wurzelfäden eindrücken. Oben aufliegende Erde festdrücken. Topf Rand sauberwischen. In die Reihe stellen. Neuer Griff. Topf. Erde. Pflanze. Erde. Nächster Topf. Erde. Pflanze. Erde. Nächster

Topf. Die Bewegungen der Gärtnerin und des Franzosen verliefen im Gleichklang, glichen einander im Rhythmus der Harmonie. Nur der kurze heimlich entschlüpfte Satz irrte umher. *Sind sie verheiratet?* Drei Worte, die keine Antwort fanden. Kamen sie von den Bergen? Aus einem Fluss? Aus einer nebelverhangenen Wiese? Stiegen sie aus regennasser Erde? Oder glichen sie einer Chimäre? Henriettes lang gehütete Frage war wie ein Küken, das von innen gegen die dünne Schale pochte. Es dauerte, bis eine Antwort kam. Léons Stimme war kaum zu hören, so leise sprach er.

Ich weiß nicht.

Der Rhythmus der Arbeit kehrte zurück. Topf. Erde. Pflanze. Erde. Nächster Topf. Erde. Pflanze. Erde. Nächster Topf.

Henriette war es, die es nicht mehr ertrug. Man müsse doch wissen, ob man verheiratet sei, fuhr sie plötzlich los. Wie ein Wirbelwind kreisten ihre ungestüm ausgesprochenen Worte durchs Glashaus.

Zu sagen, ich weiß nicht, ist keine Antwort. Keine Antwort eines klugen Mannes. Sie spielen mit ihr. Das habe ich nicht verdient.

Léon spürte die Verwirrung, die er angerichtet hatte und begann zu erklären.

Pardon, Madame. Ich bin schon weit über drei Jahre von daheim weg. Keine Post, kein Brief, keine Nachricht. Was soll ich wissen? Meine Frau kränkelt seit vielen Jahren. Vielleicht ist sie inzwischen verstorben. Bin ich verheiratet? Bin ich ein Witwer? Ich weiß es nicht.

Danach stellte er die Gegenfrage.

Sind *sie* verheiratet, Madame?

Henriette zog die rechte Schulter hoch, danach die linke, als sitze etwas in ihrem Genick, das sie abschütteln wollte. Oh, mein Gott. Bin *ich* verheiratet? Bin ich noch verheiratet oder bin ich es nicht mehr? Wenn nicht, seit wann? Was weiß ich schon, alles ist so wirr. Ihre Antwort war kurz.

Ich hasse den Krieg!

Kaum ausgesprochen wollte sie ihre Worte zurückholen, sie zerstampfen, zertreten. Sie hasse den Krieg aber nicht so, wie Léon sie verstehen könnte.

Verzeihen sie, rief sie ihren Worten hinterher, ohne Krieg wären sie nicht bei mir, ständen mir nicht gegenüber. Das wollte ich nicht sagen, verstehen Sie?

Viel lieber hätte sie ihm zugerufen: Du stehst zu weit weg. Auf der anderen Seite des Tisches. Viel zu weit weg. Nicht Fuß an Fuß. Schulter an Schulter. Dieser verfluchte Krieg, dieses vielköpfige Wesen. Diese Hydra. All ihre Wünsche hätte sie gern ausgesprochen, Léon anvertraut. Sie durfte es nicht. Das wusste sie. In den Nächten, in ihren Träumen, würde dieses Verlangen wieder hervorbrechen, sie aufwühlen. Davor fürchtete sie sich. Ein Herkules war sie nicht. Das wusste sie auch.

*

An einem Montag wartete Henriette vergebens auf León. War er erkrankt? Oder geflohen? Was war mit ihm? Ihr war aufgegeben, jedes Nichterscheinen sofort zu melden. Sollte er geflohen sein, benötigte er Vorsprung. Henriette zögerte. Wäre es nicht besser, man fange ihn schnell wieder ein, bringe ihn in die Gärtnerei zurück? Dürfe er nach einem Fluchtversuch wieder frei herumlaufen? Hatten ihre Fragen zur Flucht beigetragen?

Drei Tage ließ sie verstreichen, dann ging sie zum Ortsgruppenleiter. Meldete, der Gefangene sei nichtmehr zur Arbeit erschienen.

Über eine halbe Stunde musste sie im Vorzimmer warten. Endlich wurde sie eingelassen. In goldener Uniform saß der Ortsgruppenleiter hinter seinem Schreibtisch und blätterte geschäftig in seinen Akten. Kein Aufblicken, keine Frage. Es dauerte, dann redete Henriette mit zitternder Stimme einfach los.

Der französische Kriegsgefangene, der mir bei der Arbeit in der Gärtnerei hilft, fehlt. Was ist mit ihm? Ist er krank?

Mit verstecktem Spott in der Stimme fragte der Ortsgruppenleiter, wie lange der Franzose schon fehle. Henriette ließ sich auf die Frage nicht ein und drängelte, sie müsse wissen, warum er nicht mehr zur Arbeit komme.

Die Akte, in der der Parteimann bislang gelesen hatte, wurde zur Seite geschoben, ein frivoles Lächeln traf Henriette mitten ins Gesicht.

Liebe Frau. Es gibt wichtigere, kriegswichtigere Arbeiten als Blumenpflücken. Wir haben Krieg, liebe Frau. Krieg. Die Franzosen sind unsere Feinde. Das Lager der Kriegsgefangenen wurde aufgelöst. Ersatz? Woher soll ich welchen nehmen? Im Krieg ist alles nicht so leicht wie sie sich das vorstellen, gute Frau. Heil Hitler!

Mon Dieu, León. Dein Ruf am frühen Morgen: *Me revoici!* - nie mehr. Au revoire. Léon! Au revoire!

Józef.

Weit über eine Woche blieb Henriette ohne Hilfe. Alle schweren Arbeiten blieben liegen. Die Körbe, die der Gemüsehändler wöchentlich abholte, waren nur zu Hälfte gefüllt. Maria verkroch sich in ihrer Stube, kein fröhliches Lachen hallte durchs Haus.

Eines Tages schreckte Henriette auf. Ein Auto hupte vor dem Hoftor. Interessiert blickte sie durchs Fenster und sah, wie ein Wachmann einen jungen Burschen anherrschte, von der Ladefläche auf die Straße zu springen. Der Junge war abgemagert, seine Hosen ausgebeult, der Kragen speckig, die Ärmel durchlöchert. Ein großes P prangte auf seiner Jacke. (Das auf dem Rücken entdeckte Henriette erst später.) Seine Hose zierten mit großen Stichen aufgenähte mehrfarbige Flicken. Unter zerfransten Rändern schauten die Zehen nackter Füße hervor.

Eiligst lief Henriette hinaus. Am Hoftor verkündete der Uniformierten, er bringe eine neue Hilfe. Es sei ein Pole.

Er darf aber nicht im Haus schlafen. Das Grundstück darf er nicht verlassen. Wenn er wegläuft, muss es sofort gemeldet werden. Dann wird er erschossen. Aber das weiß er.

Nach diesen Worten lachte der Wachmann. Mit einem kräftigen Schubs bugsierte er den schmächtigen Burschen durchs Hoftor und stieg zurück ins Auto. Mit laut aufdrehendem Motor fuhr er davon. Henriette ließ ihren Blick über die Jammergestalt gleiten und atmete tief durch.

Sprichst du deutsch?

Ja, Frau.

Wo hast du das gelernt?

Von Matka - Mutter.

Wo ist sie deine Mutter?

Der Junge zuckte mit der Schulter.

Und dein Vater?

Wieder zuckte die Schulter.

Wo kommst du her?

Polen.

Unsicher drehte er seinen Kopf zur Seite und blickte zu Boden.

Zuletzt aus Steinbruch.

Wie heißt du?

Józef.

Kannst du arbeiten, Josef?

Ja, Frau.

Wie alt bist du?

Zwanzig.

Hat man dir gesagt, was du hier machen sollst?

Hat gesagt, Koks nachfeuern in der Nacht.

Wut kochte in Henriette hoch, doch sie bezwang sich. Mitleid nistete sich ein. Vom Alter her könnte er ihr Sohn sein. Wo Vater und Mutter sind, weiß er nicht. Der Krieg ist eine ansteckende Krankheit, dachte Henriette. Aussätzige macht er aus uns. Aus uns allen.

Vorsichtig ging sie einen Schritt auf ihn zu, wollte ihm die Hand entgegenstrecken, doch der Junge wich ängstlich zurück. Als ihr die Worte *fürchte dich nicht* über die Lippen rutschten, erschrak sie. Diese Engelsworte auszusprechen stand ihr nicht zu. Ein Engel wollte sie nicht sein. Schnell fügte sie hinterher:

Komm, komm Josef.

Beim Gang über den Hof lief er wie ein treuer Hund hinter ihr her. Das irritierte Henriette. Sie blieb stehen, was auch Józef veranlasste, stehenzubleiben. Um seine Erstarrung zu lösen, begann sie zu erzählen.

Du musst keine Angst haben. Wir gehen in den Garten. Dort wirst du mir helfen bei den Blumen und dem Gemüse. Verstehst du? Die Blumen werden dich erfreuen, davon haben wir genug. Ein großes buntes Meer. Nicht nur staubigen Koks. Fürchte dich nicht. Komm.

Wieder waren ihr die Worte des Engels entflohen, als gäbe es keine anderen. Vor dem Betreten des Treibhauses schlug Józef das Kreuz, zuerst am Kopf, danach vor der Brust. Henriette sah es und glaubte, er fürchte sich, will sich vor Unbekanntem schützen. Durch den Mittelgang war es ein weiter Weg. Die Gärtnerin ließ ihre Hände links und rechts über das junge Grün streifen. Erst vor der Tür zum Heizungsraum blieb sie stehen und wartete, bis der Pole neben ihr stand.

Dieses Gerümpel räumen wir raus. Hier kannst du dein Bett aufstellen. Hinter der Tür ist der Heizungsraum. Im Winter wirst du nicht frieren. In der Heizung gibt es Wasser. Und ein Becken. Dort kannst du dich waschen.

Während der langen Erklärungen fuhrwerkte sie mit ihren Armen durch die Luft, als dirigiere sie ein großes Orchester. Józef sah sich um, doch sie ließ ihm keine Zeit und forderte ihn auf, mitzukommen. Ihre Stimme klang fest, aber nicht rau. Im Vorbeigehen legte sie ihre Hand an den kalten Ofen. Durch die geöffnete Tür ging sie in den dahinterliegenden Kokskeller. Von der geöffneten Luke stach ein Balken aus quadratischem Licht in den Raum, streifte den Tisch, ließ flimmernden Staub tanzen. Die Stummelkerze warf einen schwarzen Schatten, wie der Zeiger einer Uhr. Der Kohlenstaub hatte Wilhelms Feuerzeug den Glanz gestohlen.

Normalerweise liege hier Koks, versuchte sie zu erklären. Das Wort *normalerweise* reizte im Hals, als wisse sie nicht mehr, was in ihrem Leben noch normal sei.

Den Tisch ... Henriette zögerte und verbesserte ihren begonnenen Satz ... das Brett und die zwei Böcke trägst du in die Scheune. Den Stuhl in die Heizung.

Henriettes Worte flossen in die Schwärze des Raums, doch ihr sehnsuchtsvoller Blick blieb am Lichtstrahl hängen. Alle Geheimnisse waren verloren. Léons Verschwinden schmerzte noch immer. Ihr ausgesteckter Arm berührte den flimmernden Sonnenstrahl, ließ sternförmige Mikroben durcheinander wirbeln. Aus der Furcht, ihre Hand zu verletzen, zog sie ihn schnell wieder zurück und verwehrte ihren Träumen, sie zu verwirren. Entschlossen drehte sie sich um und sah dem Polen mitten ins Gesicht.

Morgen wird Koks geliefert. Er muss durch diese Luke in diesen Raum geschaufelt werden. Verstehst du, was ich sage?

Verstehe gut, antwortete der Pole.

Henriette lächelte ihn an, was er dankbar aufnahm.

Viel Arbeit, Josef.

Frau, bitte schön ... kann ich haben Brett? Will Bett machen auf Böcke. Bitte schön.

Oh mein Gott. *Table, chaise, cachette* – mit Léon ist alles Schöne verschwunden. Nur weg damit, nichts als weg damit. Henriettes Gedanken tanzten im Kreis. Laut sagte sie:

Mach alles, wie du willst.

Ihre Worte kamen gehetzt. Ihrem Einwand, das Bett werde sehr hoch auf den Böcken, obenauf noch die Matratze, setzte Józef entgegen, es sei besser höher zu schlafen als auf der Erde. Henriette glaubte in den Augen des Polen Angst zu erkennen. Um sie zu vertreiben, sprach sie schnell hinterher.

Wenn du es so willst? Bau um, wie es dir gefällt. Den Stuhl stellst du neben dein Bett für die Kleider. Wenn du fertig bist, kommst du ins Haus. Dort gebe ich dir eine Matratze und Bettwäsche.

Ja, Frau. Danke, Frau.

Kaum war Henriette weg, klammerte sich Józef mit beiden Händen an die Streben des Treibhauses, als suche er Halt. Seine Furcht, der Boden unter seinen Füßen könne wanken, die Freundlichkeit bald in Härte umschlagen, hielt in besetzt. Anderes war er nicht gewohnt.

Nach Schulende betrat Maria unbeschwert lachend das Geviert des Hofs. Erstaunt sah sie einen fremden Mann mit der Schubkarre eine Matratze in Richtung Scheune fahren. Entsetzt stürmte sie in die Küche und polterte los.

Muttel, draußen ist ein fremder Mann? Wer ist denn das? Ist das der Neue? Kommt der Léon nicht mehr zu uns? Warum? Ohne Léon kann ich nicht lernen.

Henriette stand am Herd, schlug Eier in die Pfanne.

Er heißt Josef. Sei freundlich zu ihm sein.

Freundlich zu dem? Ich nicht!

Voller Wut schleuderte Maria ihren Schulranzen auf den Stuhl und stürmte die Treppe hoch. Die Tür schlug laut zu, der Schlüssel knarzte zweimal im Schloss. Dem Mittagessen blieb Maria fern. Józef saß geduckt am Tisch, seine Hände an den Rand gedrückt. Nur die vordere Kante des Stuhls spürte das karge Gewicht seines Körpers.

Greif zu, sagte Henriette. Für die Arbeit musst du stark sein.

Danke, sagte der Pole und neigte den Kopf. Danke, Frau.

Wieder schlug er das Kreuz klein und eng, als fürchte er, es würde stören. Erst danach nahm er Eier mit Speck aus der Pfanne und trank die frische Milch wie ein heiliges Wunder. Zögernd brach er das Brot.

Am nächsten Tag wurde der Koks geliefert. Hundertzwanzig Zentner. Der Händler war nicht bereit, das Auto nahe an die Hauswand zu fahren. Der Boden sei aufgeweicht. Um lange herumzukurven, fehle ihm die Zeit. Henriette blieb die Ruhe selbst. Hundertzwanzig Zentner seien zu wenig, monierte sie. Der Kohlenhändler lachte ihr ins Gesicht, fragte, ob sie nicht bemerkt habe, dass Krieg sei. Es habe sich vieles verändert. Auch bei dieser Belehrung blieb Henriette still, zeigte keine Wut, kein Aufbegehren. Wortlos holte sie das Geld und zählte es in die aufgehaltenen Hände. Nein, fügte sie hinzu, heute keine Eier, keine Scheibe Speck. Der Krieg habe vieles verändert. Das habe er doch selbst gesagt.

Zu Józef sagte sie leise: Abladen. Gehorsam stieg er auf das Auto und schaufelte den Koks von der Ladefläche in den Hof. Der Händler stand wortlos daneben, zog genüsslich an seiner Zigarette.

Drei Tage voll harter Arbeit. Józef schaufelte den Koks in die Schubkarre, fuhr ihn zum Treibhaus, warf ihn mit Schwung durch die Luke in den Keller. Lag innen der Koks hoch, ging er hinein und schob den Berg mit der großen Gabel in die hinterste Ecke. Einsetzender Regen erschwerte die Arbeit. Erst als aller Koks in der Kammer lag, die Luke verschlossen, atmeten beide auf. Henriette und Józef.

Am Abend saßen sie zu zweit am Tisch. Maria war wortlos in ihrem Zimmer verschwunden. Aus Trotz sprach sie wieder schlesisch, ihr altes Versprechen war wertlos geworden.

Jitze hock ich wieder viel länger bei der bleeden Schularbeit. Blußig weil der Léon nich mehr da ies!

Henriette bekümmerte es, ließ es aber nicht merken. Wie eine fürsorgliche Mutter schob sie Józef ein zweites Schnitzel auf den Teller. Seine Augen strahlten die Gärtnerin an.

Bist du zufrieden mit mir, Josef? Ich meine mit der Arbeit und mit dem Essen?

Józef nickte im Takt des Kauens. Erfreut über das unausgesprochene Lob stand Henriette auf, ging in die Speisekammer. Mit einer Flasche Rotwein kehrte sie zurück, holte aus dem Büfett einen Korkenzieher und zwei Gläser.

Mach auf, sagte sie. Du bist ein Mann. So etwas muss der Mann machen.

Sie lachte ihm ins Gesicht und drängte ihn, es zu tun.

Wenn es kälter wird, werden wir im Treibhaus heizen. Jetzt noch nicht, wir müssen mit dem Koks sparsam umgehen. Sie haben nur Hundertzwanzig Zentner geliefert statt hundertachtzig.

Józef nickte, doch Henriette sprach schnell weiter als ertrage sie keine Stille.

Ob ich nicht wisse, dass Krieg sei, hat der Kerl gefragt. Hast du das gehört?

Sie lachte und Józef lachte mit. Nachdem Fleisch und Bratkartoffeln aufgegessen waren, stellte sie einen Topf selbstgemachtes Pflaumenkompott auf den Tisch.

Weil du so fleißig bist.

Danke, Frau.

Wenige Silben genügten, Henriette zu erfreuen. Zuletzt wischte der Junge die Kompottschale mit seinem gekrümmten Zeigefinger aus.

Gut, Frau. Gute Frau.

Henriette fühlte sich beschämt. Verlegen erklärte sie ihm, warum er nicht im Haus schlafen dürfe. Es sei verboten, die Partei komme kontrollieren.

Schlafe gut, Frau. Treibhaus wie Glaspalast.

Mit einem befreienden Lachen fügte Henriette hinzu:

Solange wir im Treibhaus nicht heizen, hast du kein warmes Wasser. Nach drei Tagen Koksschaufeln muss du dich richtig waschen. Die Leute denken sonst, die Gärtnerin hat einen Schornsteinfeger im Hof.

Warmes Wasser gut. Gärtnerin gut.

Józef strahlte mit seinen Augen und trank das blitzende Rot aus ungewohntem Glas.

Im Bad steht eine Wanne. Eine Sitzbadewanne. Im Kessel ist heißes Wasser. Nimm ein heißes Bad. Der Kohlenstaub hat sich schon richtig festgesetzt in deiner Haut. Licht brauchst du nicht. Der Vollmond scheint, macht alles hell.

Warmes Wasser gut. Frau gut. Wein auch gut. Mond auch gut.

Sein Lob gefiel ihr, das ewige *Frau* störte sie. Durfte sie ihm anbieten *Henriette* zu sagen? Léon hatte es leichter. Er sagte *Madame*. Das klang so leicht, so elegant. So Französisch. Oh, Léon.

Als Józef ins Bad ging, blickte ihm Henriette nicht nach. Sie wusch das Geschirr, reinigte den Tisch, schüttelte die Blumen in der Vase locker. Einer plötzlichen Eingebung folgend ging sie über die Treppe hinauf und lauschte an Marias Zimmertür. Es war still. Maria schien zu schlafen. Befriedigt stieg Henriette wieder hinab und setzte sich müde neben den Herd. Ihre Hände legte sie in den Schoß und wartete, bis Józef aus dem Bad kam.

Danke, Frau. Warmes Wasser gut. Danke.

Ohne zu antworten, führte sie ihn zur Tür. Nach einem gehauchten *Gute Nacht* schloss sie von innen ab und stieg die Treppe hinauf. Vor Marias Tür blieb sie erneut stehen und horchte. Ihr war, als höre sie leises Weinen. Eine Welle schlechten Gewissens überrollte sie. Verzweifelt lief sie ins Schlafzimmer, warf sich aufs Bett und begann schluchzend aufzuzählen.

Es ist zu viel, was verlangt wird. Garten. Haus. Tiere. Wilhelm. Maria. Léon. Keiner hilft mir. Kein Wilhelm. Kein Léon. Nur dieser schwache Josef.

Mit aufgerissenen Augen starrte sie gegen die Wand. Silhouetten begannen zu tanzen, kamen näher und entfernten sicher wieder. Wehende Schleier dunkler Gestalten verwischten alles Erlebte.

*

Maria lag in ihrem Bett und träumte vom Vater. Mit lachendem Gesicht sah sie ihn durch den Garten schreiten, sah, wie er mit seinen Händen über Blumen strich, sah ihn hoch auf dem Schornstein sitzend die Berge betrachten. Strahlend nahm sie das alles auf, doch plötzlich verwischte aufziehender Nebel ihr Traumbild. Vater rannte über verbrannte Erde, lief zu einem Fluss, warf sein Gewehr weg, schrie um Hilfe. Maria wollte ihm helfen, rief: Vater, dort ist eine Brücke. Siehst du sie? Du musst über die Brücke! Vatel. Kumm heem. Kumm ock heem!

Vom eigenen Schrei erwacht, setzte sich Maria auf. Der Vollmond malte Schatten an die Wände, die sich bewegten. Auf sie zu kamen. Wieder entfernten. Angst kroch in ihr hoch. Zerbrechendes Glas klirrte. Die Puppe fest in den Arm gedrückt lief sie ins Schlafzimmer, umklammerte die Mutter.

Muttel, unten hats gescheppert. Ich hab Angst.

Henriette zog das weinende Kind unter ihr Federbett, drückte es an sich und versuchte zu trösten.

Die Katze wird's gewesen sein. Ich habe vergessen, sie rauszulassen. Sie wird ein Glas vom Tisch geworfen haben. Du musst dich nicht fürchten. Morgen früh werden wir's sehen. Schlaf jetzt, schlaf wieder ein.

*

Für Maria blieb Józef ein Fremder. Betrat er die Stube, stürmte sie die Treppe hinauf in ihr Zimmer. Auf Henriettes Frage, warum sie das tue, kam immer die gleiche Antwort.

Die Lehrerin hackt auf mir rum, gib mir nur noch Sechsen.

In all den Wirrnissen, die Henriette fortan umgaben, gab es nur eine Konstante. Józef. Er arbeitete fleißig und machte alles, was von ihm verlangt wurde, ohne zu murren. Höflich grüßte er die Kunden, zeigte täglich seine

Dankbarkeit. Für Henriette bedeutete es ein kleines Glück, ihn zur Seite zu haben. Mit Maria gab es nur Streit. Der Aufforderung, am Sonntag in die Kirche zu gehen, widersetzte sie sich.

In die Kirche? Da gehen wir doch nur zu Weihnachten hin. Jetzt ist erst Oktober.

Wir waren schon lange nicht mehr in der Kirche. An Ostern wirst du konfirmiert, da müssen wir uns sehen lassen. Die Kundschaft hat schon gefragt, warum das Mariele nicht in die Kirche kommt. Es sei doch Tradition, in den Wochen vor der Konfirmation jeden Sonntag in die Kirche zu gehen. Wir können auch für den Vatel beten, damit er bald wieder heimkommt.

Mir langts schon, wenn ich jede Woche in den blöden Konfirmandenunterricht muss. Überall soll ich lernen. Ich geh nicht mit in die Kirche.

Streit quoll auf. Worte verfingen sich, gerieten zur Schlinge; bald lag ein breiter Teppich voller Haken und Ösen zwischen Mutter und Tochter. So sehr Henriette nach Argumenten suchte, nichts half. Kein Bitten, kein in den Arm nehmen, kein über den Kopf streichen. (Mein Gott, wie lange habe ich das schon nicht mehr getan?) Maria trotzte, bis Henriette die Geduld verlor, sie am Arm ergriff.

Morgen gehst du mit mir in die Kirche. Basta.

Mit festem Griff zog sie Maria ins Bad und befahl: Zieh dich aus!

Diesen forschen Ton war Maria nicht gewohnt. Sie gehorchte, legte behutsam Kleidungsstück für

Kleidungsstück ab, faltete, strich glatt, hängte alles geordnet über die Lehne des Stuhls. Als sie nackt am Wannenrand stand und mit der Zehe die Temperatur des Wassers prüfte, erschrak Henriette. Wie lange hatte sie ihr Kind nicht mehr nackt gesehen. Die kräftigen Arme, die Rundung der Hüfte, die kräftigen Oberschenkel. Sogar die Brüste traten schon leicht hervor. Mein Gott, dachte Henriette, das ist kein Kind mehr. Wenn Maria kein Kind mehr ist, darf ich sie auch nicht behandeln wie ein Kind.

Tut mir leid - wollte sie sagen, sagte aber:

Bitte entschuldige. Ich wollte nicht mit dir streiten. Wenn du nicht in die Kirche mitgehen willst, zwinge ich dich nicht. Nur, ich würde mich freuen, wenn du mich begleitest.

An der Tür blieb sie stehen, drehte sich noch einmal um und betrachtete ihr Kind, das kein Kind mehr war.

Wenn du willst, kannst du von innen abschließen. Aber keine Angst, der Josef kommt nicht herein. Er muss noch die Hühner in den Stall sperren und alles dicht machen. Weißt du noch, was uns damals passiert ist mit dem Fuchs?

Kindheitserinnerungen als Pflaster auf frische Wunden geschmiert, vielleicht hilft das, dachte Henriette und warf das Wort *Kind* in die Vergessenheit.

Maria blieb lange in der Wanne, empfand die Wärme des Wassers als Wohltat. Der Geruch der Seife erinnerte an Léon. Ihn hatte sie verehrt. Aber es gab

Unabänderliches im Leben, das hatte sie längst erfahren. Der Brief aus der Kaserne war so etwas Unabänderliches. Léons Verschwinden auch. In Straßburg müsst ihr nach mir fragen, in der Universität, nach dem Krieg. Dort wissen sie immer, wo ich bin. Wird es ein *nach dem Krieg* geben?

Nach all diesen Gedanken stieg Maria aus dem Wasser, rieb sich kurz mit dem Badetuch ab und sprang, die Kleider über dem Arm, die Treppe hinauf. Henriette sah ihr hinterher.

Mein Gott, dachte sie. Sie ist wirklich kein Kind mehr.

In der Nacht schüttete der Vollmond gelbes Licht über Marias Bett, malte Gespenster an die Wände. Scherenschnittartig. Die Äste des Kirschbaums boten sich als Muster. Ein Reitersmann winkte. Lud zum Mitreisen. Plötzlich verschwamm alles. Dunkelheit überschwemmte den Raum. Mit ihrem Handrücken wischte Maria Tränen aus dem Gesicht. Entfernte Träume.

Oh Mond, runder dicker Vollmond. Ich bin so einsam. Schick' mir meinen Vatel heem!

*

Wieder kam ein Feldpostbrief.

Nach allem, was du schreibst, liebt der Pole die Pflanzen, das spüre ich. Du hast auch geschrieben, die Beete sind sauber, kein Unkraut wuchert zwischen den Blumen. Im Treibhaus fehlt keine einzige Glasscheibe. Ich soll keine Angst haben, polnische Wirtschaft willst du nicht zulassen. Wenn der Pole ordentlich arbeitet, musst du ihn loben. Damit hast du mehr Erfolg als mit barschen Worten.

Henriettes Antwortbrief enthielt nur wenige Worte.
Ich weiß schon, wie ich ihn anzupacken habe.
Mehr wussten sie sich nicht zu schreiben

*

Die Herzen der Menschen sind übervoll. Glorreiches Gestern dein Schein verblasst. Die Welt wandelt sich. Was gestern noch Bestand, stürzt in ein dunkles Loch.

Als Maria mittags von der Schule heimkam, fand sie einen braunen Briefumschlag auf der hölzernen Schwelle vor der Haustür. Regen hatte ihn durchnässt. Mit spitzen Fingern trug sie ihn ins Haus. Tropfen fielen von ihm ab, als weine er. Es dauerte bis Henriette den Mut fand, ihn zu öffnen.

Kalte Buchstaben sprangen sie an. Sie verkündeten, der Gefreite Wilhelm Menzel sei im tapferen Kampf für Führer, Volk und Vaterland im fernen Russland gefal-

len. Über der unleserlichen Unterschrift eines Hauptmanns prangte der zynische Satz:
ES LEBE DER FÜHRER!

Henriettes Finger zitterten. Der Brief fraß an ihr, grub Gräben in ihr Gesicht. Minuten fraßen Jahre. Auf Marias Frage, was in dem Brief stehe, flüsterte Henriette leise.
Vatel ist tot.
In gleichen Moment betrat Józef die Wohnstube, sah Henriettes versteinertes Antlitz, sah ihre Augen verschwimmen. In hilfloser Geste streckte er ihr seine Hände entgegen, fragte, was passiert sei. Langsam zerknüllte Henriette den Brief zwischen den Fingern, als wolle sie Tränen aus ihm quetschen. Mitten in das Knistern des steifen Papiers sagte sie mehr zu sich als zu Józef:
Mein Mann ist tot.
Auf keiner Silbe lag eine Betonung. Alle waren einander gleich, hielten voneinander Distanz. Józef trat näher, fragte flüsternd, ob er sie umarmen dürfe. Maria blökte ihn an.
Hast du keine Arbeit?
Verschreckt verließ Józef die Stube. Im Hinausgehen sah er, wie Maria versuchte, die Mutter zu umarmen. Er hörte ihre Worte.
Wenn der Pole dich ärgert, schmeißen wir ihn raus. Du kannst sagen, er hat meine Tochter betatscht, das ist verboten.

Schluchzend legte Henriette ihre Hand auf Marias Kopf, ließ sie übers Gesicht gleiten. Beide versanken in ihrem Leid.

*

Zwei Wochen nach Eintreffen der Todesnachricht klopfte es an der Tür. Ein Soldat stand im Hof, druckste verlegen.

Gute Frau. Es tut mir leid, aber ich bringe, was vom Wilhelm übriggeblieben ist.

Henriette bat ihn stumm ins Haus. Aus seiner feldgrauen Umhängetasche kramte er den Ehering, dazu ein eingerissenes Foto. Wilhelms Taschenuhr folgte. Das Glas war zersplittert. Der Deckel verbogen. Mehr sei nicht geblieben vom Wilhelm, sagte der Mann. So sei es halt im Krieg. Müde setzte er sich auf einen Stuhl und begann, ohne gefragt zu werden, mit leiser Stimme vom Tod eines Gefreiten der deutschen Wehrmacht in der unendlichen Weite Russlands zu erzählen.

Es war Vollmond. Das hätte dem Wilhelm sein Glück sein müssen. Im Vollmond hätte der Wilhelm den Stolperdraht sehen müssen, der über die Brücke gespannt war. Wir wollten verhindern, dass die Russen …

Der Soldat brach mitten im Satz ab, streckte seine geöffneten Hände nach vorn, als ahme er Wilhelms Geste nach.

… so ein Draht glitzert doch, wenn der Mond drauf scheint. Er hätte ihn sehen müssen, der Wilhelm.

110

Henriette interessierte weniger das *wie* - tot ist tot, ob russische Kugel oder deutscher Sprengstoff, tot ist tot – sie interessierte, *wann* es passiert sei.

Den Tag … (der Soldat schüttelte den Kopf) … weiß ich nicht. Vollmond war. Ja. Das weiß ich. Dicker Vollmond. Am Himmel.

Wieder nur halbe Sätze, als gebe es für halbe Leben nur halbe Sätze. Die Last des Kriegs lag reduziert auf dem dünnen im Mondlicht glänzenden Stolperdraht. Die Schuld, dem Tode nicht entronnen zu sein, auf dem Gefreiten, der nicht aufgepasst habe. Siege feiern die Großen, den Kleinen bleibt die Schuld am eigenen Tod. Er hätte doch…

Mit unsicheren Schritten ging Henriette zur Wand, nahm den Kalender und blätterte, bis sie das Zeichen des letzten Vollmonds fand. Mit ihrer freien Hand musste sie sich an der Mauer stützten. Der fremde Soldat sah ihre Schwäche, wollte ihr zu Hilfe eilen, doch Henriette lehnte ab.

Warten sie, sagte sie zu ihm, ging in die Küche, wickelte ein Stück Speck ins Pergament und legte zwei gekochte Eier obenauf. Als der Soldat ungeschickt nach der Gabe griff, bemerkte sie seinen leeren linken Ärmel.

Nachdem der Einarmige durch das Hoftor wieder verschwunden war, setzte sich Henriette an den Tisch und stützte ihren Kopf in beide Hände. Maria, die der gespenstischen Handlung wortlos gefolgt war, löste sich aus ihrer Starre, kroch auf Mutters Knie und versuchte zu trösten.

Weißt du, Muttel, wenn der Vatel jetzt tot ist, dann muss er nicht mehr hungern und frieren.

Die kindlichen Worte beruhigten Henriette. Jetzt konnte sie weinen.

*

Alfred.

Maria stand vor dem Spiegel, betrachtete ihre mollige Figur. Die breiten Hüften gefielen ihr nicht. Auch nicht die dicken Arme und Schenkel. Rank und schlank wollte sie sein wie der Vater. Gern hätte sie ihm geschrieben, es gab aber keine Anschrift mehr. An einer Brücke irgendwo in Russland! Selbst diese Brücke gab es nicht mehr. Alles lag weit weg. Die fremde Welt hatte ihr den Vater genommen.

Weißte, Mariele, wenn mir mal verreisen tun, dann fahren wir mit dem Finger über die Landkarte. Da kommen mir überall hin und uns passiert nichts dabei.

Vaters Rede.

Aber wann waren sie verreist? Maria musste lange nachdenken. Der Geburtstagsausflug zum Schloss Fürstenstein fiel ihr ein. Türme und Türmchen, ungezählte Fenster. Die Erinnerung an Soldatenautos mit Rädern, die über Ketten liefen. Welch fremde Welt. Unwirklich schüttelte Maria den Kopf. Schöner waren die kurzen

Fahrten mit Vater. In die Stadt. Einkaufen. Töpfe. Schalen. Messer mit Griffen aus Hirschgeweih. Koboldblaues Besteck. Seife. In einer Eisdiele eine große Waffeltüte. Rotes, gelbes, grünes Eis. Maria leckte über ihre Lippen, als spüre sie noch immer den seltenen Genuss. Einmal wollte Vater einen Hut kaufen, hatte dabei gelacht.

Weißt du, einen Schwarzen für Beerdigungen. Den brauch ich halt.

Maria spürte noch immer ihr Entsetzen.

Aber Vatel, du darfst doch nicht lachen, wenn du von einer Beerdigung sprichst!

Der Einkauf unterblieb. Sein voller Haarschmuck genügte ihm. An einem Haus in der Landeshuter Straße zeigte Vater auf eine Gedenktafel, las den Text laut vor.

In diesem Haus lebte und starb der Heimatdichters Eduard Becher. Bei der Heimfahrt sang Vater sein bekanntestes Lied.

Oh, du Heimat, lieb und traut, wonnig dich mein Auge schaut, Land wo meine Wiege stand, wo die Jugend mit entschwand ... da bist du, mein Heimatland, da bist du, mein Schlesierland.

Maria konnte sich gut erinnern. Beim Singen musste sich Vater anstrengen, wollte er das Tuckern des Motors übertönen. Damals hatte sie gelacht, heute flossen Tränen. Wer wenig erlebt, erinnert sich aller Details. So erging es Maria. Wie reife Äpfel pflückte sie ihre Erinnerungen an ihre seltenen Ausbrüche aus ihrem engen Lebenskreis. Es war nicht einmal ein Kreis. Vater.

113

Mutter. Haus, Hof und Garten. Mehr gab es für sie nicht. Ihr Leben war mehr ein Punkt. Aber er war ihr Mittelpunkt, den jeder Mensch braucht. Vater hat es einmal ausgesprochen. Größeres als einen Mittelpunkt benötigt der Menschen nicht. War sie mit Vater allein, redete er mehr als sonst. Ob der Regen peitschte, der Sturm die Fensterscheiben erzittern ließ, bei ihm fand sie Schutz. Wie das Glas im Treibhaus, welches den Stürmen widerstand, Licht und Sonnenstrahlen aber Einlass bot, so war Vater für sie. So wollte sie auch sein. Wie Vater.

Maria drehte und wendete sich, betrachtete jeden Teil ihres Körpers. Das Blumenkleid, welches sie angezogen hatte, trug sie gern. Doch es drückte ihre stärker werdenden Rundungen platt. Das mochte sie nicht. Ihre Brust flachdrücken lassen, das wollte sie nicht. Vierzehn Jahre war sie nun alt, besaß einen schönen Busen. Wer hatte das schon? In ihrer Klasse wusste sie keine, deren Bluse sich wölbte. Ob sie enge Blusen tragen müssen, die alles zusammendrücken?

Widerwillig zog sie das Kleid aus.

Maria redete viel mit sich selbst. Vater gab es nicht mehr, auch Léon nicht. Den Polenjungen mochte sie nicht, mit ihm sprach sie kein Wort. Mutter redet mit ihm, er mit Mutter. Das reichte für sie. Schule gefiel ihr nicht. Jungmädchen auch nicht. Und überhaupt. Früher kamen die Freundinnen täglich in die Gärtnerei, nahmen am Abend Gemüse oder Obst mit. Jetzt kam keine mehr. Maria fand keine Erklärung dafür. Auf Mutters Fragen, warum die Erna nicht mehr komme, die Ilse, wusste sie keine Antwort.

Sie pispern, sobald ich in ihre Nähe komme. Was pispern auf richtiges Deutsch heißt, weiß ich nicht.

Man könne dafür *flüstern* sagen, Mutters Antwort. Maria schüttelte unwillig mit dem Kopf.

Solche Selbstgespräche vor dem Spiegel gefielen ihr, bereiteten ihr Freude. Ihre dicken Arme und Beine dagegen gefielen ihr nicht. Beim Umdrehen fiel ihr Blick auf das Kruzifix an der Wand. Die spindeldürren Arme und Beine des Gekreuzigten bannten ihren Blick. So dürr wollte sie auch nicht sein.

Im letzten Urlaub hat Vater Böses ausgesprochen. Pummel-Arme hätte ich. Pummel-Beine. Wenn er gesagt hätte, du hast schon einen richtigen Busen, das wäre schön gewesen, hätte mir gefallen. Über den Busen hat er kein Wort verloren, der Vatel, als habe er ihn überhaupt nicht gesehen. Oder sehen wollen.

Einer plötzlichen Eingebung folgend ging Maria zur Tür und prüfte, ob der Holzstecken, den sie unter die Türklinke geklemmt, noch feststeckte. Der Schlüssel war verschwunden. Józef traute sie zu, ihn versteckt zu haben.

Wenn wir nebeneinander im Garten arbeiten, guckt er immer so komisch auf meine Bluse. Bald brauch' ich einen richtigen Büstenhalter. Bei diesem Gedanken legte sie ihre Hände wie Schalen unter ihre Brüste und hob sie an. Der Anblick gefiel ihr. Augenblicklich nahm sie sich vor, einen BH zu nähen, der diese Form festhält.

115

Mutter mahnt sowieso immer, ich soll öfter mit der Nähmaschine üben. Vielleicht schenkt sie mir zum nächsten Weihnachtsfest einen BH. Wenn der auch alles platt drückt, trenn ich ihn auf, mache ihn spitzförmig.

Der Ausdruck *spitzförmig* gefiel ihr. Sie streckte ihre Arme seitwärts, ließ sie in die Höhe steigen. Wirbelte mit ihnen herum.

Tanzen möchte ich, richtig tanzen wie die Elfen im Kino und im Märchenfilm.

Maria summte eine Melodie, wog ihre Hüften, hob ihre Arme bis zur Höhe der Brust, bewegte sie in Schlangenlinien.

Plötzlich drang lautes Reden an ihr Ohr. Sie erkannte die Stimmen. Onkel Karl und Tante Selma. Mit einer Postkarte hatten sie ihren Besuch angekündigt. Alfred war auch dabei. Mutter hatte Kuchen gebacken.

Es ist Zeit, zur Begrüßung runterzugehen. Doch welches Kleid zieh ich an? Das Blumenkleid bestimmt nicht. Die flauschige Leinenbluse? Bei ihr kann ich mit dem Bändchen die Öffnung am Hals fester oder locker binden. Kann Einsicht gewähren, oder auch nicht. Der dazu passende Glockenrock verdeckt meine dicken Oberschenkel. Die Bluse über dem Rock meine breiten Hüften. Doch Mutter mag das nicht. Sie sagt, die Bluse über dem Rock sieht schlampig aus. Onkel Karl und Tante Selma kamen oft in die Gärtnerei. Keine zwei Wochen vergingen ohne ihren Besuch. Mutter beklagte immer, Tante Selma denke, wir auf dem Land hätten es leicht. Wir leben auch im fünften Kriegsjahr, sagt Mutter dann. Aber Mutter redet doppelzüngig. Gleich nach Erhalt der Postkarte ist sie losgelaufen, hat bei den Bauern Gemüse und Honig gegen Speck und Würste eingetauscht. Wenn Vatel noch hier wäre, gäbe es sicher wieder Streit. Vatel mag den Onkel Karl nicht. Wir leben in verschiedenen Welten, hat er ihm beim letzten Urlaub vorgeworfen. Er bejuble den Krieg, müsse aber wegen seines Hinkefußes nicht an die Front. Er kenne den Krieg nur aus dem Radio und aus der Zeitung. Mit seinem Gequatsche kämpfe er tapfer mit, könne die Fahne nicht hochgenug halten. Du laberst immer den gleichen Quatsch, hat der Vatel gesagt. Wenn unser Führer erst die Wunderwaffen zum Einsatz bringt, ist es nimmer weit bis zum Endsieg! Ein Laberarsch ist er, unser kleine Goebbels. Vatel konnte sich furchtbar aufregen. Um Streit zu vermeiden, fand Mutter eine gute Lösung. Ihr Bruder durfte nur in die Gärtnerei kommen, wenn Vater an der Front war. Das gilt jetzt nicht mehr. Vatel wird nie mehr heimkommen.

Verwirrt von den vielen Gedanken steckte Maria ihre Bluse in den Rock und verteilte den Stoff gleichmäßig zu beiden Seiten. Die Blusenöffnung empfand sie als zu eng. Sie lockerte das Band, während lautes Lachen durchs Haus hallte. Alfreds Stimme klang am lautesten. Für Tapferkeit vor dem Feind war ihm das Eiserne Kreuz verliehen worden. Dazu eine Woche Sonderurlaub.

Das alles wusste Maria, sie hatte es auf der Postkarte gelesen. Sie wusste sogar noch mehr. Alfred war kein richtiger Cousin. Tante Selma konnte keine Kinder kriegen. Mutter hat ihr das mal erzählt. Sie bedauerte ihren Bruder. Vater dachte anders.

Der Kerl kommt mit seinem Hinkefuß gar nicht richtig aufs Pferd.

Den Satz verstand Maria nicht, doch Vaters Lachen und Mutters böser Blick verhießen nichts Gutes. Mutters Stimme stürzte immer tief ab, wenn übers Kinderkriegen gesprochen wurde. Es sei etwas Besonderes, sei wie ein Orden für eine Frau. Manche Frauen verdienen keinen Orden. Auf Marias Frage, warum Tante Selma keine eigenen Kinder habe, bekam sie immer die gleiche Antwort. Bei denen klappt es nicht. Was das war, was nicht klappen wollte, wusste Maria nicht.

Kopfschüttelnd öffnete sie noch einmal den Kleiderschrank und suchte nach dem Parfümfläschchen. Vater hatte es aus Frankreich mitgebracht. Mutter hielt es versteckt, doch Maria wusste, wo sie nach dem Flakon suchen musste. Vorsichtig holte sie ihn hervor, öffnete ihn. Hielt ihn dicht unter die Nase. Sie liebte Düfte. Was gab es Schöneres, als im Frühjahr am Flieder, im Sommer an einer Rose und im Herbst an den Dahlien zu riechen. Der Garten war immer voller Düfte. Sogar der Erde entströmte ein wunderbarer Geruch nach einem warmen Sommerregen. Aber der Duft, der aus diesem Fläschchen kam, war berauschender. Maria verschloss ihre

Augen und saugte den geheimnisvollen Wohlgeruch tief ein. Zu gern hätte sie, wie Mutter, einen Tropfen hinter jedes Ohr getupft, unterließ es aber. Sie fürchtete, geschimpft zu werden. Die Verlockung war aber zu stark. Mit ihrem rechten Zeigefingers tupfte sie kurz auf die Spitze, drehte danach den Verschluss wieder fest zu und stellte alles zurück in den Kleiderschrank.

Ich muss runter. Die Muttel wird schimpfen. Besuch lässt man nicht warten. Der Vatel würde ... der Vatel ... schade, dass er nicht mehr lebt.

Maria schüttelte ihre Gedanken zurecht und ging zur Treppe. Weil sie fürchtete, die knarrenden Holzstufen würden ihr Kommen verraten, schwang sie sich aufs Geländer und rutschte über die verräterischen Stufen hinweg. Geschafft. Noch einmal ordnete sie ihre Bluse und den Rock, hielt ihren sündigen Finger verschmitzt an die Nase und atmete den herrlichen Duft ein.

Aus der Stube drang wildes Stimmengewirr. Tante Selmas Gezwitscherte war am lautesten. Manchmal hielt sie drei Sätze durch, ohne Luft zu holen. Onkel Karl kam kaum zu Wort. Ab und an mischte sich Alfreds kräftige Männerstimme ein. Ihr falscher Cousin. Als Neunjähriger war er aus einem Kinderheim gekommen. Wer seine richtigen Eltern waren, wusste Maria nicht. Doch seine kernige Stimme gefiel ihr. Schnell roch sie noch einmal und erschrak. Bei der Begrüßung würde sie diesen Duft jedem in die Hand drücken. Nachdenklich betrachtete sie ihren frevlerischen Finger, steckte ihn dann durch die Blusenöffnung in den Strich zwischen ihren Brüsten, rieb ihn auf und ab. Dort schwitzte sie immer zuerst und hoffte, den Geruch in dieser Schweißgrube loszuwerden.

Noch einen kleinen Augenblick blieb sie vor der Tür stehen. Auf Laute hatte Maria bisher nie geachtet. Gerüche sagten ihr mehr als Töne. Nur wenn Lale Anderson im Radio das Lied von der *Lilli Marleen* sang, oder Zarah Leander *Ich weiß, es wird einmal ein Wunder geschehn'*... wusste sie sofort, welche der beiden das Lied trällerte.

Um Aufsehen zu vermeiden, vor allem aber, um Alfred in seinem Reden nicht zu unterbrechen, drückte Maria die Türklinke leise nieder. Doch kaum betrat sie den Raum, prasselte es auf sie ein.

Ja, Madel, wo bleibst du denn so lange? Gäste lässt man nicht warten.

Maria schoss die Röte in Gesicht. In Gedanken stürmte sie zurück in ihre Kammer, blieb aber. Alles, was ihr vor Minuten noch wie ein schöner Traum durch den Kopf gerauscht war, (sie werden mein Aussehen loben), war zerstört. Worte sind wie Krieg, machen alles kaputt.

Wie gewohnt saßen Onkel und Tante auf dem großblumigen Kanapee. Tante links, Onkel rechts. Artig gab ihnen Maria die Hand, machte einen Knicks. Anders bei Alfred. Mit durchgedrückter Brust saß er auf einem Stuhl, die Knie weit auseinander. Vor Alfred hatte sie nie geknickst. Blindekuh hatten sie gespielt. Topfschlagen. Hoppe, hoppe, Reiter. Auf seinen Schultern war sie geritten. ‚Bäumchen-wechsle-dich‘ gespielt. Fünfzehn Jahre war er älter. Oft hatte er sie mit Absicht gewinnen lassen, was ihr manchmal gefiel, manches Mal nicht. Aber jetzt war er Unteroffizier mit Eisernem Kreuz. Maria wusste nicht, wie sie sich verhalten sollte. Sollte sie doch einen Knicks vor ihm machen? Sie konnte sich nicht entscheiden. Ihr Zögern ließ sie erröten. Alfred lachte laut auf.

Mensch, Madel, du bist aber gewachsen!

Du auch, wollte Maria antworten, fand das aber zu blöd. Sie sagte deshalb: Ich denke, du hast einen Orden gekriegt? Wo ist er denn?

Alfred lachte wieder viel zu laut.

Du gehst aber ran! Donnerwetter. Angriff ist die beste Verteidigung, das stimmt. Du gefällst mir, Madel.

Alfred sprang auf, griff nach seiner Uniformjacke, die hinter ihm über der Stuhllehne hing und schlüpfte hinein. In strammer Haltung salutierte er und machte Meldung:

Unteroffizier Brieger zur Ordensschau angetreten!

Marias Gesicht verfärbte sich, alle am Kaffeetisch lachten. Onkel Karls Stimme schwamm im überquellenden Stolz.

Na, siehste ihn jetzt, den Orden?

Maria spürte den Wunsch, das Eiserne Kreuz mit den Fingern zu berühren, unterließ es aber. Sie wollte ihm keinen falschen Duft anhängen.

121

Das ist das Kreuz der ersten Klasse, zwitscherte Tante Selma über den Tisch. Das ist wie bei der Reichsbahn. Erste Klasse. Zweite Klasse. Alfred fährt, kann man so sagen, erster Klasse!

Na ja, mischte sich Henriette ins Gespräch. Das Ritterkreuz gibt es auch noch, sogar mit Schwertern und Brillanten.

Das Herunterhandeln der Auszeichnung gefiel ihrem Bruder nicht. Schnell drängte er seine Stimme dazwischen.

Ritterkreuze kriegen bloß Offiziere und Generäle. Die bekommen ihre Auszeichnungen, weil ihre Soldaten tapfer gekämpft haben. Sie selbst stehen weiter hinten herum und gucken nur zu.

Alfred lachte und versuchte mit seinem Lachen den sich anbahnenden Streit zu schlichten.

Kann ich mich wieder hinsetzen? Erster Klasse, wenn's recht ist.

Bevor er sich setzte, zog er den leeren Stuhl direkt neben seinen. Henriettes Einwand, es gäbe leider nur Blümchenkaffee, war der Versuch, vom Angeben mit dem Orden abzuhalten.

Ihr werdet in Russland auch nichts anderes zu trinken bekommen, sagte sie noch und freute sich über Alfred, der ihr zustimmte.

Der Kuchen schmeckt sehr gut, Tante. Hast du ihn selbst gebacken?

Nein, Alfred, den hat Maria gebacken.

Bei dieser Lüge fuhr Henriette ihrer Tochter mit der Hand über den Kopf, als sei sie noch ein kleines Kind. Errötend wollte Maria das Gesagte zurückweisen, wollte aber Mutter nicht bloßstellen.

Gebacken hat ihn der Ofen, gab sie trocken zurück.

Der Onkel hätte gern gesagt, das Mariele gefalle ihm, sagte aber stattdessen: Das Madel hat das Herz auf dem richtigen Fleck.

Alfred verlockte es, hinzuzufügen, das sehe man, unterließ es aber. Henriette wollte dem Gerede um Maria ein Ende machen.

Jetzt, wo Alfred einen Orden hat, sogar erster Klasse, wird er ja auch mal eine Braut kriegen. Wie alt bist du denn, Alfred? Du musst doch auf die dreißig zugehen.

Verärgert über diese Frage rührte Selma Brieger kräftig in ihrer Kaffeetasse und ließ einen Teil der braunen Flüssigkeit über den Rand schwappen. In der Untertasse bildete sich eine Pfütze.

Neunundzwanzig ist er, noch lange keine dreißig!

Na ja, die Zeit vergeht schnell.

Alfred versuchte, die auflaufenden Wellen zu glätten.

Ach, weißt du, Tante, im Krieg ist es besser, man hat keine Familie. Sonst gibt's zu viel Flennerei, wenn die letzte Kugel kommt.

Na, du wirst doch nicht jetzt hier am Kaffeetisch vom Tod erzählen. Das Mariele und ich haben Vatels Tod noch nicht verwunden. Das kam zu plötzlich. Erst kommt er lange nicht auf Urlaub, und dann ist er ... - Henriette griff nach ihrem Taschentuch, fing sich aber

123

wieder und sagte wie zur eigenen Entschuldigung zu Alfred:

Du bist doch helle, du kommst durch.

Diese versöhnlichen Worte befriedigten sogar Selma. Sie wollte aber nicht, Henriette könne glauben, Alfred habe keine Chancen bei Mädchen. Schnell begann sie ein lautes Lamento über die heutige Zeit.

Unser Alfred hat schon zweimal beinahe eine Frau gekriegt. Die eine hat sich aber schnell den Doktor ge-angelt, obwohl der mindestens fünfundzwanzig Jahre äl-ter ist als sie. Bei dem ist sie gut versorgt, außerdem wurde der uka gestellt.

Schriftdeutsch sprechen fiel Selma schwer, aber sie hielt tapfer durch. Alfred wurde das Gerede über seine Person peinlich. Er wollte es beenden, hob seinen Arm, doch sein Versuch, Frieden zu stiften misslang. Selma war nicht zu bremsen.

Die andere war eine Krankenschwester. Die hat er an der Front kennengelernt. Aber die war eine richtige Offiziersmatratze.

Mätresse, flocht Karl belehrend ein. Ein giftiger Seitenblick brachte ihn zum Schweigen. So schnell gab sich Selma nicht geschlagen und schlug vor, Alfred möge seine Heldentat schildert, für die er das Eiserne Kreuz Erster Klasse erhalten habe. Henriette wehrte sofort ab.

Um Gottes Willen! Eine Geschichte mit Toten und Schwerverletzten, mit Blut und Elend, sowas ist nichts für die Ohren eines Kindes.

Maria ist doch kein Kind mehr, widersprach der Bruder der Schwester.

Das Mariele könnte glatt eine Frau für unsern Alfred sein. Nach dem Krieg natürlich erst.

Schnell mischte sich Selma wieder ins Gespräch und stellt die süßliche Frage, wie alt Maria jetzt sei.

Um nicht selbst antworten zu müssen, stopfte Maria ein Stück Kuchen in den Mund. Henriette übernahm die Antwort.

Maria ist vierzehn. Im vorigen Monat war ihr Geburtstag.

Alfred streckte Maria seine Hände entgegen, als wolle er sie umarmen, ergriff aber nur ihre Schultern.

Was? Vierzehn bist du erst? Ich glaub' es nicht. Du bist doch schon gut entwickelt.

Selma war empört über diese Worte. Henriette auch. Aber sie schwiegen. Wie Automaten griffen die Erwachsenen gleichzeitig zu den kleinen Kaffeelöffeln und rühren in ihren Tassen. Maria fand das lustig, wollte am liebsten losprusten, aber ihr Mund war noch voller Kuchen. Alfred gähnte laut, hielt sich dabei aber die Hand vor den Mund. Selma fing sich zuerst und machte den Vorschlag, Maria könnte Alfred zeigen, was in der Gärtnerei so alles blüht, damit er was Friedliches zu sehen bekomme. Er solle dabei aber keine Geschichten vom Krieg erzählen, dafür sei das Mariele noch zu jung.

Gute Idee, Mutter, gab Alfred zurück. Mit einem schnellen Griff erfasste er Marias Stuhl und half ihr beim Aufstehen.

Kumm ock, Mariele. Zeig' mir, was in der Gärtnerei alles blühen tut.

Kaum hatten Maria und Alfred den Raum verlassen, giftete Selma weiter.

Weißte, Schwägerin, ich find es gut, dass der Franzose weg ist. Er hat mir keinen guten Eindruck nicht gemacht. Bei einem Franzosen weiß man nie. Ein solch frühreifes Madel im Hause, da muss man aufpassen. Bei dem Polen ist das anders. Polen sind dreckig und faul. Hoffentlich ist deiner nicht auch noch verlaust.

Bei diesen Worten fuchtelte sie mit ihrer Hand durch die Luft, als putze sie eine imaginäre Scheibe. Henriette brannte die Zunge. Sie versicherte der Schwägerin, Józef sei nicht dreckig. Er wasche sich jeden Tag. Und fleißig sei er auch. Selma wusste sofort eine Antwort.

Nu, das versteh' ich aber nicht. Der Wilhelm hat mir beim letzten Urlaub, als er noch hier war, ich meine … (sie geriet ins Stottern) … der Wilhelm hat mir erzählt, dass du viel über den Polen schimpfen tust. Und jetzt plötzlich lobst du ihn? Warum denn das? Hat sich da was geändert, seit er weiß, dass der Wilhelm tot ist? Der wird doch nicht … du, ich sag dir's: Pass' mir bloß aufs Mariele auf. Wenn sich ein Pole täglich wäscht, dann hat er was vor. Was Bestimmtes! Pass mir bloß auf, aufs Madel.

In Henriettes Ohren begann es zu summen. Kam es von einem entfliehenden Bienenschwarm? Oder schwärmten ihre Gedanken? Was faselte Selma? Wenn sich der Pole jeden Tag wäscht, hat er was vor? Hatte

126

sie nicht auch begonnen, täglich zu baden? Ihre französische Seife verströmte einen verführerischen Duft. Wilhelm hatte sie mitgebracht. Oder war sie von Léon? Sie hatte sich nichts vorzuwerfen. Absolut nichts. Am Abend in die Wanne zu steigen, um zu träumen - was gingen Selma ihre Träume an?

Maria und Alfred treibt es in die Gegenwart.

Sie gehen durch die langen Reihen der schnurgeraden Beete. Wird es eng, bleibt Alfred stehen, lädt Maria durch eine höfliche Geste zum Vorangehen ein. Maria spürt seine Blicke im Nacken. Sie würde lieber hinter ihm laufen. Doch Alfred gibt sich unbefangen, spricht über die Akkuratesse der angelegten Beete. Zeigt sich verwundert. Fragt, wie sie die genauen Linien hinbekommen habe. Ihr Vatel könne doch im letzten Urlaub nicht alles so gut in Ordnung gebracht haben, dass es heute noch so akkurat sei. Maria gibt ihm lächelnd Antwort.

Zuerst hat ein Franzose bei uns gearbeitet. Jetzt ein Pole. Den Vatel gibt's ja nicht mehr. Der Krieg ... (Maria verharrt, wischt über ihr Auge) ... ihn hat ja ‚*die letzte Kugel*‘ getroffen, wie du vorhin gesagt hast.

Du hast mir aber gut zugehört.

Nu, ja, ich hab' gleich müssen an Vatel denken.

Machst du dir auch um mich Sorgen?

127

Alfreds blaue Augen strahlen in die ihren, machen sie verlegen.

Na klar, du bist doch mein Cousin.

Aber kein richtiger nicht.

Das macht mir nichts aus, ob du ein richtiger bist oder ein falscher. Ich hab mit allen Mitleid, die ich kenn.

Gilt das auch für den Polen, weil du ihn so lobst.

Alfreds Versuch, sie am Arm zu fassen, entzieht sie sich. Geht weiter.

Ein Pole kann keine geraden Linien ziehen, beharrt Alfred. Das glaub' ich dir nicht. Das hat er bestimmt von dir gelernt.

Nee, das hat der Josef ganz alleine gemacht.

Im Weitergehen versucht Alfred seiner Cousine zu erklären, was *polnische Wirtschaft* sei. In Polen gehe alles drunter und drüber. Krumm und schief sei alles, was die anpacken.

Das kannst du mir glauben, mit eigenen Augen hab ich's gesehen.

Maria widerspricht.

Unser Josef ist anders.

Der gefällt dir wohl?

Alfred bleibt stehen, greift nach Marias Kinn, hebt es in die Höhe. Wie ein Pfeil schießt sein Blick tief in sie hinein. Maria erschrickt über die funkelnden Augen. Ein solcher Blick ist ihr fremd. Er irritiert sie. Mit Schaudern denkt sie an den Brunnenschacht, den der Vater mit eigenen Händen neben dem Treibhaus in die Erde gegraben hat. Immer wenn sie hinabblickt, sieht sie den gespiegelten Himmel, wie jetzt beim Blick in Alfreds wasserblaue Augen. Alfred nennt Józef mit schäbiger Stimme einen Polaken, fragt wie alt er sei, will wissen, wo er schläft. Ob er sie schon mal belästigt habe. Alfred will alles wissen.

Der Josef ist schon sehr alt. Der ist schon über zwanzig. Ganz genau weiß ich das nicht.

Die Frage nach der Belästigung bejaht Maria. Sie sagt, er gäbe ihr manchmal so viel Arbeit auf, dass sie am Abend müde und kaputt ins Bett falle.

Wo schläft er denn, der Pole?

Im Treibhaus, hinten beim Heizungsraum.

Das ist gut. Polen dürfen nicht mit Deutschen unter einem Dach schlafen.

Ist ja auch bequemer für ihn, antwortet Maria. Im Winter muss er nachts Koks ins Feuer schmeißen, damit nichts eingefriert. Da ist es doch gut, dass er gleich nebenan schläft.

Und jetzt im Sommer, wenn's warm ist? Steht er dann manchmal auf und kommt ins Haus? Das Bett neben deiner Mutter steht doch leer.

Was du denkst. Die Haustüre ist nachts zugeschlossen. Da kann er nicht rein.

Alfreds schelmisches Lachen versteht Maria nicht, weiß nicht, was sie antworten soll, doch Alfred fügt seine Erklärung gleich hinzu.

Es gibt doch einen Durchgang von der Scheune ins Haus. Bei den Versteckspielen sind wir doch immer durchgekrochen. Ich kenn' mich noch gut aus. Dem Polen trau ich nicht.

Maria gefällt dieses Gerede nicht, auch nicht Alfreds fleischige Zunge, die immer über die Lippen leckt. Um abzulenken, sagt sie mehr zu sich selbst, im Sommer gäbe es im Treibhaus wenig zu sehen, doch Alfred will hinein, will das Bett des Polen sehen. Maria ist es gleich. Beschwingt geht sie ihm voran, hebt ihre Arme in die Höhe, beginnt zu tänzeln und streichelt vergnügt über die grünen Pflanzen. Plötzlich spürt sie Alfreds Hände an ihren Hüften. Er schiebt sie weiter, schiebt sie bis zum Ende des Gangs. Dort steht Józefs Bett. Mit sanftem Druck drückt er Maria an den Holzschrank, in dem die Sämereien aufbewahrt werden. Wieder muss sie seine Blauaugen ertragen.

Sag' mal, pimpert der Pole mit deiner Mutter?

Maria weiß nicht, was er meint, will aber nicht nachfragen. In ihrer Ratlosigkeit antwortet sie:

Manchmal pischpern sie.

Alfred grinst.

Wenn sie pischpern, dann pimpern sie auch.

Alfred drückt seinen Körper fest an Marias. Seine rechte Hand verdreht ihren Kopf. Sein Zeigefinger bohrt im warmen Strich zwischen Marias Brüsten. Ein fein gewobener Schleier legt sich über Maria. Alles, was ihr geschieht, nimmt sie wie aus weiter Ferne wahr. Ein unbekanntes Gefühl durchrast ihren Körper, lässt sie erbeben. Kobolde umtanzen sie. Nebel zieht auf. Sturm erhebt sich. Flammen flackern im Blau seiner Augen.

Töne dringen in ihr Ohr, klingen wie Flügelschläge hoch in der Luft fliegender Wildgänse. Alles Rauschen dringt in sie ein. Beginnt zu schwingen.

Kumm ock, hört sie Alfreds Stimme. Immer wieder: Kumm ock, Mariele, kumm ock!

Sirren durch hochstehende Ähren. Vibrierende Hummeln vor honigschweren Blüten. Lockrufe aufgeschreckter Vögel. Strudelndes Wasser. Und immer das Gestammel.

Kumm Mariele, kumm ock. Das Leben ist viel zu kurz, um es zu vergeuden. Der Mensch ist nun mal so, wie er ist. Der nächste Schuss kann auch mich treffen. Der nächste Schuss ist vielleicht der Letzte für mich in diesem verfluchten Krieg.

Krieg! Immer wieder hört Maria das Wort *Krieg*, den sie verlieren werden, aber nicht verlieren dürfen. Weil sonst alles aus ist. Dieser verfluchte Krieg!

Die große Armee im Himmel wartet schon auf mich, wartet auf den Unteroffizier Alfred Brieger. Dem Tod ist es egal, ob einer das Eiserne Kreuz hat oder nicht. Zweiter Klasse. Erster Klasse. Der Tod fragt nicht danach, das geht ganz schnell.

Und zwischen allem Gezwitscher dringt der Lockruf des *Kumm ock* erneut in ihr Ohr.

Mariele! Kumm ock.

Alfred zieht seinen Finger aus dem feuchten Verließ. Bedächtig führt er ihn an seine Nase, saugt den betörenden Duft ein. Das Band, welches die Bluse um Marias Hals locker zusammenhält, wird gelöst. Geweitet. Mit beiden Händen streift Alfred den Stoff über Marias Schultern. Die Hitze im Treibhaus wird übermächtig. Maria hört ihr gehauchtes Flüstern: Wenn jemand kommt. Alles ist so fern, weit weg, wie hinter einem riesigen Schleier. Ihr Blut wallt. Sein Rauschen kommt als Echo zurück.

Kumm ock, Mariele! Kumm!

Alfred schiebt das willenlose Mädchen weiter. Seine Arme streifen über blühende Blumen, doch der Duft, der ihn tangiert, kommt anderswo her. Sein Arm spürt das wohlige Fleisch, seine Nase vergräbt sich im erdigen Haar. Seine Augen fixieren die Tür. An Józefs Bett sind sie schon vorbei. Einen kurzen Augenblick stutzt Alfred, weiß die Lage nicht einzuschätzen. Doch dann drängt er Maria am Heizkessel vorbei. Die Eisenwände verströmen Kühle. Beide stolpern durchs Dunkel in den Kokskeller. Wie ein Schwert sticht die Sonne durch die geöffnete Luke. Staubpartikel tanzen. Mit einer Hand zieht Alfred den roten Stuhl heran, setzt sich und zieht Maria auf seinen Schoß. Es ist wie früher. *Hoppe, hoppe, Reiter*. Mit beiden Händen streift er die Bluse vom Busen, wühlt sein Gesicht hinein. Maria will sich aus der Umklammerung lösen, bleibt aber ohne Chance. Mit seinem Mund verschließt er den ihren und stammelt:

Kumm ock! Mariele, kumm ock! - Oh, ja, kumm ock!

Seine Hände umfassen ihre Hüften, ziehen sie auf seinen Schoß. Voller Entsetzen sieht Maria, was ihr von dort entgegenstarrt. Sie erschrickt, schreit, doch ihr

Angstschrei stirbt wie der letzte Schrei eines überraschten Vogels, dem der Kater die Flügel bricht.

Verfluchte Gegenwart!

Maria verließ das Treibhaus durch die hinterste Tür. Sie ging zu den Dahlienbeeten und fragte Józef, ob sie ihm helfen dürfe. Gemeinsam hoben sie die Wasserschläuche über die jungen Sträucher und schauten schweigend dem fließenden Wasser zu.

Alfred kehrte allein zum Kaffeetisch zurück.

Du schwitzt ja, stellte Henriette überrascht fest. Alfred retournierte, die Hitze dieses herrlichen aber fast zu warmen Sommertages habe ihn echauffiert. Selma war stolz über die fremdartigen Wörter, die ihr Sohn kannte und aussprach.

Und wo ist das Mariele?

Die Maria … seine Stimme zögerte einen kleinen Augenblick, dann setzte er den begonnenen Satz fort. … die Maria ist wirklich ein fleißiges Madel. Sie ist zu den Dahlien gegangen und hilft dem Polen beim Umlegen der Wasserschläuche.

Selma empörte sich und zischte ihre Schwägerin an.

Das Mariele und der Pole bei den Dahlien? Pass bloß auf, dass der Pole nicht übers Madel hergeht. Die ist nämlich frühreif, das sieht man gegen den Wind. Einem Polen kannst du nicht trauen, das weißte ja. Pass bloß auf, aufs Mariele.

Die mitgebrachten Taschen randvoll zu füllen war schnell getan. Selma drängte zum Aufbruch. Henriette rief von der Haustür nach ihrer Tochter, doch Józef antwortete, Maria sei auf die Felder gegangen, wolle Futterrüben holen. Selma schüttelte merklich den Kopf und redete sich ein, das Madel habe was gegen sie. Sie wolle drei oder vier Futterrüben in die Taschen stopfen, damit sie gleich voll sind. Was Henriette einpackt, ist mir lieber. Wer eine Gärtnerei in der Verwandtschaft hat, muss nicht so tief sinken, um Futterrüben zu essen, auch im fünften Kriegsjahr nicht. Laut sagte sie:

Der Pole spricht schon ganz gut deutsch? Pass' mir bloß auf, dass er nicht übers Madel hergeht. Pass' bloß gut auf.

Dem wieder ordensgeschmückten Sohn raunte sie zu, sie müssten sich beeilen, sonst fahre der Omnibus vor der Nase weg.

Am Abend malte Maria eine rote Wolke in das Feld des 12. Mai 1944. Was das bedeute, wollte Henriette wissen, doch Maria eilte schnell über die Treppe nach oben.

Zeitenwende.
Es goss in Strömen.
Drei Tage tobte der Sturm. Regen peitschte gegen die Scheiben, schüttete Wassermassen über die Häuser. Die

Wege weichten auf, fruchtbare dunkle Erde wurde zu schlammigem Brei.

Mit aufgestützten Armen saß Henriette am Küchentisch, balancierte ihren Kopf wie etwas Unwirkliches. Unentwegt starrte sie zur Fensterscheibe, an der das Wasser in Schlieren herablief. Alles, was draußen war, verschwand hinter einem grauen Schleier, wurde diffus und zerfloss wie die unsichtbare Zukunft. Wilhelm war tot, über die Gärtnerei schwappte die Sintflut. Maria redete nicht mehr. Józef verschloss sich im Treibhaus. Alle Normalität war verloren, nur das Grübeln blieb und blähte sich auf. Die Russen rückten näher, die versprochene Wunderwaffe des Führers blieb aus. Was sollte sie tun? Sie dachte an Léon. In Straßburg in der Universität wissen sie immer, wo ich bin. Könnte ihr einer helfen, dann Léon. Er würde ihr helfen ... nach dem Krieg. Nach dem Krieg würde er nach Straßburg zurückkehren, hat er gesagt. Nach dem Krieg. Diese drei Worte rissen Henriette aus ihrer Versenkung, ließen sie aufbegehren.

Dieser verfluchte Krieg! Eine Witwe hat er aus mir gemacht, eine Verzweifelte ... eine Hilflose ... eine ... eine ... dieser verfluchte Krieg.

So plötzlich wie es aus ihr hervorgebrochen war, brach es wieder ab. Einmal glaubte sie, ihre Worte im Echo zu hören, es war aber nur die Stille, die alle Wirrnis zerfließen ließ, in Einsamkeit verwandelte.

Józef lag im Treibhaus auf seinem Bett. Sein starrer Blick ins Eisengestänge hielt ihn gefesselt. Lang ausgestreckt, die Arme über der Brust gekreuzt, beobachtete er die Wassertropfen, die über seinem Kopf an den Eisenstangen entlangwanderten. An bestimmten Stellen verharrten sie, füllten sich auf und fielen herab. Vor einer halben Stunde hatte er sein Bett erneut umstellen müssen, direkt vor den Heizungsraum. Hier fand das Wasser noch keinen Einschlupf, doch die Feuchte der Pflanzenerde stieg wie weißer Nebel nach oben, bildete Schwitzwasser. Józef fror. Bald würde der Regen in Schnee übergehen. Er fühlte sich allein, von aller Welt abgeschnitten. Hinter ihm lag der Heizungsraum, vor ihm die langen Reihen der Beete; größer war seine Welt nicht. Mühsam setzte er sich auf, zog seine Knie ans Kinn und legte seinen Kopf obenauf. Vom unablässigen In-die-Höhe-starren schmerzte sein Genick. Wie ein Gefangener fühlte er sich und wiederum nicht. Würde er aufstehen, durch den Mittelgang gehen, die Tür öffnen, den Garten durchschreiten, niemand würde ihn sehen, ihm den Weg verstellen. Keiner würde ihn aufhalten. Er könnte heimgehen. Bis nach Polen. Der Gedanke verlockte ihn. Er war ein Gefangener und doch ein freier Mensch. Vor den Deutschen fürchtete er sich nicht mehr. Das verordnete P trug er deutlich sichtbar auf der Jacke, trug es sogar voller Stolz, wie die deutschen Bonzen ihr Parteiabzeichen.

Vorn und hinten trage ich mein großes P. Alle dürfen es sehen. Ich bin ein Pole und bin stolz, ein Pole zu sein. Diese Gedanken sprach er laut vor sich hin.

Vor den anrückenden Russen fürchtete er sich nicht. Seine Befreier würden sie sein. Nicht nur ihn, ganz Polen würden sie befreien, warum sollte er sich vor ihnen fürchten? Das einzige, vor dem er sich fürchtete, war eine verirrte Kugel, die ihn treffen könnte. Doch diesen Gedanken schüttelte er schnell wieder ab. Hinter ihm lag sein Versteck. Er hatte es selbst gebaut. Aus dicken Holzbohlen. Darüber der Koks. Vor der Kälte des Steinbodens schützten ausgerollte Rohrmatten, die im Sommer zum Schutz vor zu grellem Sonnenlicht auf die Glasfenstern gelegt wurden.

Die Idee, ein Versteck anzulegen, war ihm schon am ersten Tag gekommen. Als er den ersten Koks in diesen Raum schütten musste, entstand seine Überlegung. Kommen die Deutschen mich erneut abholen, verkrieche ich mich unter dem Koks. Kommen die Russen, fliegen Kugeln. Eine könnte auch mich treffen. Mich geht der Krieg nichts an. Ich verkrieche mich in mein Versteck und warte, bis der Kampf vorbei ist. Wie ein Gottesgeschenk empfand er den Koks.

Es gab aber noch etwas, was ihn gefangen hielt. Maria. Hätte er sein Refugium größer gebaut, könnte er Henriette und Maria mit in sein Versteck nehmen. In seine *kryjówka*, seinen Schlupfwinkel. Beim Bau war ihm allein seine Sicherheit wichtig erschienen, alles andere lag damals so fern wie Nordpol oder Südpol. Zur Not könnten zwei, aber niemals drei im Versteck unterkommen. An einen Umbau war nicht mehr zu denken, man würde sein Geheimnis entdecken.

Wieder drehte er sich und blickte zum Glasdach. Weder zum Frühstück noch zum Mittagessen war er drüben im Wohnhaus gewesen. Würde ihm die Gärtnerin Vorwürfe machen, lag seine Ausrede bereit. Er wolle die gemütliche Wohnstube nicht nass machen, würde er zur Entschuldigung vorbringen.

Józef fixierte die eiserne Tür, die zu seinem Versteck führte. Hinter ihr hatte der fremde Soldat Maria missbraucht. Alle Geräusche musste er mitanhören, wollte er seine Nähe nicht verraten. In Deutschland geschahen Dinge, die er nicht erwartet hatte. Zuerst der Brief, der den Tod eines deutschen Soldaten verkündete. Einfach vor die Tür gelegt. Mit Fahnen und Trompeten würden sie kommen, hatte er geglaubt. Patriotische Lieder singen. Trauerkränze mit roten Schleifen und Hakenkreuzen vors Haus legen. Aber nicht so. Einfach auf die Schwelle gelegt, im Regen. Nein, das hatte er von den Deutschen nicht erwartet. Es kommt immer anders, als man denkt. Verlass dich nicht auf andere, hatten seine Eltern gewarnt. Der plötzliche Gedanke an die Eltern ließ ihn auffahren.

Meine Eltern, wo sie wohl sind? Ob sie noch leben. Vater. Mutter. Gott schütze sie. Józef schlug dreimal das Kreuz. Für seine Eltern und für sich.

Mitten in der Nacht ließ das Unwetter nach.

Józef trat vor das Treibhaus und blickte auf zum Himmel. Wolkenfetzen tanzten um einen zerbrochenen Mond. Aus der Unendlichkeit funkelten Sterne. Plötzlich stand Henriette neben ihm.

Warum kommst du nicht ins Haus? Maria hat auch schon nach dir gefragt.

Józefs Antwort geriet kurz. Seine Stimme zitterte wie der blauflimmernde Stern, der am Nordhimmel durch ein Wolkenloch blinzelte.

Es riecht nach Schnee.

Henriette achtete nicht auf seine Worte und forderte erneut, er solle ins Haus kommen, das Essen stehe auf dem Herd.

Kann nicht kommen. Muss aufpassen auf Bett. Wird nass.

Mein Gott, regnet es durch? Sind die Scheiben zerplatzt? Warum sagst du mir das nicht?

Wie in einer Metamorphose verwandelte sich Henriette zurück in die Alleinherrscherin. Sie lief ins Treibhaus, blickte nach rechts und links, fühlte im Vorbeigehen die Nässe der Erde in den Pflanztöpfen. Vom vorderen lief sie ins hintere Treibhaus, bis zum querstehenden Bett. Józef folgte ihr, sah, wie sie sich bückte, mit ihrer Hand über die Decken strich. Die Matratze befühlte. Zuletzt nahm sie das Kopfkissen hoch und drückte es an ihr Gesicht.

Das Kissen ist klamm. Ich nehme es mit und trockne es am Kachelofen.

Józef nahm es ihr aus der Hand. Ein einziges Wort war zu hören.

Nein.

Sie standen einander sehr nah. Henriette sah Józefs festen Blick. Zum ersten Mal hatte sie von ihm ein *Nein* gehört. Kurz, klar, eindeutig. Wortlos drehte sie sich um und verschwand in der Dunkelheit.

*

Henriettes Stimme jubilierte, als habe sie einen Sieg zu verkünden.

Stell dir vor, Maria, Léon soll in Waldenburg sein. Im Bergwerk. In einer Kohlengrube, untertage. Ein paar hundert Meter tief in der Erde. Dort muss er nach Kohle graben. Stell' dir das vor! Léon hat die frische Luft so geliebt. Die Pflanzen. Jetzt steckt er tief unter der Erde. Die Welt wird immer verrückter.

Die Worte purzelten aus ihrem Mund, hüpften wie Kobolde über den Tisch, sprangen gegen die Wände, kamen zurück, stapelten sich. Maria saß stumm, hielt mit einer Hand ihren Teller mit der anderen den Löffel. Den aufsteigenden Dampf verblies sie. Henriettes Empörung war nicht zu bremsen.

Die Emma vom Puffe-Bauern hat es vor einer halben Stunde beim Bäcker erzählt. Einer der Gefangenen habe versucht, wegzulaufen, nun müssen alle zur Strafe im

Bergwerk arbeiten, hat sie gesagt. Untertage. Das ist schwere Arbeit, für die nicht jeder geeignet ist. Der Léon, der ist doch dafür nicht geeignet. Ein Professor für Biologie. Was soll der untertage?

Maria löffelte, kaute und schluckte.

Warum tut man ihm das an? Ein Mann, der das nicht gewöhnt ist, leidet dort unten. Keine frische Luft, alles voller Kohlenstaub. Kein Licht. Warum macht man das? Der Léon untertage.

Mit zitternden Fingen hielt Henriette den gefüllten Löffel vor den Mund und blies über ihn hinweg, obwohl die Hitze schon lange verflogen war. Es sah aus, als verblase sie ihre Gedanken. Maria kratzte über den Boden des leeren Tellers.

Na und? fauchte sie plötzlich. Der Vatel ist auch untertage. Für immer. Der hat auch kein Licht und keine frische Luft. Vatel ist tot. Für immer. Der Léon fährt in die Grube rein und kommt auch wieder raus. Der Vatel nicht. Der muss drinbleiben in seiner Grube. Für immer.

Von diesen Worten geschockt gab sich Henriette einen Ruck und begann zu essen, schob Löffel um Löffel der schon kalt gewordenen Suppe in den Mund. Zuletzt schluckte sie nur noch.

Der Krieg ist was Verfluchtes. Dass der liebe Gott so etwas zulässt, das versteh' ich nicht.

Wohl zum ersten Mal in ihrem Leben hatte Henriette geflucht. Bevor sie es bemerkte, begann Maria zu reden.

Wenn unsre Feinde uns angreifen, müssen wir uns wehren, hat unsre Lehrerin gesagt. Einer von den

Großen in Berlin, ich weiß den Namen nicht mehr, soll gesagt haben: Der Krieg ist etwas Heiliges. Unsere Soldaten gehen in die Schlacht wie in einen Gottesdienst, hat die Lehrerin gesagt. Ich meine, die Lehrerin hat das gesagt, was der im Radio gesagt hat.

Henriette hörte ihrer Tochter nicht zu, bebrütete eigene Gedanken und ließ sie frei.

Wenn die Polen den Gleiwitzer Sender überfallen, das ist schon fünf Jahre her, deswegen müssen unsere Soldaten doch nicht gleich nach Russland marschieren?

In die Atempause drängte sich Maria. Ihre Tränen begannen zu funkeln.

Bis nach Norwegen, wo das Nordlicht jede Nacht leuchtet, sind unsre Soldaten marschiert. Der Vatel hat sich so sehr drauf gefreut, aber gesehen hat er es nicht. Das Einzige, auf das er sich im Krieg gefreut hat, war ein Nordlicht. Nach dort oben haben sie ihn nicht geschickt, den Vatel. Überall ist er gewesen, in Frankreich, Belgien und Holland. In Rumänien und Ungarn. In der Schule haben wir eine große Landkarte an der Wand, auf der müssen wir kleine Fähnchen mit Hakenkreuzen in die eroberten Länder stecken. Für Norwegen musste sich der lange Kunze Peter sogar auf die Ritsche stellen, sonst wäre er gar nicht so hoch nauf gekommen, bis zum Nordkap.

Während Maria ihre Worte sprudeln ließ, versank Henriette in ihren Gedanken. Tief unter dem Hochwald kriecht Léon in unterirdischen Schächten herum. Jetzt möchte ich nicht auf dem Hochwald spazieren gehen, würde Léon auf dem Kopf herumtrampeln. Vielleicht sogar Steine lostreten, die tief unten einen Bergsturz auslösen. Genauso schnell wie dieser Gedanke sich ausbreitete, wurde sich Henriette seiner Lächerlichkeit bewusst. Missmutig schüttelte sie den Kopf, schämte sich aber nicht. Ein verträumtes Lächeln zog in ihr Gesicht, doch mitten in dieses Lächeln purzelten Marias Worte wie loses Gestein.

Die große Landkarte haben wir jetzt nimmer. Die war plötzlich weg. Einer hat alle Hakenkreuzfähnchen aus Afrika und aus Stalingrad rausgezogen und nach Berlin gesteckt. Wer das gemacht hat, weiß keiner. Die Lehrerin wollte es wissen, es hat sich aber keiner gemeldet. Als Strafe haben wir drei Seiten Strafarbeit schreiben müssen.

Henriettes Gedanken tummelten sich in einer anderen Welt.

Eigentlich müsste ich nach unserem Fahrrad suchen, auf dem Léon wegfuhr. Er hat nicht wissen können, dass er am anderen Tag nicht mehr in die Gärtnerei darf, sonst hätte er das Fahrrad bestimmt hiergelassen. Vielleicht steht unser Fahrrad noch im Gefangenenlager. Wir können das Fahrrad noch gebrauchen. Keiner weiß, was noch kommt. Wenn ich ins Lager gehe und das Fahrrad suche, vielleicht sehe ich Léon. Mein Gott, was werden die machen, wenn ein Kriegsgefangener in der Grube stirbt?

Die Gedanken von Mutter und Tochter drifteten immer weiter auseinander. Jede kämpfte seinen eigenen

143

Krieg. Henriette hütete sich, ihre Gedanken laut auszusprechen, doch die gestapelten Worte sprangen über die Zunge in den Mund, schwammen wie abgefallene Blätter in einem Bach, trieben ans Ufer, verhakten sich, blieben hängen; wurden von einem Strudel kreiselnd in die Tiefe gezogen. Marias Worte blieben kindlicher, realitätsbezogener.

Für unseren Vatel haben wir nicht einmal ein richtiges Grab, auf das wir Blumen legen können.

Dieses sinnlose Denken bringt nichts, dachte Henriette und warf ihre Haare zurück, strich mit der Hand darüber. Mit einer neuen Stimme sagte sie zu Maria.

Du kannst Josef helfen, die Tomaten abzunehmen. Er wartet sicher schon auf dich.

Der Josef soll auf mich warten, das glaube ich nicht.

Trotz ihrer Zweifel gehorchte Maria, stand auf und ging zur Tür. Im Hinausgehen murmelte sie vor sich hin: Ich versteh' die Welt nicht mehr.

Im Garten suchte sie einen Spankorb, begann wortlos Tomaten zu pflücken. Józef sah ihren Missmut und fragte, warum sie ihm helfe. Er bekam keine Antwort. Marias Launen wusste er zu ertragen, was er nicht ertrug, war die Art, wie Maria die Früchte von den Stauden riss. Sie solle ein kleines Stück Stiel an jeder Tomate dranlassen, daran könnten die Käufer sehen, wie frisch sie gepflückt sind. Maria antwortete nur kurz.

Die Leute in der Stadt sind froh, wenn sie überhaupt Tomaten bekommen.

In Henriette wuchs Unruhe.

Gedankenverloren stieg sie auf den Dachboden. Was sie dort wollte, wusste sie nicht. Bald öffnete sie diesen Schrank, bald jenen. Was sie suchte, wusste sie auch nicht. Erst der Blick aus dem Dachfenster weckte sie auf. Im Garten standen die Treibhäuser, als seien sie aus der Erde herausgewachsen. Der Schornstein erinnerte an Wilhelm, der immer hinaufstieg, als sei dort oben der schönste Platz auf dieser Erde. Oft hatte sie ihn beobachtet. Zur Tarnung trug er Werkzeuge in der Hand, als schäme er sich für seine nutzlose Kletterei. Muss man sich schämen, auf dem Schornstein zu träumen? Henriette wusste keine Antwort. Jetzt war sie es, die auf dem Dachboden hockte und Träume gebar. Niemand konnte sie sehen, sie aber sah alles. Maria und Józef liefen mit krummen Rücken durch die langen Reihen der Tomatenstöcke. Immer die gleichen Bewegungen. Auf Marias schwitzenden Armen ließ die Sonne blitzende Reflexe erkennen. Józefs Haut blieb matt. Wie ein Leinentuch, ging es Henriette durch den Kopf. Beinahe hätte sie laut gelacht. Der Gedankensprung vom Leinentuch zum Leichentuch lag nah, war aber unpassend. Deshalb lachte sie nicht. Aus ihren Erinnerungen tauchte Léon auf, den sie oft von hier oben beobachtet. Verträumt fuhr sie mit der Hand über ihre Augen, als wolle sie ihre Fantasien wegwischen. Der schmächtige Körper des Polen interessierte sie nicht.

Meine Männerwelt kennt nur wenige Namen. Oskar und Wilhelm. Einen *Paul Haake* gibt es für mich nicht, wird es nie geben.

Maria fiel das andauernde Bücken schwer. Immer wieder musste sie sich aufrichten, tief durchatmen. Der Geruch der Tomatenstauden glich dem, der von Józef ausging. Er arbeitete ohne Hemd, das ärgerte sie. Léon hatte das nie getan. Trotzdem war seine Haut brauner als die von Josef.

Mit Mühe kämpfte Maria gegen aufsteigende Übelkeit. Dabei fiel ihr eine Tomate aus der Hand und zerplatzte am Boden. Missbilligend schüttelte Józef den Kopf. Maria interessierte das nicht, ihre Gedanken kreisten um Alfred. Wenig wusste sie von ihm. Weiße Zähne. Wasserblaue Augen. Das Eiserne Kreuz. Mehr war nicht geblieben. Doch die Erinnerung an Alfred ließ Übelkeit hochsteigen. Trotzig strich sie ihre herabhängenden Haare zurück, drückte ihre Hände von hinten in die Hüfte. Józefs Frage, ob er ihren Korb mitnehmen soll, blieb ohne Antwort. Er nahm ihn trotzdem und trug ihn zum Treibhaus. Maria sah ihm nach, sah seinen weißen Rücken, seine Hose, seine nackten Füße.

Würde er ohne Hose rumlaufen, wüsste ich, wie das dort aussieht. Alfred hat es mir gezeigt.

Nach diesem Gedanken griff Maria mit beiden Händen an den Hals, lief hinters Treibhaus und übergab sich.

Dicke Pelzmäntel schützten Henriette und Maria vor der bitteren Kälte. Durch das steinerne Hoftor traten sie auf die Dorfstraße, ihre gefütterten Stiefel rutschten über den vereisten Schnee. Über den Dächern des kleinen Dorfs verwirbelte der eiskalte Wind den Klang der Weihnachtsglocken. Der Schnee lag dick und fest und knirschte unter jedem Schritt. Maria fiel das Laufen schwer. Sie verzögerte, malte mit den Spitzen ihrer Stiefel Figuren in den Schnee. Henriette gefiel das nicht, wollte aber nicht schelten. Wie beiläufig sagte sie deshalb, der Winter werde sehr kalt werden. Vieles ist kalt, dachte Maria, nur in mir tobt es heiß. Schweigend stapfte sie weiter. In den Glockenklang mischte sich das Bellen ferner Kanonen. Abschuss und Einschlag lagen wie stiefbrüderliche Gesellen noch weit auseinander.

Vor der Kirche drängten sich die Menschen. Bevor sie eintraten, zogen die Männer ihre Pelzmützen vom Kopf, setzten sie aber schnell wieder auf und fingerten nach den Schutzklappen für die Ohren, drückten sie fest. Barhäuptig hielt es keiner aus. Kaum einer sprach, lange weiße Fahnen quollen dennoch aus allen Münden. Der Pluntke-Bauer saß an der Orgel. Von einer mit Strohsternen geschmückte Fichte warfen verschiedenfarbige Kerzen zuckendes, gespenstisches Licht auf den Gekreuzigten. Jede Familie hatte aus dem eigenen Vorrat eine Kerze gespendet.

147

Mit feierlicher Stimme las der Pastor die Geschichte der Heiligen Nacht. Zwischen die einzelnen Sätze klopften die Geschütze mit Abschuss und Einschlag Komma und Punkt. Die Kirchenfenster zitterten. Menschen auch.

Henriette betete: Gib mir meine alte Welt zurück.

Lass mich sterben, betete Maria.

War das alles, Herr? fragte Henriette leise in sich hinein. War das mein ganzes Leben? Maria spürte in ihrem Leib das neue Leben, spürte sein Stoßen und Drücken. Sein Aufbegehren. Lass es sterben, betete sie, lass mich sterben. Die erhobene Stimme des Pastors erzählte von Sodom und Gomorrha. Ja, so ist es, dachte Henriette. Sodom und Gomorrha haben mich umfangen. Überall ist Sodom und Gomorrha. Herr, gib mir meine alte Welt zurück, betete sie erneut, schlug den Pelzkragen höher, als könne sie so ihre Gedanken daran hindern, in die Obhut der Nachbarn zu flüchten. Ein anderes Leben hatte sie sich gewünscht, von einem besserem Leben geträumt. Einem Leben voller Liebe und Leidenschaft. *Wanda*, diese dreckige verlauste *Wanda Schiebelhut* fiel ihr ein, welche die ans Dämonische grenzende Leidenschaft des großen Künstlers Paul Haake nicht ertragen konnte. Mein Gott, wie beneide ich dieses Mädchen. Mein Mann war nie ein Paul Haake. Vielleicht wäre Léon einer geworden, wer weiß das schon. Gedanken. Träume. Illusionen. So viele Gefühle leben in mir. Sie hätten gereicht für den Bau eines Hauses voller Liebe und Leidenschaft. Henriette schüttelte den Kopf. Wenn jetzt die Russen kommen und über uns herfallen, brennen, morden, vergewaltigen. Alle Träume, alle Illusionen, alles Leben versinkt in einem neuen Sodom und Gomorrha. Warum kann Gott so grausam sein.

Der Pfarrer hob seine Stimme, als habe er Henriettes Gedanken gehört.

Nicht Gott hat uns den Krieg gebracht. Menschen waren es. Klagt deshalb nicht Gott an! Nicht der Himmel macht Krieg. Krieg machen die Menschen.

In Henriette kreisten Léons Worte. Es wäre nicht die Sonne, die untergeht. Die Erde sei es, die sich wegdreht vom hellen Licht hinein in die dunkle kalte Nacht.

Beim Vaterunser entblößten die Männer ihre Köpfe.

Dein Wille geschehe - wie im Himmel, so auf Erden.

War der verlorene Krieg Gottes Wille? Warum nicht gleich am Anfang, im September neununddreißig. Warum erst jetzt nach fünf langen Jahren? Nach Wilhelms Tod?

Henriette konnte ihr Kopfschütteln nicht verbergen.

Unser tägliches Brot gib uns heute und vergib uns unsere Schuld.

Uns unsere – ja, so lässt es sich leichter beten. Das Wort *unsere* erinnerte Henriette an eine Scheune, in der man gemeinsam Schutz sucht. Nicht einer allein. Uns *unsere* ist leicht zu beten. Müsste ich beten, vergib mir *meine* Schuld oder gar: führe *mich* nicht in Versuchung, würde das Beten zur Qual. Um in ihrem Gedankengeflecht nicht zu versinken, betete Henriette gemeinsam mit den anderen laut weiter.

Anders dagegen Maria. Ihre Hände um den Bauch geschlungen betete sie: lass *es* sterben, lass *mich* sterben. Diese sechs mageren Worte kreiselten wie in einer Gebetsmühle durch ihren Kopf. Erlösung brachte ihr erst das laut gesprochene *Amen*.

Auf dem Heimweg wünschte Henriette allen Nachbarn, die neben ihnen durch den knirschenden Schnee stampften, ein frohes Weihnachtsfest.

Friede auf Erden, rief einer, ein anderer gab zurück: Schön wärs.

Zu Maria, die sie fest an ihren Körper zog, flüsterte Henriette.

Nachher gibt es Mohnkließla. Freust du dich?

Sie blieb ohne Antwort.

Du hast sie doch immer gern gegessen. Der Vatel auch. Josef wird schön eingeheizt haben. Ich bin gespannt, ob ihm die Mohnklöße schmecken.

Maria ließ sich ziehen, erst viel später kamen langsam ihre Worte.

Warum geht der Josef nicht in die Kirche?

Josef ist doch katholisch, wie alle Polen. Hier bei uns gibt es keine katholische Kirche. Soll er bis in die Stadt laufen, das ist es viel zu weit. Wenn ich das Fahrrad, das der Léon gehabt hat, zurückgeholt hätte, könnte er mit dem Fahrrad fahren. Aber bei der Kälte und dem vielen Schnee ist es zu gefährlich. Josef hat über seinem Bett ein Kruzifix. Da kann er beten.

Marias Frage welches Bett sie meine, im Schlafzimmer hänge doch auch ein Kruzifix, erzürnte Henriette.

Du redest, als wüsstest du nicht, wo sein Bett steht.

Schweigend liefen sie weiter. Henriette setzte ihre Füße hart auf, kratzte mit ihrer Schuhspitze am Torbogen den angewehten Schnee weg. Das Tor drückte sie fest zu, als solle nichts Fremdes eindringen. Im Haus drehte sie den großen Eisenschlüssel zweimal im Schloss, schob zusätzlich den Riegel vor. Woher ihre große Angst kam, wusste sie nicht.

Aus der Wohnstube drang Gesang. Maria verharrte, lief dann schnell zur untersten Stufe der Treppe.

Aber Maria, bleib bitte hier. Wir wollen jetzt Weihnachten feiern. Hörst du, wie schön Josef singt.

Pullnische Lieder mag ich nicht.

Aber das ist doch gleich. Er kennt halt nur polnische Lieder. Weihnachten ist für alle Christen, welche Sprache sie auch sprechen. Oder singen. Ich habe auch ein kleines Geschenk für dich und hoffe, du freust dich. Und Mohnklöße gibt es auch noch.

Maria war schon die halbe Treppe hinaufgestiegen, ihre Hand umklammerte das Geländer. Henriettes bittender Blick bemerkte den gekrümmten Rücken, das schmerzverzerrte Gesicht.

Was ist mit dir? Fühlst du dich nicht wohl? Bitte sag mir, was dich bedrückt. Ich will dir helfen.

Nach diesen Worten zögerte Maria. Mit weiteren freundlichen Worten begann Henriette zu locken, was auch gelang. Mit gesenktem Kopf stieg Maria die Stufen wieder herab. Vor der letzten Stufe stellte sich Henriette in ihren Weg, legte ihre Arme um ihre Schultern und zog sie an sich.

Ich wünschte dir eine frohe Weihnacht.

Während der Umarmung endete der Gesang. Mit strahlenden Augen trat Józef in den Flur, öffnete seine Arme, als wolle er beide auf einmal umarmen. Die erschrockenen Augen der Frauen signalisierten ihm den falschen Moment seines Bemühens. Schnell zog er seine Arme zurück und lud ein in die Stube.

Frohe Weihnacht! Wünsche allen den Segen des Herrn und vom Kind in Krippe.

Vor dem geschmücktem Weihnachtsbaum stand eine von Józef aus Brettern gebaute Liege, darauf Marias Puppe. In Windeln gewickelt. Ein Kranz aus grünem Asparagus zierte ihren Kopf. Henriette fand lobende Worte und streckte Józef ihre Hand entgegen.

Schön hast du das gemacht, sagte sie, sehr schön diese kleine Krippe.

Verlegen hob Józef die Schultern und streckte mit einer hilflosen Geste seine Hände nach vorn.

Wollte Figuren schnitzen. Hab's probiert, Figuren sehen aus wie … haben keine heiligen Gesichter. Ist aber nicht schlimm. Ist hier wie in Bethlehem. Maria und Józef.

Wie nach einer Betäubung löste sich Maria aus den Armen der Mutter und lief zur Krippe. Mit einer energischen Bewegung griff sie nach ihrer Puppe, riss den grünen Kranz vom Kopf und warf ihn ins Stroh.

152

Meine Puppe ist kein Christkind.

Aber Maria! Josef hat doch alles so schön gemacht.

Maria ließ ihre Puppe zuerst am hängenden Arm baumeln, hob sie dann hoch und presste sie an ihre Brust.

Der hat nicht in meiner Stube rumzuschnüffeln. In meiner Stube nicht!

Józef fühlte sich schuldig. Hilflos verdrehte er seine Arme und suchte nach erklärenden Worten. Henriette war es, die die entstandene Stille ausfüllte.

Bitte setzt euch an den Tisch. Jetzt gibt's erst einmal ein Geschenk für jeden. Dann essen wir Mohnklöße. Hoffentlich schmecken sie dir, Josef. Mohnklöße sind was Besonderes, verstehst du. Echt schlesisch. Gibt's nur zu Weihnachten. Voriges Jahr hab' ich keinen Mohn gekriegt, weil ich zu spät daran gedacht habe. Diesmal habe ich schon im Oktober Honig gegen Mohn getauscht.

Henriette trug ein neutrales Lachen zur Schau, ruderte aber mit den Armen durch die Luft, als wolle sie aufflammenden Streit vertreiben. Mit einem schnellen Griff holte sie aus der Kommode zwei in buntes Papier eingepackte Päckchen, reichte eines Maria, das andere Józef.

Frohe Weihnacht, Maria. Frohe Weihnacht, Josef.

Um ihre Unruhe zu verbergen, holte sie Teller und Besteck aus dem Schrank, drapierte alles auf dem Tisch. Józef wickelte ein Paar handgestrickte Schafwollsocken aus dem Papier. Zum Dank wollte er Henriette seine Hand entgegenstrecken, doch sie achtete nicht darauf. Um Gleichmaß zu schaffen, zipfelte sie am Tischtuch und entzündete die in der Mitte stehende Kerze. Kraftvoll blies sie das Streichholz aus.

Kommt. Ich hoffe, es schmeckt euch.

Noch immer hielt Maria das verpackte Geschenk balancierend in der einen, die Puppe in der anderen Hand.

Ich hab' keinen Hunger.

Du musst aber was essen. Bitte setzt dich an den Tisch.

Henriettes bisher salbungsvolle Stimme klang wieder rau. Diesen Tonfall kannte Maria, deshalb gehorchte sie. Puppe und Geschenk legte sie auf die Kommode. Entschlossen setzte sie sich auf Vaters Stuhl. Ihr kobaltblaues Besteck lag an einem anderen Platz, wortlos deckte Henriette um.

Josef kann ein Gebet sprechen.

Aber ... kann nur beten in meiner Sprache.

Das macht nichts. Wir beten alle zum gleichen Gott.

Maria knurrte dazwischen.

Das Polnische mag ich nicht. Außerdem betet er katholisch,

Willst du lieber beten? Im Konfirmandenunterricht hast du sicher ein Gebet gelernt.

Maria schüttelte den Kopf, worauf Henriette entschied, selbst zu beten. Sie saßen zu dritt am Tisch, falteten ihre Hände. Henriette und Maria auf evangelische Art, Józef katholisch. Aus ihrer Erinnerung kramte Henriette ein Gebet, doch Józefs enganeinandergedrückten steil aufragende Hände irritierten sie. Gern hätte sie

Gemeinsamkeit zelebriert, ihre Hände ebenfalls aufgerichtet, scheute aber, Maria weiter zu verärgern.

Komm, Herr Jesu, sei unser Gast und segne, was du uns bescheret hast. Amen.

Amen, antwortete Józef.

Maria saß wie versteinert und schwieg. Henriette wollte die Stille nicht, fürchtete, das Schweigen könne zur Staumauer werden, hinter der sich Ungemach breitmacht, Sturzwasser bildet und unkontrolliert losbricht, letztlich alles überschwemmt. Henriette musste reden.

Na, Josef, schmecken dir unsere schlesischen Mohnklöße?

Józef nickte und schluckte, was er gerade im Mund hatte.

Schlesien gutes Land. Gutes Essen. Gute Frauen.

Weil er bei diesen Worten Maria anschaute, legte sie nach wenigen Bissen das ihr vom Vater geschenkte kobaltblaue Besteck zur Seite, stand auf und murmelte, sie sei satt. Mit einer schnellen Bewegung nahm sie ihre Puppe von der Kommode, ihr Geschenk ließ sie zurück. Henriette sah ihr schweigend zu, aß aber schwer atmend weiter. Ohne aufzublicken, wandte sie sich an Józef.

Ist es im Treibhaus warm genug?

Józef nickte nur stumm, mochte nicht reden. Als seine Schüssel leer war, bekreuzigte er sich, stand auf und ging zur Tür. Bevor er öffnete, drehte er sich noch einmal um.

Gute Nacht, danke für Strümpfe.

Henriette begleitete Józef zur Haustür, schob den Riegel zurück, drehte am Schlüssel und öffnete die Tür. Kalter Wind blies Schnee ins Haus. Die Wollsocken an die Ohren gedrückt verschwand Józef in der Dunkelheit. Den Kopf gegen die Tür gelehnt schob Henriette den Riegel wieder vor, drehte sich um und schloss die Augen.

Führe mich nicht in Versuchung, sagte sie leise. M*ich* sagte sie und fühlte auch so.

*

Der Winter hielt das Land fest im Griff. Erst als die eisige Kälte nachließ, begann es wieder zu schneien. Aus dem Radio tönte die Stimme des Gauleiters und erklärte die schlesische Hauptstadt zur Festung.

Breslau wird sich dem Sturm aus dem Osten entgegenstellen, wie sie es im Jahre 1241 getan hat, als schon einmal mongolische Heere aus dem Osten heranbrausten. Wie damals werden wir uns diesen Horden entgegenstellen, ihnen eine neue Walstatt bereiten.

Großkotziges Getön, antwortete Henriette. Der Radiosprecher redete weiter, beschwor den Geist Friedrich des Großen, erinnerte an den siegreichen Kampf des Preußenkönigs gegen die Habsburger im Jahre 1745. Beschwor den Sieg Blüchers über die Franzosen 1813 bei Wahlstatt. Die Stimme aus dem Radio jonglierte mit schweren Worten, verblies sie wie Seifenblasen.

In der Festung Breslau, krächzte der Sprecher, werden wir ausharren bis zum Endsieg oder kämpfen bis zum letzten Mann.

Henriette schaltete das Radio aus.

*

Zum ersten Mal fuhr ein Treck flüchtender Bauern an der Gärtnerei vorbei. Die schnaubenden Nüstern der Pferde waren reifbedeckt, an ihren Mähnen hingen Eiszapfen. Vermummte hockten auf der Kutschbank, unter den dicken Tüchern waren ihre Gesichter nicht zu erkennen. Nur das Stampfen der Pferdehufe war zu hören. Das Knirschen der Wagenräder übertönte Kinderweinen und monotones Gewimmer. Wie ein Gespensterzug fuhr der Treck die Dorfstraße entlang. Henriette sah ihm durchs Fenster nach und erschrak, als plötzlich der alte Pluntke an die Fensterscheibe klopfte.

Meine Frau hat heute Geburtstag, rief er durchs Fenster. Es ist der zweiundsiebzigste. Ein bissel was Grünes sollt's schon sein, auch wenn's nur ein Sträußel Asparagus ist. Zum Feiern ist ja nicht die richtige Zeit, aber es ist halt, wie es ist.

Henriette ging hinaus, drückte ihm die Hand und beide schauten dem gespenstischen Zug hinterher. Der alte Bauer schüttelte seinen Kopf.

Die kommen nie übers Gebirge nüber! Einen hab ich gefragt, woher sie sind. Von der anderen Seite der Oder sind sie, hat er gesagt, haben schon einen weiten Weg hinter sich. Vielleicht gehts uns auch bald so. Aber übers Gebirge kommen die nicht nüber. Das glaub ich nicht. Die Pferde sind jetzt schon schlapp. Auf Görlitz nauf müssten sie fahren, nicht übers Gebirge.

Und was werden wir machen, Pluntke-Bauer?

Henriette fuhr mit der Hand über die Stirn. Der Alte zuckte mit den Achseln und gab kurz zurück, wer wisse das schon.

Vielleicht ist der Krieg schon aus, bevor er zu uns kommt.

Am anderen Tag fuhren drei Trecks wie ein endloser Zug am Sandsteintor der Gärtnerei vorbei. Gegen acht Uhr am Abend kam noch einer und blieb stehen.

Brrrrr! riefen die Kutscher. Brrrrrrrrrrr!

Henriette und Józef saßen am Küchentisch, als laut ans verschlossene Tor geklopft wurde. Henriette entfloh ein gehauchtes *Oh mein Gott.* Schnell forderte sie Józef auf, ins Treibhaus zu verschwinden, die Leute dürften ihn mit dem P auf der Jacke nicht sehen. Als sei es eingeübt, huschte Józef wie ein Schatten an der Hausmauer entlang und verschwand in der Dunkelheit. Erst danach ging Henriette zum Tor und öffnete. Was sie sah, erschütterte sie. Die Leiber der Pferde dampften. Aus dem Wagen, der genau vor ihrer Einfahrt stand, kroch eine eingemummte Gestalt vom Bock, wickelte den mit kleinen Eiskristallen behängten Schal aus dem Gesicht und fragte, ob sie ein Nachtquartier haben könnten. Die Pferde brauchten einen Stall.

Henriettes Furcht verflog schnell. Seit Wilhelm im Krieg war, wusste sie, schnelle Entscheidungen zu treffen. Józef war in Sicherheit, so konnte sie frei auftreten.

Fahren sie in den Hof. Wir haben zwar keinen Stall, aber in der Scheune ist genug Platz für zwei Pferde.

Drei Pferde, liebe Frau, drei. Hinten hängt noch eins dran, zur Reserve. Man weiß ja nie, wann man's braucht.

Der alte Mann zog seine dicke Pelzmütze vom Kopf und versuchte ein Lächeln. Sein schütteres weißes Haar wirkte im Mondlicht wie ein leuchtender Strahlenkranz.

Wissen sie, liebe Frau, mir haben eigentlich noch ein viertes Pferd. Aber das haben wir unserm Nupper ausgeborgt. Nachbarn müssen zusammenhalten in der Not. Unser Nupper ist bloß ein kleiner Bauer, der hat nur ein einziges Pferd und eins allein einspannen, das geht ja schlecht. Ein Pferd und eine Kuh, das passt halt nicht zusammen. Vor allem nicht über eine lange Strecke. Zum Ackern geht's grade noch, aber auf dem langen Weg, den mir noch fahren müssen.

Mit einem Schlag gegen den Wagen klopfte er den Schnee von der Mütze und setzte sie wieder auf. Über den Kutschbock kam eine Frau geklettert, zwei Kinder guckten hinter ihr her.

Nu, Vatel, laaber halt nicht so viel. Fahr in den Hof, die Kinder wollen aufs Klo.

Die Frau sprang vom Wagen herab in den aufgeschaukelten Schnee. Bis zur Hüfte blieb sie stecken. Henriette reichte ihr die Hand, half ihr freizukommen.

Danke, dass sie uns aufnehmen. Wir sind zu fünft. Die Oma ist noch im Wagen. Drei Tage sind wir schon unterwegs. Wie das weitergehen soll, weiß ich nicht.

Der alte Mann versuchte die beiden Flügel des großen Tores aufzuschieben, doch der Schnee lag fest. Józef hätte den Schnee längst wegräumen können, fuhr es Henriette durch den Kopf, doch nach ihm rufen durfte sie nicht. Die Leute könnte es empören, einen Polen hier frei herumlaufen zu sehen. Plötzlich stand Maria neben ihnen, stach mit einer Schaufel in den Schnee und warf ihn in hohem Schwung gegen die Mauer. Entsetzt schaute Henriette Maria an, mahnte, sie sei nicht warm angezogen, sie könne sich erkälten. Maria gab zurück, es mache ihr nichts aus und schaufelte, als wolle sie nicht nur den Schnee loswerden, sondern auch das, was sie ungewollt in sich trug.

Die Pferde witterten frisches Heu und zogen kräftig an. Das Knirschen der großen Räder im gefrorenen Schnee ließ Henriette erschauern. In ihrer Remise stand auch ein Wagen mit stabilen Holzrädern, doch ohne Pferde würde er wenig nützen. Müssten sie flüchten, blieb ihr nur der Handwagen. Mit ihm müsste sie hinter

160

den anderen herlaufen. Oder sollte sie die Pluntkes bitten, sie mitzunehmen? Oder den Wiesner? Den Heidrich-Bauer? Ein stechender Schmerz fuhr durch Henriettes Brust und zwang sie, sich am Pfeiler des alten Hoftores festzuhalten. Maria hantierte dagegen wie eine aufgezogene Puppe. Kaum war der Schnee am Hoftor weggeschaufelt, rannte sie zur Scheune, stemmte ihre Beine in den Schnee, schob das Scheunentor zur Seite. Herumstehende Körbe und Kisten warf sie in eine Ecke. Je schwerer die Kisten, um so begeisterter griff sie zu. Zwischen die Sprossen des Leiterwagens warf sie frisches Heu. Der alte Mann führte die Pferde in die Remise und band sie fest. Hafer hätten sie keinen, entschuldigte sich Maria. Früher hätten sie zwei Schecken gehabt, aber der Vatel habe sie gegen ein Auto getauscht. Das Auto sei jetzt auch im Krieg. Wo das jetzt herumfahre, wisse sie nicht.

Nur wo mein Vatel ist, weiß ich. In Russland ist er, untertage.

Mit dem Wort *untertage* wusste der alte Mann nichts anzufangen. Um abzulenken, sagte er, ein bissel Hafer habe er dabei. Wie lange es reiche, wisse er nicht. Aber wie heiße es? Der Mensch denkt und Gott lenkt.

Maria nahm ein Gebund Stroh in die Hand und begann das vorn stehende Pferd trockenzureiben. Sie dehnte und streckte sich, wollte jede Stelle erreichen. Am liebsten wäre sie unter dem Bauch des Pferdes durchgekrochen in der Hoffnung, ein Hufschlag würde ihre Probleme lösen. Sie wagte es nicht. Eilig lief sie hin und her, holte Decken für die Pferde. Während der Alte das andere Pferd abrieb, begann er, Maria zu loben. Ein patentes Madel sei sie, das müsse man sagen. Eine gute Bäuerin würde sie mal werden.

Während Maria mit dem alten Mann die Pferde versorgte, führte Henriette Frauen und Kinder in die Stube. Gleich gäbe es etwas Warmes zu essen. Weil sie hochdeutsch sprach, antwortete ihr die Fremde ebenso.

Herzlichen Dank auch. Es ist so schlimm für uns. Wie die Verbrecher müssen wir herumziehen. Man schämt sich richtig. Ich hoffe nur, ihnen bleibt das erspart.

Achselzuckend stellte Henriette einen großen Topf auf die Feuerstelle, öffnete das Feuerloch und warf mehrere Scheite trockenen Holzes auf die Glut. Wie aus weiter Ferne hörte sie zaghafte Worte.

Wir heißen Hoffmann. Den Opa kennen sie ja schon. Das hier sind meine Schwiegermutter und meine zwei Kinder. Horst ist sieben, Magda drei Jahre. Mein Mann ist gefallen. Magda ist ein Urlaubskind, wie man so sagt. Im letzten Urlaub hat mein Mann … sie versteh'n schon … er hat die Magda nie gesehen und jetzt müssen wir von Zuhause fort.

Die fremde Frau schluckte, als stecke etwas in ihrem Hals. Henriette hantierte weiter am Herd und antwortete mit emotionsloser Stimme.

Mein Mann ist auch gefallen.

Hilflos sahen sich die beiden Frauen an. Die kleine Magda klammerte am Rock der Mutter, mit halbgeöffnetem Mund stand der Junge daneben. Henriette löste sich zuerst, strich über die Stirn und begann zu reden.

Was haben die bloß aus uns gemacht? Aber alles klagen hilft nicht. Kochen sie, was ihnen schmeckt. Sie wissen am besten, was ihre Familie gern mag. Sie müssen sich halt nach dem richten, was vorhanden ist.

Henriette öffnete alle Schränke und zeigte ihre Vorräte. Eier, Speck, Gemüse, Kartoffeln und Rüben. Als Maria und der alte Bauer in die Stube kamen, bekam Maria die Anweisung, sich der Kinder anzunehmen. Auch Holz solle sie im Herd nachlegen.

Ich gehe nach oben und mache die Betten. Frau Hoffman kann mit den Kindern im Schlafzimmer schlafen, der Opa in der kleinen Kammer. Für die Oma richten wir dein Bett, damit sie es gemütlich hat. Es ist ja bloß für eine Nacht.

Machens halt nicht so viele Umstände, unterbrach die Hoffmann-Oma. Es war ihr sichtlich peinlich, Maria aus ihrem Bett zu vertreiben.

Lassen sie nur, erwiderte Henriette. Maria kann hier auf der Couch schlafen.

Marias Augen begannen zu funkeln.

Ich kann auch ins Treibhaus gehen, dort ist es auch warm.

Nein. Du schläfst hier auf der Couch.

Henriettes Stimme bekam wieder ihren harten Klang, wechselte aber, als sie zu den Fremden sprach.

Machen sie sich keine Sorgen. Wichtig ist, sie müssen wieder mal in einem richtigen Bett schlafen. Wir finden schon ein Plätzchen für die eine Nacht. Keine Sorge.

Immer zwei Stufen auf einmal nehmend sprang sie die Treppe hinauf.

Darf ich mir ein Pfeifla anzünden, gute Frau?

Der alte Mann setzte sich breitbeinig auf einen Stuhl und lehnte sich zurück, als sei er daheim. Pfeife und Feuerzeug hielt er in der Hand.

Nu sieh ock, lachte er. Da frag ich die schöne Gärtnerin, dabei ist sie gar nicht da.

Maria gab ihm zur Antwort, die Mutter sei oben im Schlafzimmer, richte die Betten. Rauchen könne er, das mache nichts aus.

Nachdem die Betten bezogen waren, blickte Henriette hinüber zum Treibhaus, sah aber kein Licht. Sie würde auf dem Teppich vor der Couch schlafen, so könnte sie morgen als Erste aufstehen und Frühstück vorbereiten. Rationale Gedanken mischten sich mit irrationalen.

Nach dem Abendessen fragte der alte Bauer, ob er das Radio einschalten dürfen, vielleicht gäbe es gute Nachrichten. Henriette erschrak. Sie fürchtete, Josef habe vergessen, auf den Reichssender Breslau zurückzustellen. Spät am Abend, wenn Maria im Bett war, hörte er Sender in seiner Sprache. Auf dem Zettel, der an jedem Radio hing, stand deutlich zu lesen: Das Abhören von

Feindsendern ist bei Strafe verboten. Angstvoll eilte Henriette zum Apparat, hantierte daran herum, täuschte vor, am falschen Knopf gedreht zu haben, statt des Lautstärkeknopfs habe sie den zum Einstellen der Sender berührt. Ihre Erregung war umsonst. Josef hatte zurückgedreht. Der Reichssender Breslau sendete Marschmusik. Der alte Mann zog seinen Stuhl dicht vor das Gerät, was die junge Frau veranlasste, zu erklären, er sei schwerhörig. Wenn die Stimme aus dem Radio zu leise ist, krieche er richtig in den Apparat. Gute Nachrichten könne man nicht laut genug hören, konterte der Alte und blies genüsslich eine blaue Fahne gegen die Wand. Nachdem er den Stuhl dicht herangezogen hatte, hielt er sein Ohr direkt an den runden Stoffbezug gepresst. Die Pfeife in seiner Hand begann zu zittern. Die Stimme im Radio kündigte Nachrichten an.

Habt ihrs gehört, siebzehn russische Panzer haben sie abgeschossen.

Vierzehn, korrigierte ihn seine Schwiegertochter.

Wie viele? Neunzehn?

Nee, Opa. Vierzehn.

Hab' ich doch gesagt, siebzehn! Das ist gut. Das langt schon für heut. Vielleicht gehen die bald wieder zurück, die verfluchten Russen. Über die Oder kommen die bestimmt nicht rüber, das glaub ich nicht. Über die Oder nicht.

Für Maria und Henriette wurde es eine unruhige Nacht. Beide belauerten sich. Henriette überlegte, ins

Treibhaus zu gehen, Józef dürfe morgen früh erst ins Haus kommen, wenn der Treck weitergefahren ist. Ob er das begriffen hat? Maria wälzte sich ebenfalls unruhig hin und her. Das Schlafen auf der Couch war ungewohnt. Genau an der Stelle, an der jetzt ihr Kopf lag, hockte sonst Tante Selmas fetter Arsch. Maria legte das Kopfkissen auf die andere Seite, drehte sich um und suchte die Seitenlage. Lag sie auf dem Rücken, spürte sie die Bewegungen des Kindes besonders deutlich.

Hoffentlich hab' ich mich beim Schaufeln richtig erkältet. Eine richtige Lungenentzündung und es wäre aus mit mir. Und mit dem Balg. Besser gleich alle beide. Wie sollte sie schlafen?

*

Von diesem Tag nahmen die Trecks kein Ende. Wagen reihten sich an Wagen. Zwischenräume zwischen den Bauern des einen und eines anderen Dorfes gab es nicht mehr. In unendlicher Schlange fuhren sie im grauen Schnee gen Westen. Soldatenautos kurvten dazwischen. Bald herrschte heilloses Durcheinander auf der Straße. Engpässe entstanden. Verstopfungen. Manchmal sackte ein Wagen in schneegefüllte Gräben, kippte um. Schreckensmeldungen liefen von Haus zu Haus.

166

In Freiburg habe ein Treck anhalten müssen, wurde beim Bäcker erzählt. Ein Militärfahrzeug sei umgestürzt, habe quer zur Straße gelegen. Um die erzwungene Rast auszunützen, wurde eine Zwölfjährige losgeschickt, sollte versuchen, ein Brot zu kaufen. Plötzlich war die Straße wieder frei, der Treck musste weiterfahren. Stehenbleiben gab es nicht, zum Ausscheren war kein Platz. Der Treck fuhr weiter, ohne das Mädchen. Wie wild habe die Mutter den Namen ihres Kindes geschrien, bis sie heiser wurde. Im Schneesturm schreit keiner weit.

*

Von nun an kam jede Nacht Einquartierung in die Gärtnerei. Marias Lager wurde die Couch. Henriette schlief auf dem Fußboden davor. Die Namen der Dörfer waren Henriette unbekannt. Eine Woche später entdeckte sie an einem der Bauernwagen den Namen eines Dorfs gleich hinter dem Zobten. Das war ihr Beweis genug. Die Russen hatten die Oder überquert, rückten weiter vor. Erst als keine Trecks mehr vorbeifuhren, die Straße leer blieb, geriet Henriette in Panik.

Die Nächsten sind wir. Was soll ich tun? Oh, mein Gott.

Am Abend klopfte es an der Haustür. Józef war schon im Treibhaus, trotzdem fürchtete sich Henriette, die

Haustür zu öffnen. Schnell sprang sie die Treppe hinauf, öffnete oben ein Fenster und blickte hinab in den Hof. Vor der Haustür stand ein Soldat, der Kegel seiner Taschenlampe tastete über das Haus und erfasste ihr Gesicht.

Hallo, Frau, rief der Soldat. Ich brauche ein Nachtquartier für meinen Leutnant. Er hat Fieber und muss ins Bett. Dringend.

Unter dem Vordach der Remise, unter dem vorher die Wagen der flüchtenden Bauern Schutz gefunden, stand ein Kübelwagen der Wehrmacht. Den schwarzen Scheinwerferklappen entschlüpften zwei dünne Streifen gelblichen Lichts. Henriette überlegte nicht lange und rief durch die dünne Glasscheibe hinunter in den Hof.

Ich komme!

Der alte Soldat führte den kranken Leutnant wie ein Vater sein krankes Kind, zwängte ihn durch die halbgeöffnete Tür, half ihm fürsorglich aus dem Ledermantel, schob ihm einen Stuhl unter. Der Leutnant war jung, sein unrasiertes Gesicht konnte nicht darüber hinwegtäuschen. Seine Augen waren gerötet, eine Haarsträhne rutschte ihm über die Stirn. Die Mäntel trug der Alte zurück in den Flur. Als er zurückkam, strich er seinem Leutnant die Haarsträhne aus dem Gesicht und klopfte ihm väterlich auf die Schulter. Maria saß stumm am Tisch und stützte mit ihren Armen den Kopf. Wie magnetisiert hing ihr Blick am Eisernen Kreuz, welches am Rock des jungen Offiziers glänzte.

Der hockt an der gleichen Stelle wie der Alfred mit seinem Eisernen Kreuz. Vielleicht gibts den schon nimmer, den Alfred. Der mit seinem hoppe, hoppe Reiter Spiel. Die alte Sau.

Henriette schob Holz ins Feuerloch, blies kräftig in die Glut. In die große schwarze Pfanne legte sie mehrere Scheiben Speck, schlug Eier darüber.

Wenn das Wasser im Kessel kocht, können sie dem Leutnant Tee aufbrühen. Ich weiß nicht, welchen er mag. Pfefferminze hab' ich, auch Lindenblüte und Kamille. Alles aus dem eigenen Garten. Ich geh' mit meiner Tochter nach oben ein Bett beziehen.

Der alte Soldat nickte, der Leutnant zitterte.

Komm, Maria, hilf mir bitte. Wir beziehen mein Bett für den Herrn Leutnant.

Ach, liebe Frau, es wäre schön, wenn sie für mich auch eine Schlafgelegenheit hätten, ließ der alte Soldat hören.

Maria bannte der Blick auf das Eiserne Kreuz. Sein Anblick weckte Gefühle. Als könne das Ungeborene den Anblick des Ordens nicht ertragen, trat es wild gegen den Bauch. Verzweiflung erfasste Maria. Mit beiden Fäusten trommelte sie auf den Tisch, hätte lieber auf ihren Bauch eingeschlagen oder auf das Eiserne Kreuz an der Brust des jungen Offiziers. Erschrocken blickten alle zu ihr hin. Henriette fasste sich schnell und hauchte leise.

Bitte, Maria, komm' und hilf mir.

Widerwillig folgte Maria der Mutter. Um sich mit den Händen am Treppengeländer hochzuziehen, brauchte sie alle Kraft. Noch während des Hochsteigens änderte Henriette ihre Pläne.

Weißt du, diesmal machen wir es anders. Der Leutnant, der kann in deinem Zimmer schlafen. Dort ist es schön warm und gemütlich.

Und ich? Wo soll ich schlafen?

Du schläfst mit mir im Schlafzimmer.

Ich geh' nicht schon wieder raus aus meinem Bett.

Der Offizier kann doch nicht neben mir schlafen.

Warum denn nicht? Ist doch ein Naturgesetz, wenn ein Mann und eine Frau miteinander schlafen. Das hat mir der Alfred erzählt.

Entsetzt blieb Henriette stehen.

Was redest du für einen Unsinn? So etwas hat dir Alfred sicher nicht erzählt. Du bist so komisch geworden. Warum nur? Ich frage mich schon lange, was mit dir los ist. Warum bist du so stur? Wir haben so schwere Zeiten und du machst es mir noch schwerer. Geh' in deine Stube und komm' nicht mehr raus!

Marias Augen blitzten wie Schwertspitzen. Ihre Überlegung, der Mutter ihre Schwangerschaft zu offenbaren, dauert nur kurz, dann verschwand sie in ihrem Zimmer und drehte den Schlüssel zweimal um. Henriette hörte es deutlich und fasste sich an den Kopf.

Józef habe ich ins Treibhaus verbannt, Maria in ihre Stube. Unten hocken zwei fremde Soldaten und die

170

Russen sind nicht mehr weit. Am liebsten würde ich weglaufen, irgendwohin, nur weg, weit weg.

Henriette lief nicht weg. Pflichtbewusst ging sie ins Schlafzimmer, bezog ein Federbett und ein Kopfkissen mit frisch gebügeltem Leinen. Die Federn schüttelte sie kräftig auf, schob zwei Briketts auf den noch glühenden Koks. Aus dem Nachttisch kramte sie die blecherne Wärmflasche, lief hinunter in die Küche, füllte heißes Wasser hinein, bis es überlief und ihre Finger verbrühte. Wortlos nahm sie ein Handtuch, wischte erst ihre nassen Finger ab, schlug dann das Tuch um die Wärmflasche und stieg wieder die Treppe hinauf. An Marias Tür lauschte sie kurz. Einen Augenblick war es, als höre sie Weinen. Wohl mehr ein Schluchzen. Klopfen wollte sie nicht. Trotzig drehte sie sich weg und ging ins Schlafzimmer, schob die Wärmflasche unter das frisch bezogene Federbett. Einen von Wilhelms Schlafanzügen entnahm sie dem Wäscheschrank, strich ihn glatt und legte ihn voller Sorgfalt auf das Kopfkissen. Falten wollte sie nicht dulden. Falten bedeuten Unordnung.

Als sie in die Wohnstube zurückkam, saßen die beiden Soldaten am Tisch. Der alte Soldat hatte Speck und Eier auf zwei Teller verteilt und eine Kanne mit dampfendem Lindenblütentee auf den Tisch gestellt. Der Leutnant griff sich beim Sprechen mit der Hand an den Hals.

Danke, gute Frau. Mehr brachte er nicht hervor.

Henriette machte sich am Herd zu schaffen, als müsse sie die Nähe der Männer meiden. Aus der

171

Vorratskammer trug sie ein Glas eingeweckter Kirschen auf den Tisch, dabei stolperten ihre Worte wie Verirrte durch eine Wüste.

Wenn jemand meinem Wilhelm, meinem Mann, an der Front etwas Warmes zu essen gegeben hätte, bevor er … sie brach den angefangenen Satz ab, lief zum Schrank, holte zwei Glasschüsseln und zwei Löffel. Dem Leutnant fiel das Sprechen schwer.

Wo ist er, ihr Mann?

In Russland … er braucht aber ein Essen mehr.

Tut mir leid.

Der Leutnant umhüllte mit beide Händen seine Kehle. Der Alte mischte sich ins Gespräch, obwohl sein Mund voll war.

Wenn nicht bald Schluss ist, erwischen sie uns auch noch.

Die Männer aßen schweigend. Henriette ertrug die Stille nicht.

Der Herr Leutnant kann oben im Schlafzimmer schlafen. Es ist warm. Das Bett hab' ich frisch überzogen. Licht brennt. Sie können alles leicht finden.

Die Sätze waren kurz, als fehle ihr die Kraft für lange Worte. Dem Alten bot sie die Couch als Schlafstätte. Bei allem, was sie sagte, blickte sie keinem ins Gesicht, als führe sie Selbstgespräche. Die Männer fürchteten, das Gespräch über den Tod ihres Mannes habe sie verletzt. Aber sie irrten. Maria trug Schuld, ihre funkelnden Augen. Das Kind bedrückt etwas. Henriette hätte es gern gewusst. Noch einmal schlich sie vor Marias Tür, verharrte, hörte aber keinen Laut.

Als habe sie etwas zu verbergen schlich Henriette auf den Dachboden, öffnete vorsichtig die Luke und kletterte über die Leiter in die Remise. In einen weißen Leinensack gehüllt schlich sie zum Treibhaus und flüsterte in die Dunkelheit: Ich bin's, ich. Weil keine Antwort kam, tastete sie mit ihren Händen über Józefs Bett, angelte mit langen Armen unter dem Gestell herum und hauchte erneut: Ich bin's, Josef. Ich. Wieder kam keine Antwort. Er wird im Heizungsraum sein, dort ist es wärmer, schoss es ihr durch den Kopf. Die schwere Eisentür zu öffnen, fiel ihr nicht leicht. Wieder hauchte sie in den engen Spalt ihren Ruf, erhielt auch hier keine Antwort. In ihrer Schürzentasche wusste sie eine Schachtel Zündhölzer. Eines entzündete sie, hielt es hoch und drehte sich dabei im Kreis. Die Schatten der Heizungsrohre wanderten über die Wände, malten verworrene Bilder. Bevor die klägliche Flamme erlosch, öffnete sie die Heizungsklappe. Aus dem Ofen drang nur noch schwacher Schein einer matten Glut. Henriette erschrak. Jetzt ist es so weit, dachte sie. Wilhelm ist tot. Léon ist weg. Josef verschwunden. Maria verachtet mich. Im Haus liegen zwei Soldaten, der eine krank, der andere alt - und die Russen stehen kurz vor dem Dorf. Oh, mein Gott!

*

Drei Tage und drei Nächte umsorgte der Alte den jungen Leutnant wie einen kranken Sohn. Maria verließ ihr Zimmer kaum. Schule gab es nicht mehr, die Klassenzimmer waren mit Verwundeten belegt. Betrat sie die Küche, schwieg sie und verschwand schnell wieder. Józef blieb verschwunden.

Am vierten Tag drängte der Leutnant zur Weiterfahrt. Die Truppe werde nach ihm suchen, ihn Anklagen wegen Fahnenflucht. Henriette bat, nach Freiburg mitgenommen zu werden. In der Stadt lebe ihr Bruder, den wolle sie fragen, ob eine Flucht mit dem Zug noch möglich sei. Obwohl sie ihre Frage an den Leutnant gerichtet hatte, stimmte der Alte zu, fügte aber an, bequem sei es in dem kleinen Auto nicht. Aber was sei schon bequem in dieser Zeit.

Schnell schlüpfte Henriette in ihren Mantel, sprang die Treppe hinauf, rüttelte an Marias Zimmertür, fand sie aber verschlossen. Halblaut raunte sich durchs Schlüsselloch, sie fahre mit den Soldaten in die Stadt.

Ich will Onkel Karl fragen ob noch Züge fahren. Wir müssen fort. Der Leutnant und der alte Soldat haben gesagt, wir sollen unbedingt flüchten. Die Russen würden ... du weißt schon.

Aufmerksam lauschte sie ihren Worten hinterher, sie blieben jedoch ohne Echo.

Maria, hörst du mich? Ich fahr' mit den Soldaten zum Onkel Karl. Der Onkel Karl wird wissen ob noch ein Zug fährt. Die Russen, du weißt schon ... heute Abend bin ich wieder zurück. Hast du mich gehört, Maria?

Wieder kam keine Antwort. Mit kräftigen Schritten stieg sie die Treppe hinab und hoffte, ihre eiligen Tritte könnten Maria mehr sagen als ihre Worte.

Aus dem Militärauto heraus sah Henriette Marias verweintes Gesicht hinter der Gardine. Oder war es nur ein Schatten?

Am Abend wartete Maria vergebens auf Mutters Rückkehr. Sie wird beim Onkel übernachten, überlegte sie. Es wird schnell dunkel. Morgen früh wird sie das Fahrrad von der Tante ausleihen und mir erzählen, was sie verabredet haben.

Voller Zuversicht ging Maria in ihr Zimmer und schloss die Tür ab. Beim Umdrehen des Schlüssels wurde ihr bewusst, dass sie zum ersten Mal in ihrem Leben allein im Haus schlafen musste. Ihr Herz begann kräftig zu schlagen, doch den Gedanken, Józcf ins Haus zu rufen, verwarf sie. Wo hätte er schlafen sollen?

Am frühen Morgen klopfte es kräftig gegen die Haustür. Maria rannte die Treppe hinunter und riss freudig die Tür auf. In der Nacht hatte sie sich durchgerungen, der Mutter von ihrer Schwangerschaft zu erzählen. Auch wenn sie schimpfen sollte, sie wollte es ihr beichten.

Vor der Tür standen bewaffnete Soldaten, breite Blechschilder am Hals. Vor Angst wollte Maria die Tür wieder zuschlagen, doch die Männer brüllten, alle

Bewohner müssten weg. Häuser und Tore müssten unverschlossen bleiben. Soldaten würden hier einquartiert. Eine neue Frontlinie aufgebaut. Zackig schlugen sie die Hacken zusammen, streckten ihre Arme lang aus und riefen:

Das ist ein Befehl! Heil Hitler!

Maria war geschockt. Sie wollte entgegnen, die Mutter sei noch nicht zurück, sie könne das nicht entscheiden. Die Soldaten beachteten ihre Worte nicht, sprangen auf ihr Motorrad und waren schnell wieder weg. Aus den Nachbarhöfen hörte Maria lautes Wehgeschrei. Überall wurden die gleichen Fragen gestellt, die gleichen Antworten gegeben.

Fahrt hinauf ins Gebirge, dort seid ihr sicher. Die Wunderwaffen des Führers kommen bald zum Einsatz. Die Russen werden zurückgeschlagen. Zur Bestellung der Äcker im Frühjahr seid ihr wieder zurück.

*

Hoffen und Bangen waren verloren. Der Krieg war nahe herangerückt. Die Tore zu den Höfen der Bauern standen weit offen. Beladen mit allem, was für eine Fahrt ins Ungewisse notwendig, standen schwere hölzerne Wagen vor jedem Haus. Vermummte Gestalten eilten umher. Kinderstimmen schwirrten in der Luft. Die Pferde rüttelten am Geschirr. Die ersten Wagen fuhren zur Kirche. Mit *Hüh* und *Hoh* folgten die anderen, stellten sich im Kreis, als müssten sie eine Wagenburg bauen.

Hast du gehört, Muttel? In vierzehn Tagen sind wir wieder zurück.

Der alte Kunze-Bauer versuchte, mit seinem Gelaber das Schluchzen seiner Frau zu übertönen, zum Verstummen zu bringen.

Vierzehn Tage, vielleicht drei Wochen. Hastes gehört!

Die Worte des Kunze-Bauern machten die Runde. Liefen von Nachbarn zu Nachbarn. Eilten von Mund zu Mund. Gaben Mut.

Die Wunderwaffe wird bald eingesetzt. Ihr werd's schon sehen. Vierzehn Tage oder drei Wochen. Mehr nicht.

Über den Köpfen der Menschen begannen die Glocken zu läuten. Erst waren es einzelne Töne. Verirrte. Nach Beistand gierende. Keinen Takt findende. Bald folgte der ersten die zweite Glocke. Ihre Schläge kamen schneller. Regelmäßiger. Fanden Harmonie.

Waren das ihre Glocken? Hatten sie je so geklungen? So klar? Hatten die Menschen ihren Glocken noch nie richtig zugehört? Noch nie verstanden, was Glocken sagen. Jetzt in ihrer Not verstanden sie ihre Sprache. Eben noch im eifrigen Gespräch, verstummten alle. Die Männer zogen ihre Pelzmützen vom Kopf, schauten hinauf zum Turm und weiter in den Himmel. Kristallklare Sterne blinkten aus der Unendlichkeit auf sie herab.

Zögernd stiegen die Voranstehenden die Stufen zur Kirche empor, betraten das Gotteshaus und drängten vor zum

177

Altar. Nicht in ihrem Sonntagsstaat, in Tücher waren sie eingehüllt, in dicke Pelze. Angst, Leid und Not waren ihre Begleiter.

Der Pastor bahnte sich seinen Weg. Nicht im Pastorenkleid, auch er in einen Pelzmantel gekleidet. Sie waren einander gleich, gleicher als je zuvor. Kaum waren die Glocken verstummt, hob der Pastor seine Arme.

Oh, mein Gott. Wir stehen hier vor deinem Angesicht. Herr, sieh' uns. Höre uns. Wir Menschen haben gesündigt, gesündigt gegen dich. Wir wissen, Herr, dass du nicht strafst. Du prüfst uns, ob wir deiner würdig sind. Unser Herr Jesu Christ, der nur Gutes getan, auch ihn hast du geprüft. Wir bitten dich, Gott-Vater, gib auch uns die Kraft, diese Prüfung zu bestehen, wie Christus sie bestanden hat. Herr, mach' uns stark. Lass uns nie an deiner Liebe zweifeln. Lass uns keine neuen Sünden begehen.

Weißer Atem wehte wie Weihefahnen über die Köpfe.

Vater im Himmel. Du schickst uns hinaus in die kalte Nacht, in die mit Hass erfüllte Welt. Hinaus in den Sturm des Lebens. Nun wird es an uns sein, an uns schwachen Menschen, ob wir im Vertrauen auf deine Liebe, auf deine Güte und Barmherzigkeit den Weg durch Eis und Schnee über Dornen und Steine hinweg zu dir weitergehen. Oder ob wir uns dem Bösen, dem Fluch, der schon seit Ewigkeiten über uns Menschen liegt, zuwenden. Oh, mein Gott. Mach' uns stark. Gib uns die Kraft, auf dem rechten Weg zu bleiben. Gedenke der unschuldigen Kinder. Sie, unser kostbarstes Gut, beschütze vor allem. Wir halten uns für unschuldig, unwissend unserer Schuld. Die Kinder sind unschuldig. Lass uns, Herr, deine Prüfung bestehen, damit wir einst guten Gewissens vor dein Angesicht treten dürfen. Zum letzten Male haben wir uns hier in deinem, unserem heimatlichen Haus versammelt. Wie wollen wir dir danken, wenn wir einst, ohne Makel beladen, wieder hier vor dich hintreten können. Bevor wir nun hinausgehen auf den Weg, der uns bestimmt worden ist, wollen wir gemeinsam zu dir beten. Herr, erhöre uns.

Die Männer und Frauen, die Greise und Kinder beteten, wie sie noch nie in ihrem Leben gebetet hatten. Nicht ihre Worte, die nur ein Murmeln waren, eilten zu Gott, es waren ihre Herzen.

Herr, dein Wille geschehe!

Ihre Stimmen wollten versagen. War es sein Wille, der sie hinaustrieb in die Fremde, in die Furcht, in die Not? Dafür sollten sie beten?

... und vergib uns unsre Schuld ...

Das Stimmengewirr stieg an. Ja, das ließ sich leichter beten. Bitten um Vergebung

... und führe uns nicht in Versuchung, sondern erlöse uns von allem Übel. Denn dein ist das Reich und die Kraft und die Herrlichkeit, in Ewigkeit. Amen.

Der Pastor hob seinen Arm und malte das Zeichen des Kreuzes in die Luft.

Der Herr segne euch und behüte euch. Der Herr lasse sein Angesicht leuchten über euch und gebe euch Frieden. Amen.

Kraftlos sanken die Arme wieder herab. Während alle im stillem Gebet verharrten, ertönte die Orgel. Betete mit ihnen. Betete für sie. Der alte Pluntke-Bauer griff mit geschlossenen Augen in die Tasten, wollte allen einen letzten Gruß in die Fremde mitgeben. Was er ihnen gab, war neuer Schmerz. Neue Tränen.

Dann wendeten die ersten um. Nach einem letzten Blick verließen sie die Kirche und gingen zu ihren Wagen. Der Gesang der Orgel, der Klang der Glocken begleitete sie. Draußen mischte sich ein anderes Geräusch ein, welches nicht hineinpassen wollte in diesen Dreiklang aus Orgel, Glocke und Gebet. Dröhnen und Donnern der Geschütze gewannen die Oberhand. Die Front konnte nicht mehr weit sein. Als die dumpfen Schläge lauter wurden, drängten alle zu den Wagen. Die Pferde standen unruhig, wollten weg. Weit weg.

Der einarmige Wolf-Bauer fuhr als Treckführer an die Spitze. Vom Kutschbock seines Wagens rief er laut in den Klang der Glocken, in das Spiel der Orgel und in das Getöse des heraneilenden Kriegs:

In Gottes Namen ... los!

Die ersten Wagen setzten sich in Bewegung. Der Kirchplatz blieb überschwemmt mit Tränen und Schmerz zurück. Darüber funkelten abertausend eiskalte Sterne. Der Schnee knirschte unter den Rädern. Sie drehten sich in die Ungewissheit, in die Fremde. Aus der offenen Kirchentür begleiteten sie die Klänge der Orgel: *Befiehl du deine Wege...*

Die Orgel sang. Die Glocke klang. Geschütze dröhnten. Menschen weinten.

So zogen sie hinaus.

Die schwere Dampflok prustete dicke weiße Wolken in den tiefhängenden Schneehimmel. Sie musste sich mühen, die Waggons in Bewegung zu setzen. Schwere Herzen sind eine große Last. Während die schwarze Raupe den Bahnhof der niederschlesischen Stadt Freiburg in Richtung Gebirge verließ, blickte Karl Brieger aus dem geöffneten Fenster zurück zum Bahnsteig. Die wenigen Personen, die dem ausfahrenden Zug nachblickten, wirkten wie schwarze Stelen im angegrauten Schnee. Kein Arm hob sich zum Abschiedsgruß. Erst als der stärker werdende Fahrtwind den Schnee von den Gleisen durchs Fenster ins Abteil blies, zog Karl Brieger die Glasscheibe am breiten Lederriemen wieder hoch und drückte das Fenster in seine Halterung zurück. Erschöpft setzte er sich auf die Holzbank neben seine Frau. Sein Klumpfuß, den er voller Stolz *Goebbelsfuß* nannte, hatte ihn bisher vor vielen Dingen bewahrt. Als Kind wurde er verspottet, jetzt aber kam er ihm zu Hilfe. Für ihn gab es kein Marschieren, kein Kriegsdienst. Unter der Hakenkreuzfahne wäre er gern marschiert, fürchtete aber, sein hinkender Gang entehre sie. Alle körperlichen Anstrengungen brachten ihn an die Grenze seiner Kraft. Nur mit Mühe war es ihm gelungen, die Koffer in die Gepäckablage zu heben. Die Ledertasche mit den wichtigsten Papieren hielt seine Frau fest in ihren Schoß gepresst. Ausweise, Urkunden, Sparbücher. Wohin der Zug fahren würde, wussten sie nicht. Gestern hatte er in der Stadt Handzettel verteilt mit dem Hinweis, Frauen und Kinder hätten die Stadt zu verlassen. Im einsetzenden Schneetreiben hatte er seinem Parteiabzeichen den hochgeschlagenen Mantelkragen als Versteck angeboten. Die Zettel, die er verteilte, waren eng bedruckt. Wohnungen müssen offen bleiben zur Einquartierung deutscher Soldaten, stand besonders fett gedruckt. Auf der Rückseite stand deutlich vermerkt, der letzte Zug verlasse die Stadt gegen Mittag.

Eine Berechtigung zur Flucht besaß Karl nicht. Beim Volkssturm hätte er mitkämpfen können, marschieren wurde dort nicht verlangt. Als Mitarbeiter der Stadtverwaltung war es ihm aber gelungen, sich als Reisebegleiter für diesen Flüchtlingszug selbst einzutragen. Nun saß er neben seiner Frau und blickte sie hilfesuchend an.

Der gestrige Tag zog in seiner Erinnerung vorbei. Henriette stand plötzlich vor der Tür. Auf Selmas Frage, ob sie mit dem Omnibus gekommen sei, hatte sie höhnisch gelacht.

Omnibusse fahren schon lange nicht mehr. Mit der Ordnung ist es vorbei im schönen Deutschland.

Ihr ironischer Unterton brachte Ärger in die Stube. Schnell hatte er einen der übriggebliebenen Zettel aus seiner Hosentasche gezogen, ihn seiner Schwester vor die Nase gehalten, mit dem Zeigefinger gegen das Papier gepocht.

Hier, guck, alles ist geregelt. Hier steht's. Morgen fährt ein Zug vom Bahnhof ab. Gegen Mittag. Der Letzte ist es. Alles ist geregelt. Wer pünktlich am Bahnhof ist, kann mitfahren. Man muss sich nur an die amtlichen Anweisungen halten. Vor allem rechtzeitig da sein.

Wie ein Film lief das gestrige Geschehene vor seinen Augen ab. Für die Erregung seiner Schwester fand er jedoch Verständnis. Was sie auf dem Weg alles gesehen hatte, schockierte sogar ihn.

Bauernwagen mit gebrochenen Rädern. Verwundete Soldaten, blutend im Schnee liegend. Neben Leichen. Auf dem Marktplatz ein strangulierter deutscher Soldat am Lampenmast. Ein Schild am Hals. DESERTEUR. Zwangsarbeiter an jeder Straßenecke. Unbewacht. In großen Gruppen vor den Toren der geschlossenen Fabriken. Frei in der Stadt herumlaufend. Keiner kümmerte sich um sie.

Henriette war aufgeregt, es dauerte, bis sie Ruhe fand. Auf ihre Frage, wohin der Zug fahre, hatte er beantwortet, das hänge von der akuten Kriegslage ab. Das Zugpersonal müsse flexibel sein, es seien aber geschulte Leute, die wüssten, was sie machen. Vor allem habe er seine Schwester ermahnt, pünktlich zu sein. Nur so viel mitnehmen, wie sie tragen könne. Die Russen seien keine zivilisierten Menschen, habe er noch gewarnt; vor allem die, die zuerst kommen. Die mit den Schlitzaugen. Vor siebenhundert Jahren seien die schon einmal nach

Schlesien eingedrungen. Die Heilige Hedwig habe sie besiegt. Was *die* fertig bringe, das bringe unser Führer schon lange fertig.

Karl sortierte seine Gedanken. Er erinnerte, mehrfach zur Pünktlichkeit gemahnt zu haben. Als Zugbegleiter dürfe er die Zugabfahrt nicht aufhalten. Wenn der Zug fährt, dann fährt er. Henriette hatte versprochen, mit Maria pünktlich zu sein. Bevor sie zurückfahre, wollte sie noch zur Sparkasse. Geld abheben. Keiner wisse, wie lange die Flucht dauert. Selmas Fahrrad hatte sie noch ausgeliehen, wollte schnell heimkommen. Morgen bringe sie es wieder.

Nun saß er mit seiner Frau im Zug. Henriette und Maria waren nicht pünktlich, hatten die Abfahrt versäumt. Seine Schuld sei es nicht.

*

Maria und Józef.
Verzagt verließ Maria ihr Zimmer und stieg die Treppe herab. Vor dem aus einem Schatten heraustretenden Józef erschrak sie.

Tut mir leid, sagte er. Wollte nicht erschrecken. Suche deine Mutter. Wo ist sie?

Was willst du von ihr, polterte Maria los. Wo sie ist, geht dich nichts an. Mach deine Arbeit, hier im Haus hast du nichts verloren.

Was Józef ihr zur Antwort gab, nahm sie nur flüchtig wahr. Erst das Wort *verschwunden* schreckte sie auf.

Die kommt schon wieder. Sie ist zum Onkel in die Stadt gefahren, will fragen, wegen der Flucht.

Ist noch nicht zurück? Das ist schlimm.

Maria wusste darauf keine Antwort.

Maria, es ist Krieg. Nicht irgendwo. Krieg ist direkt vor dem Dorf. Hörst du nicht Schießen? Passieren schlimme Dinge im Krieg.

In Marias Gesicht wechselten die Farben. Ihr Blick erstarrte. Schnell streckte Józef dem Mädchen seine Hände entgegen, wollte ihm Halt geben. Wollte versichern, sie müsse keine Angst haben, er werde sie beschützen. Er habe ein Versteck, darin werde er sie wohl behüten. Sie und das Kind

Das Wort *Kind* traf Maria wie ein Blitz. Sie zuckte zusammen und drehte sich zur Seite. Es dauerte, bis sie fragte, von welchem Kind er rede. Józef trat einen Schritt näher, hob seine rechte Schulter und versuchte zu lächeln.

Maria, ich weiß alles. Hab alles gesehen. Im Sommer. Im Mai. Du und deutscher Soldat im Treibhaus. Hab gehört deinen Schrei. Geschwitzt hast du, warst erregt. Bist du zu mir gekommen, hast mir geholfen bei Dahlien. Dabei hast du geweint. Bist anders geworden. Hast nur gezankt. Mit mir. Gezankt mit deiner Mutter. Immer nur schlechte Laune.

Marias Augäpfel verschwammen. Eine Träne löste sich und zog einen glänzenden Strich über ihre Wange. Józef redete weiter.

Hinters Treibhaus hast du gekotzt. Habe mitgezählt. Acht Monate sind vorbei. Kind wird bald kommen. Kannst nicht mehr weg. Alle sind geflüchtet. Dorf ist leer. Wo willst du hin?

Józefs Worte verwirrten Maria. Schwindel erfasste sie. Sie drohte zu stürzen, doch Josef fing sie auf und führte sie zum Tisch. Behutsam drückte er sie auf einen Stuhl. Voller Scham versteckte Maria ihr Gesicht in die Kuhle der Arme und begann schluchzend zu weinen. Józef sah ihr hilflos zu, streichelte ihr tröstend über die Haare. Es dauerte, bis die Wandlung eintrat. Maria hob langsam ihren Kopf, drehte ihr verweintes Gesicht zu Józef und fragte ihn, wo sein Versteck sei.

Musst mir vertrauen. Will nur Gutes für dich. Und für Kind. Glaub mir. Komm.

Aber wenn die Muttel wiederkommt, wagte Maria einzuwenden. Wie soll sie mich finden?

Wenn nicht wiederkommt?

Józef drehte sich um und winkte mit der Hand. Zögernd erhob sich Maria und folgte ihm. Sie sah, wie er die Haustür von außen abschloss, den Schlüssel in seine Hosentasche steckte. Wie ein hilfloses Lamm trottete sie hinter ihm her, während ihre Augen im Tränenfluss schwammen. Ihr Weg führte durchs Treibhaus. Trotz ihrer Tränen bemerkte Maria das fehlende Bett. Auf ihre Frage, wo es geblieben sei, gab Józef lachend zurück:

Steht im Versteck. Für dich. Unter dem Koks.

Für mich? Unterm Koks. Dorthinein geh' ich nicht.

Erschrocken hielt sich Maria mit den Händen am eisernen Gestänge der Pflanzentische fest. Die Kälte des Metalls kroch durch ihren Körper, ließ sie frieren.

Wo willst du hin, wenn Russen kommen? Deutsche alle fort. Keiner mehr im Dorf. Nur du. Wenn Russen kommen, vielleicht morgen oder übermorgen ... dich finden. Eine deutsche Frau. Sie werden über dich herfallen … werden …

Durch Marias Körper liefen eisige Schauer. Tränen zogen glitzernde Bahnen in ihrem Gesicht, tropften auf die gefütterte Jacke. Wie zu einer Salzsäule erstarrt blickte sie Józef an. Unnahbar, versteinert. Ihre Trostlosigkeit hinderte ihn, ihr über den Kopf zu streichen. Sie tat ihm leid. Wieder verging lange Zeit, bis Maria ihre Hände vom kalten Eisen löste und auf ihren Bauch legte. Es sah aus, als wolle sie dem Kind zeigen, wie kalt die Welt geworden ist. Hilflos sah Józef den Strom der Tränen. Es kostete ihm Kraft, das Zucken seiner Arme zu unterdrücken. Zu gern hätte er Maria in den Arm genommen, doch er fürchtete, verstoßen zu werden. Sie standen lange einander gegenüber, bis Józef wagte, die Worte auszusprechen.

Kumm ock, Maria. Kumm ock.

Sein Versuch, schlesisch zu reden, ließ Maria aufhorchen. Ohne seine Hand zu ergreifen, folgte sie ihm durch den Heizungsraum in den Kokskeller. Das schwarze Gestein lag hoch aufgeschüttet.

Kumm ock, lockte Józef erneut und hoffte, die schlesischen Worte würden Marias Furcht bekämpfen. Ein plötzlich aufblitzender Lichtstrahl ließ Maria erschrecken.

Musst keine Angst haben. Taschenlampe ist aus Soldatenauto. Wird notwendig sein. Für uns.

Was soll ich hin?

Versteck ist unten. Musst auf Knien kriechen. Komm hinter mir her. Kumm ock. Kumm.

Dicht an die Wand gedrückt lief Józef um den schwarzen Berg herum. Auf der hinteren Seite kniete er nieder und verschwand. Maria verharrte unschlüssig, bis Józefs Stimme wieder nach ihr rief. Klopfenden Herzens folgte Maria. Während sie in das Versteck kroch, huschte ein Lächeln über ihr Gesicht. Versteckspielen war immer eines ihrer Lieblingsspiele gewesen.

Auf der Matratze kniend, kehrte ihre Angst zurück.

Wenn die Höhle zusammenkracht?

Keine Angst. Ist stabil gebaut, musst mir glauben.

Hier drin ersticke ich.

Wenn draußen alles in Ordnung, wir öffnen Luke. Frische Luft kommt in Höhle. Leg' dich hin. Probiere, ob weich genug.

Maria rollte seitwärts auf die Matratze. Den Kopf anzuheben, gelang; das Ausbreiten beider Arme nicht. Ihre Augen tasteten über die Holzbohlen. Beim Versuch, mit der Hand dagegen zu drücken, rieselte Koksstaub herab.

Ihre ängstliche Frage, wie lange sie hier drinbleiben müsste, kam eine kurze Antwort.

Bis alles vorbei.

Was alles?

Russen, Krieg ... und dein Kind, wenn kommt.

Der Hinweis auf die Geburt erweckte neue Furcht. Im Licht der Taschenlampe glitzerten neue Tränen.

Musst nicht fürchten, wenn kein Doktor hier. Früher, die Menschen haben im Wald gelebt. In Höhlen. In Steinzeit. Hatten keinen Doktor, wenn Kind geboren wird. Sind nicht ausgestorben. Haben sich vermehrt. Sonst wir nicht hier.

Die gekrümmte Sitzhaltung schien dem Ungeborenen nicht zu gefallen. Es wollte sich drehen. Mit weitgeöffnetem Mund legte sich Maria lang ausgestreckt hin, fuhr aber gleich wieder hoch.

Hier drin halt ich's nicht aus. Ich will raus. Ich muss gucken, ob die Muttel wieder derheeme ist. Die ist bestimmt wieder da. Die wird mir helfen, auch wenn sie böse ist.

Auf den Knien rutschend kroch Maria aus der Höhle. Die ungewohnte Bewegung weckte erste Wehen. Angstschreie verschluckte sie. Wollte nichts merken lassen. Nach kurzem Verharren kroch sie weiter. Erst draußen im Schnee atmete sie tief. Die Hände unter dem Bauch gefaltet lief sie durch die Scheune in den Hof. Wie ein treuer Hund folgte ihr Józef. Vor der Haustür überholte er sie, zog den Schlüssel aus seiner Hosentasche und schloss auf. Sofort begann Maria nach der Mutter zu rufen. Von Zimmer zu Zimmer wurden ihre Schreie lauter. Verzweiflung blockierte ihr Denken.

Der Pole hat die Haustürschlüssel eingesteckt, das hab' ich gesehen. Sicher hat er auch den vom Hoftor. Mutter steht vielleicht draußen auf der Straße und kann nicht rein.

Wie von Sinnen lief Maria zur Straße, rüttelte an den Toren, doch beide waren unverschlossen. Kein Mensch war zu sehen, weder zum Oberdorf hin noch zum Unterdorf. Einzig ein Schwein wühlte im Schnee.

Komm rein, hörte sie Józef rufen. Komm rein, ist zu gefährlich auf Straße, wenn Russen kommen.

Enttäuscht drückte Maria das Tor zu und legte den Riegel vor. Jeder Schritt fiel ihr schwer. Was früher Geborgenheit versprach, Schutz und Sicherheit, erschien ihr jetzt wie ein dunkler Dämon. Ein Haus ohne Vater, ohne Mutter. Allein Józef war geblieben. Wie ein großer Schatten schwebte die Ungewissheit einer neuen Zeit, drohte sie zu verschlingen.

*

Der Kriegsdonner kam näher. Wurde stärker. Ließen die Einschläge die Fenster erzittern, suchten Józef und Maria Schutz in der Höhle. Fürsorglich breitete Józef eine Decke über ihren aufgewölbten Leib, wickelte ihre Füße in Tücher und drückte das Kissen unter ihrem

Kopf in die richtige Lage. Lange lagen sie so. Immer wieder trocknete Józef Tränen auf Marias Gesicht. Sie ließ ihn gewähren.

Plötzlich erschreckte sie Motorenlärm. Józef legte seinen Finger vor den Mund und schaltete die Taschenlampe aus.

Kleine Kerze lass' brennen. Nicht ausblasen. Und still sein.

Die hinauskriechende Gestalt des Polen verdeckte das diffuse Licht, welches von der Luke in die Höhle kroch. Maria setzte sich auf, rief ihm die Frage hinterher, wohin er wolle.

Will gucken, was los ist.

Noch einmal drehte sich Józef zu ihr um, legte seinen Finger vor die Lippen und lächelte sie an. Marias Wunsch, hinterher zu kriechen, wurde immer größer. Ebenso die Versuchung, liegen zu bleiben. Sie entschied sich fürs Liegenbleiben. Das fahle Licht der Kerze begann zu zittern. Marias Augen weiteten sich. Aufmerksam horchte sie in die Dämmerung. Der Motorenlärm wurde stärker, kam näher. Sollte sie die Kerze doch ausblasen? Oder nicht? Die Entscheidung fiel ihr schwer. Sie ließ sie brennen. Im gleichen Moment trat das Kind gegen den Bauch, versuchte sich zu drehen. Maria schob ihre rechte Hand unter das Kleid, umarmte den schweren Leib. Ihre zweite Hand half ihr dabei. Dem Ungeborenen flüsterte sie zu, es solle ruhig liegen.

Du darfst dich nicht zu viel drehen. Die Nabelschnur könne sich um deinen Hals wickeln. Tante Selma hat mal davon erzählt. Bei einer Bekannten habe sich die Nabelschnur um den Hals des Kindes gewickelt, es sei im Mutterleib gestorben. Tante Selma gab sich damals empört. Im Mutterleib sterben müsse verboten sein.

Maria durchfloss eine heiße Welle, ergoss sich in alle Kapillaren. Ihre Befürchtung, bei ihr könne es ebenso sein, ließ plötzlich die Verlockung blühen, die Nabelschnur könne ihre Schande tilgen. Könne auslöschen, was nicht sein durfte. Vor Freude begann Maria zu beten:

Beweg dich, Kind, beweg dich. Wälz dich rum. Mach schon! Dreh die Nabelschnur um deinen Hals!

Diese Verwirrung dauerte nur wenige Minuten. Maria schämte sich ihres Gebets, blieb ruhig auf dem Rücken liegen. Tränen liefen lautlos und suchten getrennte Wege hin zu den Ohren.

Lange dämmerte sie vor sich hin, erst ein leises Klicken erschreckte sie. Vorsichtig richtete sie sich auf, stützte ihren schweren Körper mit den Ellbogen nach hinten ab. Bevor sie die Kerze ausblies, griff sie nach der neben dem Lager liegenden Taschenlampe. Wie ein Gewehr drückte sie die Lampe mit einer Hand an ihren Körper, bereit, jedem Eindringling den Lichtstrahl in die Augen zu schießen. Das tat sie auch. Geblendet legte Józefs seinen Arm vor die Augen. Dabei entdeckte Maria eine seltsame Figur, die er in seiner Hand festhielt. Erschrocken fragte sie, was das sei.

Ist *Matka chrzestna*. Deine Namenspatronin. Wird uns beschützen. Mich, dich und dein Kind.

Wir Evangelischen beten nicht zur Maria.

Ohne ihr eine Antwort zu geben, streichelte Józef zärtlich die selbstgeschnitzte Marienfigur in seiner Hand. Doch Maria gab nicht nach.

Was hat die Mutter gesagt? Und der Onkel Karl? Was hat der gesagt? Müssen wir flüchten?

Józef griff nach Marias Arm und hielt ihn fest. Während er ihre Hand streichelte, versuchte er zu erklären, ihre Mutter sei nicht gekommen. Maria glaubte ihm nicht, fasste nach seiner Jacke, hielt sich am aufgenähten P fest.

Du hast den Schlüssel eingesackt. Den Schlüssel unserer Haustür. Vielleicht ist die Mutter wieder derheeme und du hast sie angelogen. Hast ihr vorgeschwindelt, die Maria ist fort, ist mit den Bauern geflüchtet.

Stimmt nicht. Deutsche Soldaten waren im Hof. Haben kontrolliert, ob Haus leer. Glaub' mir.

Maria glaubte ihm nicht. Ihr Körper begann zu zittern. Hilflos sah Józef ihr Leid. Angst erfasste ihn. Nahe an ihr Ohr gedrückt flüsterte er, alles werde gut. Er passe auf sie auf. Und auf das Kind. Während seine Worte über Marias tief in die Kissen gepressten Kopf rieselten, legte er seine kalte Hand auf ihre Stirn. Sie war glutheiß.

*

Die Gärtnerei lag versunken in tiefem Schnee. Der Frost malte gespenstische Bilder an die Fenster.

Friedlicher konnte der Anblick nicht sein. Allein das Donnern der Geschütze störte diese Wunderwelt.

An einem der ersten Februartage donnerte der erste Panzer der Roten Armee über die Dorfstraße. Das Klirren der Ketten drang durch alle Mauern, ließ Fenster erzittern. Bis in die Dunkelheit der geheimen Lagerstätte drangen die angsteinflößenden Geräusche. Voller Angst suchte Maria Schutz bei Józef, doch so sehr sie in der niedrigen Höhle unter dem Koks herumtastet, sie fand ihn nicht.

Józef fesselten andere Gedanken. Bald würde seine Gefangenschaft enden, die normale Welt zurückkehren, ein neues Leben beginnen. Davon war er überzeugt. Trotz aller Kälte stand er nackt im Schlafzimmer. Heizen durfte er nicht, der Rauch aus dem Schornstein hätte ihn verraten. Eigentlich war er ins Haus gekommen, sich neu einzukleiden. In sein neues Leben wollte er geordnet hinübergehen, doch die Hosen des Gärtnermeisters Wilhelm Menzel waren ihm zu lang, die Jacken zu weit. Enttäuscht betrachtete er im großen Spiegel seinen Körper. Er passte gerade hinein. Was er sah, war frierende Haut, die ihn an gerupfte Gänse erinnerte. Sein ausgemergelter Körper gefiel ihm nicht. Die Arbeit im Steinbruch war zu hart, er hätte nicht mehr lange durchgehalten. Die Verbringung in die Gärtnerei war ein Segen. Weshalb er von der Hölle ins Paradies versetzt wurde, wusste er nicht. Vieles wusste er nicht, was ihn betraf.

Spiegelbildgespräche zu führen, liebte er. Zu gern hätte er herausgefunden, wer er war.

So begann er, laut zu reden.

Seit die Deutschen mich gefangen haben, führe ich ein Pferdedasein. Mit der Peitsche erhielt ich Befehle. Siebenhundertzwölf, vortreten. In der Gärtnerei kam die Veränderung. Hier wurde ich gelobt. Das war neu, kaum zu verstehen. Kurz nachdem die Deutschen in unser Dorf einmarschiert sind, haben sie mich eingefangen. Auf dem Weg zur Arbeit war ich. Sie haben die Straße abgesperrt. Alle Männer auf Lastwagen gezwungen. Vater und Mutter auch. Vater auf den zu meiner linken, Mutter auf den zur rechten. Fünf Jahre ist das her. Keine Nachricht. Ob sie noch leben? Ich weiß es nicht.

Aufquellende Tränen verwischten Józefs Spiegelbild. Quälende Fragen drängten aus seinem Herz in den Mund. Quollen sie über, spuckte er sie aus. Oft hatte ihn Maria entrüstet angeschrien, sein Spucken sei ekelhaft. Sie kennt meine Qualen nicht. Wie soll sie auch.

Józef spannte seine Arme, versuchte seine Muskeln hervorzudrücken. Verlegen lächelnd brach er den Versuch ab. Sein Blick irrte über sein verwuscheltes Haar. Dieser ungebändigte Wuchs war ihm lieber als der Kahlkopf, der ihm im Steinbruch verpasst wurde.

Wenn erst wieder normales Leben herrscht, ein ordentlicher Frisör mir die Haare schneidet, meine Naturlocken aufleben lässt, ihnen Platz schafft, wird mein Gesicht wieder freundlicher aussehen.

Mit beide Händen drückte er die Haare nach hinten und betrachtete sein Profil. Mal von rechts, dann von links. Ein kurzes Lächeln schlich in sein Gesicht, doch schnell schüttelte er die zotteligen Haare in die gewohnte Lage zurück. Bewusst trat er näher an den Spiegel heran, blickte in seine Augen. Sie wirkten stumpf. Ihr gelblicher Schimmer zeigte ihm alle Ungewissheit seines bisherigen Lebens. Alle Unrast, alle Angst. Sein ständiges Auf-dem-Sprung-sein.

Alles, was er in den wenigen Minuten seiner Enthüllung gesehen hatte, gefiel ihm nicht. Doch einen Untermenschen, wie die Deutschen die Polen nannten, konnte er nicht erkennen. Missbilligend schüttelte er den Kopf. Vorerst galt es, anderes zu denken. Die Russen würden ihn befreien. Doch Kugeln fliegen schnell und stellen keine Frage: Freund oder Feind? Hatte er die Deutschen überlebt, wollte er auch die Russen überleben. Józef wollte nicht nur überleben, er wollte leben.

Nachdem er wieder in seine alten Kleider geschlüpft war, stieg er über die Holztreppe auf den Dachboden. Von hier konnte er die Gärtnerei überblickten. Sogar die Nachbarhöfe. Das Dorf war leer, alle Einwohner geflüchtet. Vor Deutschen musste er sich nicht mehr fürchten. Das ließ ihn kräftig durchatmen.

Durch die Ritzen der von ihm verschobenen Dachziegel hielt Józef Ausschau nach allen Seiten. Der Panzer, der ihn aufgeschreckt hatte, war über die Dorfstraße gebraust, ohne anzuhalten. Jetzt war alles wieder still, war an der Zeit, zurückzukehren in die Höhle, in der Maria in tiefer Dunkelheit im geheimen Versteck lag.

Maria zitterte am ganzen Körper. Angst und Verzweiflung brannten in ihrem Herz. Die Fackel des Krieges, die ihr Vater zuerst nach Polen, nach Frankreich und später weit in die Tiefen Russlands getragen hatte, war nicht erloschen. Sie brannte heller als zuvor, hatte den Vater verbrannt, kam ihrem Dorf näher, drohte alles zu verbrennen. Erinnerungen an das gewaltige Nordlicht tauchten vor Marias Augen auf. Es werde Krieg geben, hatte Mutter prophezeit. Wie recht sie hatte. Nicht der Himmel würde mehr brennen, sondern das ganze Dorf. Doch trotz aller Unbill, die sie umgab, trotz aller Angst vor dem, was draußen geschah, wurde ihr der Krieg zur Bagatelle. Das Stampfen des Kindes gegen die Enge ihres Leibs, jeder neue Stich, jedes Ziehen und Zerren schmerzte sie mehr. Ihre Schrecken wechselten zwischen Wehen und Geschützdonner. Augenblicke der Stille fanden kein Maß. Minuten mutierten zu Stunden. Lange wusste sie nicht mehr, ob es Tag war oder Nacht. Die stete Dunkelheit um sie herum ließ vor ihren weit aufgerissenen Augen *Gesichter* wachsen, die zu tanzen begannen, die sie mit leuchtenden gierigen Blicken anstarrten. Fratzen mit glühenden Zungen leckten nach ihr, ließen sie erschauern. Je fester sie ihre Augen zusammenpresste, umso hellere Feuer brannten hinter ihren verschlossenen Lidern. Blitze loderten. Glühende Berge spien Feuer, taten sich auf. Aber auch in ihr bebte es, als sei sie die Erde selbst. Über vieles wollte sie nachsinnen, wollte denken, ohne zu träumen, fand aber keinen Punkt, an dem sie ihre Gedanken festmachen konnte. Erneut stachen die Wehen wie Messer in ihren Bauch. Am liebsten hätte sie laut aufgeschrien, aber Józef hatte es verboten. Die lautlosen Schreie nach innen hörte nur sie. Vielleicht auch das Kind. Bei dem Gedanken an ihre Mutter spürte Maria einen Stich unter dem Herz. Der Vater war tot, die Mutter seit Tagen verschwunden - und sie, noch keine fünfzehn Jahre alt, lag hochschwanger unter dem Koks. Maria schluchzte laut auf. Solche Gedanken wollte sie nicht denken, aber sie blieben, verhakten sich.

Warum ist die Muttel so lange fort? Zum Onkel Karl wollte sie wegen der Flucht, hat sie gesagt. Wollte fragen, ob wir auch flüchten müssen. Sie hat versprochen, wiederzukommen. Sie ist aber nicht wiederkommen.

Das gieht doch nich, Muttel. Kumm ock heem!

Maria redete laut in die Dunkelheit, hoffte ihr Alleinsein zu verjagen. Doch plötzlich sprangen sie wilde Gedanken an.

Vielleicht ist die Mutter schon wieder da. Der Josef versteckt die Mutter im Haus und mich unterm Koks. Den Haustürschlüssel hat er in seine Hosentasche gesteckt. Er will den Hausherrn spielen. Das darf er doch gar nicht.

Behutsam drehte sie sich auf die Seite. Kohlenstaub rieselte herab. Vatel, Muttel, Józef, das Kind - größer war Marias Gedankenkreis nicht mehr. Alfred wäre noch gewesen, der angenommene Cousin.

Bei Onkel und Tante hat es nicht geklappt. Bei mir und Alfred hat's gleich geklappt. Genau hier, wo ich jetzt lieg, hat er's mit mir gemacht. Damals war der Keller leer, weil's Sommer war.

Erneut bäumte ihr Körper. Schneiden und Brennen quälte Marias Leib. Mit großer Mühe wälzte sie sich auf die Knie, bildete eine Brücke und bohrte ihre Stirn ins Kissen.

Der Alfred weiß nicht, was mit mir los ist. Er kann es nicht wissen. Keine einzige Karte hat er mir geschickt. Woher soll er wissen, dass ich schwanger bin. Nicht einmal die Mutter weiß es. Nur der Josef. Von der ersten Stunde an weiß er es. Durch die Luke hat er gelauscht. Die Monate mitgezählt. Jetzt drängelt das Kind. Es will raus.

Ihr nächster Gedanke entlockte ihr ein Lächeln.

Was predigt der Pastor bei der Taufe? Das Kind erblickt das Licht der Welt. Wenn es so weitergeht, wird mein Kind untertage geboren. Unter hundert Zentnern Koks. Den Ausdruck *untertage* kenn ich. Die Schimmel-Brüder haben in der Kohlengrube gearbeitet. Untertage. Jetzt lieg ich untertage, unterm Koks.

Die Tritte des Kindes ließen sie aufstöhnen. Ein Hochwasser führender Fluss konnte nicht stärker wüten. Da war kein Ufer, keine Rettung. Maria glaubte zu verzweifeln und wünschte nichts mehr, es wäre kein Leben in ihr. Nicht in ihr und auch nicht im Kind. Ihre Gedanken und Wünsche wechselten wie Farben eines Chamäleons. Aus zaghaftem Grün wurde feuriges Rot, danach schwärzestes Schwarz. Sie träumte, auf dem Schornstein des Treibhauses zu sitzen, die Berge zu betrachten wie der Vater. Hochwald. Zobten. Striegauer Berge. Die Zinnen meiner Festung hat sie der Vatel immer genannt. Aber das ist vorbei. Sie beschützen uns nicht mehr. Nicht unser Haus, nicht den Garten. Vatels Träume sind zerplatzt. Panzer sind ins magische Dreieck der Berge eingedrungen. Der Krieg hat nicht nur Vatel getötet, er hat auch seine Festung gesprengt. Nur die Zinnen sind geblieben. Sie stehen draußen, unerschütterlich und stumm, als gehe sie das alles nichts an. Vatel tot. Muttel verschwunden. Nachbarn geflohen. Geblieben ist nur Józef. Leise begann Maria zu singen:

Maikäfer flieg,
der Vater ist im Krieg,
die Mutter, die ist fortgerannt,
das Vaterland ist abgebrannt,
Maikäfer flieg.

Kohlenstaub kratzte im Hals, machte das Singen schwer. Maria musste husten, doch die Melodie blieb in ihrem Kopf. So begann sie zu summen:

Hm, hm, hm, hm,
hm, hm, hm, hm, hm, hm,
die Mutter, die ist fortgerannt,
das Schlesierland ist abgebrannt,
Maigatschker flieg!

Erschöpft schlief sie ein.

*

Als er das Versteck baute, waren Józefs Gedanken auf sein eigenes Überleben gerichtet. Seine Vermutung, Maria würde mit ihrer Mutter aus Angst vor den Russen fliehen, war nicht erfüllt. Henriette blieb verschwunden, wie ein Kuckucksei lag Maria in seinem Nest. Wie lächerlich wäre es, sich vor einem Vogel zu fürchten, der nichts kann, als seinen Namen in den Wald zu schreien. Józef wollte beim Ausbrüten helfen, denn es nährte seine Hoffnung, die Gärtnerei zum Eigentum zu bekommen. Dem deutschen Adler waren die Flügel gebrochen, nie mehr würde er auf ihm herumhacken. Für Maria würde er sorgen, ihrem Kind ein guter Vater sein. Vorräte gab es im Dorf genug. Längst war er in den verlassenen Häusern herumgeklettert, hatte Vorräte eingesammelt.

Zufrieden, alles gut durchdacht zu haben, kroch Józef zurück unter den Koks. Schon von draußen hörte er Marias Klage, sie halte es in der Dunkelheit nimmer aus.

Ich will hier raus.

Warte, bis es dunkel ist.

Bis es dunkel ist? Bist du verrückt? Um mich herum ist alles dunkel. Ich will hier raus!

Józef tastete nach der Taschenlampe. Als sie aufleuchtete, sah er Marias verweintes Gesicht. In seiner Verzweiflung begann er still zu beten.

O Maria, Mutter Gottes, hilf uns. Hilf ihr, hilf mir. Maria, Mutter Gottes, steh' uns bei, jetzt und in der Stunde unseres Todes. Amen.

Noch während er das Kreuz schlug, log er Maria ins Ohr, russische Panzer seien im Dorf. Sie könne jetzt nicht raus, es sei zu gefährlich. Maria wollte aber nicht warten, rutschte auf allen Vieren zur Öffnung und zwängte sich durch das enge Loch. Obwohl ihr im Treibhaus das Weiß des Schnees in die Augen stach, überfluteten sie Glücksgefühle. Sie mühte sich, aufrecht zu gehen. Mit einer Hand stützte sie ihren schweren Leib, mit der anderen hielt sie sich am Eisengestänge fest. Józef eilte ihr nach und warf ein weißes Leinentuch über ihren Kopf. Maria fragte empört, was das soll, sie sei kein Gespenst.

Ist noch zu hell. Schwarzes Kleid auf weißem Schnee wird leuchten. Russen werden sehen.

Ohne auf Marias Gegenwehr zu achten, zog er das weiße Tuch über ihren Körper. Eine Welle der Freude überflutete ihn.

Sieht aus wie Maria in der Christmette daheim. Maria und das Kind. Habe daneben gestanden, war ein Hirte. Bin näher gewesen als die Heiligen Könige.

Józefs Augen begannen zu glänzen. Alles Leben hatte sich verkehrt. Nun war er der Beschützer von Maria und des zu gebärenden Kinds. Alle anderen waren vor

Herodes geflüchtet. Józefs Fabulierkunst zauberte Bethlehem nach Schlesien.

Doch bevor ihn seine Gedanken wegtragen konnten, brachte Marias Ungeduld die Gegenwart zurück. Ihre Frage, ob er sich auch ein Betttuch um den Kopf hänge, verneinte er. Er habe nur ein Tuch gefunden. Er werde sich im Schnee wälzen, der klebe an seiner Kleidung fest. In geduckter Haltung führte er Maria zur Tür des Treibhauses und mahnte, langsam zu laufen. Langsame Bewegungen könne man nicht so schnell entdecken. Während Józef nach draußen lauschte, erschrak Maria beim Anblick der erfrorenen Pflanzen. Braun und schlaff lagen sie auf der Erde. Warum er nicht richtig heize, bellte sie los. Alle Pflanzen seien erfroren, das hätte er verhindern müssen. Seine Antwort klang gereizt.

Ich weiß, was ich mache. Russen sind nicht dumm. Wo Rauch aufsteigt, leben Menschen. Willst du, dass sie uns finden?

Vorsichtig öffnete er die Treibhaustür, kroch hinaus und wälzte sich im Schnee. Als es ihm genug war, griff er nach Marias Hand und flüsterte ihr erneut zu, sie solle langsam und gebückt gehen; solle das Gewicht erst auf das rechte, dann auf das linke Bein legen. Er machte es ihr vor. Sein Gang war pittoresk. Maria ahmte seine Gangart nach, fand es lustig. Erinnerte sie an ihre Kindheit. Storchengang hatten sie es genannt. Doch jetzt verlor sie die Geduld. Sie stupste Józef von hinten, mahnte, er solle nicht so herummähren. Rief ihm laut zu:

Beeil dich!

Wie von einem Echo getragen hallte ihr Ruf zurück. Józef geriet in Zorn, drehte Marias Hand zur Seite, dass sie in den Schnee fiel. In ihrer Verzweiflung wollte sie aufbegehren, wollte ihm ins Gesicht schreien, er sei einer, der zu gehorchen habe, fand aber keine Kraft für neue Worte. Erschöpft rutschte sie auf den Knien hinter Józef her. Dabei spürte sie, wie sich Gewichte verschoben. Die Waagschale neigte sich zu Józef. Gehorsam folgte sie ihm.

Erst im Schlafzimmer klang Józefs Stimme wieder sanft. Wie zur Entschuldigung begann er, Maria zu erklären, er dürfe nicht heizen. Rauch wäre ein Verräter. Maria wollte in ihre Stube, doch Józef dirigierte sie ins Schlafzimmer der Eltern. Eindringlich befahl er, sie solle sich in Mutters Bett legen. In ihrer Erschöpfung gab Maria nach und zog die Federdecke über den Kopf.

Kaum hatte Józef das Zimmer wieder verlassen, erhob sie sich. Unschlüssig blickte sie sich im Schlafzimmer der Eltern um. Die weißen Tüllgardinen zerflossen an den Fenstern im Grau tiefhängender Wolken. Bekannte Gesichter blickten aus Fotos starr von den Wänden. Die Zeit schien still zu stehen, reglos, als sei die Welt eingefroren. Alles um sie herum strahlte Kälte aus.

Plötzlich stand Józef neben ihr. Maria erschrak. Aus einem mit Kohlenstaub geschwärzten Gesicht leuchteten schneeweiße Zähne.

Warum bist du so schwarz? Ich muss mich ja fürchten vor dir. Man könnte denken, du bist der Teufel.

Musst keine Angst haben. Trage Vorräte in unser Versteck. Für essen und trinken.

Hektische Zeiten gebären kurze Sätze. Marias verschwimmende Augen irrten über die Wände, blickten in endlose Weiten. Wie aus weiter Ferne hörte sie Józefs Stimme.

Hab Schnee mitgebracht. Schnee kommt von Himmel. Von Mutter Gottes. Schnee wird helfen gegen Fieber.

Maria wollte aber keinen Schnee. Sie versuchte zu widersprechen, fand aber keine Kraft. Erschöpft kroch sie ins Bett, richtete sich aber schnell wieder auf und fragte, warum er über den Dachboden in die Scheune klettere. Józefs Erklärung kam schnell.

Die Haustür muss verriegelt bleiben. Niemand darf Spuren sehen. Panzer kommen jeden Tag. Schwenken Geschützrohre in jedem Hof.

Józef tupfte Maria den Schweiß von der Stirn.

Und warum schießen die deutschen Soldaten nicht?

Deutsche Soldaten? Sind weggelaufen. Keine mehr da. Deutschland vorbei. Nix mehr Deutschland.

Eine Wehe schnitt in Marias Leib. Józef sah ihren Schmerz, wusste aber nicht, wie er ihr helfen konnte. Vorsichtig balancierte er eine Handvoll Schnee auf Marias Stirn, bedeckte auch ihre Augen, doch das Fieber ließ den rasch schmelzenden Schnee wie Tränen über ihre Wangen laufen. Schnell legte er neuen Schnee auf.

Hör' auf mit dem Schnee. Mir wird schon ganz kalt.

Ich weiß, was gut ist. Musst keine Angst haben.

Diese hastig gesprochenen Worte sollten Mut machen, entsprangen aber seiner Hilflosigkeit. Józef wusste nicht mehr, was er tun könne. Beim Gang zur Tür winkte er schüchtern mit der Hand, doch Maria verdrehte nur ihre Augen. Schweratmend drehte sie sich zur Seite, zog ihre Beine dicht an den Körper und versuchte einzuschlafen.

Wie lange sie geschlafen hatte, wusste sie nicht. Seltsame Geräusche weckten sie aus dem Schlaf. Ihr war, als reiße jemand ein Leinentuch entzwei. Wieder ein langer Riss. Noch einer. Dann ratterte die Nähmaschine.

Muttel! Bist du wieder da? Endlich.

Maria schrie ins Kissen, laut reden wagte sie nicht. Dem Sei-still-Gebot des Polen wollte sie nicht zuwiderhandeln. Doch in ihrem Kopf begann es zu rumoren.

Muttel weiß nichts von dem Kind. Ich muss ihr sagen, was Alfred mit mir gemacht hat. Auch wenn sie schimpft. Es war dumm von mir, ihr alles zu verschweigen. Sie wird mir verzeihen, meine liebe Muttel wird mir verzeihen.

Vorsichtig versuchte sie aufzustehen. Als ihr nackter Fuß die kalten Dielenbretter berührte, schnitt eine neue Wehe in ihren Leib. Der Schmerz ließ sie laut aufschreien.

Muttel, komm' rauf! Du bist da, warum kommst du nicht rauf? Komm rauf ins Schlafzimmer und hilf mir. Du nähst auf der Nähmaschine, ich hör dich doch. Hält dich der Pole unten gefangen und mich hier oben?

Das Schnurren der Maschine war jeweils kurz. Immer nur rrrrrrt ... rrrrrrt ...rrrrrrt.

Kalte Hände wird sie haben, die Muttel. Sie kann den Stoff nicht richtig festhalten. Oder ihre Beine sind zu schwach, um ausdauernd zu treten.

Tief atmend begann Maria zu bereuen, der Mutter die Schwangerschaft verheimlicht zu haben. Ihr molliger Körper, die dicke Winterkleidung, alles hatte sie genutzt, die Schwellung des Bauches zu verbergen. Der Saft der Roten Rüben hatte geholfen, Mutter zu täuschen. Jetzt war alles zu spät, alle Irrungen mussten enden. Ihre schmerzhaften Schreie passten zum Rhythmus der Nähmaschine.

Rrrrrrt ... rrrrrrt ... rrrrrrt ... rrrrrrt.

Muttel … kumm … rauf … hilf ...

Mühsam versuchte Maria ihre nackten Füße auf den kalten Boden zu stellen. Das Knarren der Treppe ließ Freude auflodern, doch die Enttäuschung folgte. Es war Józef. Er trat kräftiger auf, als Mutter. Schnell zog Maria ihre nackten Beine wieder unter die Decke, wollte sie dem Polen nicht zeigen. Doch Józefs Blick war schneller.

Auch wenn Fieber verleitet, Beine in kalte Luft zu strecken, musst du warm bleiben. Hitze darf Mädchen nicht verführen.

Maria verstand seine Worte nicht und fuhr ihn empört an, er solle die Mutter rauflassen. Sie solle raufkommen, auch wenn sie schimpfe.

Warum soll sie schimpfen?

Weil ich schwanger bin. Sie weiß es nicht. Warum kommt sie nicht rauf? Oder hast du es ihr verboten?

Du weißt, deine Mutter ist nicht hier. Ist weggefahren, nicht wiedergekommen.

Aber ich hab' sie gehört. Sie hat genäht auf der Nähmaschine.

Maria wollte erneut aufstehen und schob vorsichtig ihre Beine unter dem Federbett hervor.

Bleib liegen, befahl Józef. Deine Mutter ist nicht da. Weggefahren mit deutschem Soldatenauto. Nicht wiedergekommen. Ist weg, nicht wiedergekommen. Begreife das endlich.

Józef zeigte Maria seine leeren Handflächen, als sei das ein Beweis.

Und wer hat genäht? Ich hab's doch gehört, die Nähmaschine hat gerattert. Ganz genau hab ich's gehört ...

Ich war das. Ich habe genäht.

Du? Das glaub ich dir nicht. Du hast meine Muttel unten eingesperrt, das glaub ich. Mich willst du unterm Koks verstecken und die Muttel hier im Haus.

Marias Versuch aufzustehen, misslang. Józef war schnell am Bett, wollte es verhindern. Bei seinem Versuch ihre Beine zu fassen, brüllte sie ihn an.

Fass' mich nicht an! Fass' mich nicht an! Hol' lieber die Muttel rauf. Die Muttel soll rauf kommen.

Warte. Ich hole dir ...

Blitzschnell huschte Józef aus dem Zimmer, ließ die Treppe laut knarren. Marias Gedanken schossen wild durch den Kopf.

Der Lump hält uns gefangen. Mich oben, die Muttel unten.

Das Knarren der Holztreppe brachte Józef zurück. Mit glänzenden Augen betrat er das Schlafzimmer. Über seinem Arm hing weißes und rotes Tuch. Breitbeinig stellte er sich vor die Betten und präsentierte zwei aneinandergenähte Streifen.

Was soll denn das sein?

Ist polnische Fahne. Meine Fahne.

Aus Józefs Augen leuchtete Stolz. Hielt er zuerst die beiden Streifen senkrecht, drehte er das Tuch, drehte den weißen Teil nach oben, den roten nach unten. Mit bewegter Stimme begann er zu singen.

Jeszcze Polska nie zginela ... erklärte aber Maria schnell, was das auf Deutsch heiße: Noch ist Polen nicht verloren!

Was willst du mit einer polnischen Fahne?

Hänge polnische Fahne aus Dachfenster. Wenn russische Soldaten kommen, werden sie sehen: Haus ist polnisch! Gärtnerei polnisch.

Unser Haus polnisch? Bist du verrückt? Wo haste denn den Stoff her? Das Weiße sieht aus wie ein Betttuch.

Ein breites Grinsen zog über Józefs Gesicht.

Richtig. Roter Stoff ist Hitlerfahne. Hab' sie durchgerissen, mit weißem Stoff zusammengenäht.

Und das, was in der Mitte gewesen ist, das Hakenkreuz. Was haste mit dem gemacht?

Hab' ich in Jauchegrube geworfen. Mit Stecken tief reingetunkt.

Bist du verrückt. Das wird dir dein Leben kosten, wenn ich dich verrate.

Wem willst du verraten?

Deutschen Soldaten. Wenn die wiederkommen, werden sie dich erschießen.

Kommen nicht zurück. Haben Krieg verloren. Kommen nie mehr zurück. Niemals kommen zurück.

Józefs Worte hallten durch den Raum, verfingen sich in den Ecken und brauchten lange, bis sie Marias Ohren erreichten. Als sie das Gesagte endlich begriff, waren alle Illusionen ausgelöscht. Nur Józef gab es noch. Und das Kind.

In der folgenden Nacht nahm der Geschützdonner wieder zu. Behutsam führte Józef Maria zurück ins geheime Versteck. Fürsorglich kniete er neben der Matratze, hielt Marias heiße Hand, legte ab und an ein mit Eiszapfen gefülltes Tuch auf ihre Stirn. Einen im geschmolzenen Schnee befeuchteten Leinenlappen bewegte er wie einen Fächer über Marias Kopf. Als müsse er jedes Wort wie eine Medizin tröpfchenweise einflößen, flüsterte er ihr ins Ohr, hier sei sie sicher, sie solle versuchen zu schlafen.

So verging Stunde um Stunde. Ob es Tag war oder Nacht, keiner wusste es mehr. Józef betete zur Gottesmutter, sagte ihr heilige Worte. Dennoch wuchs seine Angst. Neben allem, was zu bedenken war, irrten seine Gedanken durch alte Zeiten. Die Geschichte der Heiligen Nacht im Stall von Bethlehem vermischte sich mit dem Krippenspiel, in dem er einen Hirten spielen durfte. Frühere Zeiten glitten ins heute, flochten einen trostspendenden Kranz. Gern hätte er gewusst, ob sich der Józef aus Nazareth in jener Nacht auch gefürchtet habe, oder den Engeln vertraut. Ob das himmlische *fürchtet Euch nicht* nur den Hirten, sondern auch Józef gegolten habe. Eines gab er offen zu, er fürchtete sich.

Seine Ohren lauschten nach draußen, wie auch auf Marias Atemzüge. Maria war eingeschlafen, ihr Atem ging ruhig. Plötzlich erschreckte ihn Motorengeräusch. Schnell schlüpfte er aus dem Versteck ins Treibhaus. Durch die mit Eiskristallen überzogenen Scheiben sah er die Umrisse der kahlen Bäume, die sich scherenschnitthaft vom kristallenen Schnee abgrenzten. Leichte Schneeflocken tänzelten durch die Luft, spielten die Unschuld. Eine Gefahr war nicht zu sehen. Das Tuckern des Panzermotors entfernte sich wieder. Eilig lief Józef ins Freie, brach Eiszapfen von der Regenrinne. Das harte Knistern erschreckte ihn, gleichzeitig tanzte ein neuer Gedanke durch seinen Kopf.

Was werden die Russen mit mir machen? Die Deutschen haben mich verschleppt, auf Lastwagen abtransportiert, drei Jahre im Steinbruch hart arbeiten lassen. Steine abschlagen, aufladen, abladen. Eines Tages der Ruf: Siebenhundertzwölf. Wieder auf einen Lastwagen. Allein. Wie eine Spielfigur im Schachspiel. Rochade mit Menschen. Königliche Züge gab es selten. Die Versetzung aus dem Steinbruch in die Gärtnerei war einer. Duftende Erde. Blühende Pflanzen. Heimatliche Gerüche. Kindheitsluft. In einem Glaspalast schlafen. Die Gärtnerin war gut zu mir. Hat nach Vater und Mutter gefragt. Hat versprochen, Erkundigungen einzuziehen nach dem Krieg. Nach dem Krieg wirst du alles erfahren. Nach dem Krieg.

Die abgebrochenen Eiszapfen begannen in seiner Hand zu schmelzen. Er warf sie in den Schnee. Hinter seiner Stirn lauerten neue Fragen. Dieses ‚*nach dem Krieg*‘ ist bald da. Was werden die Russen mit mir machen? Was mit Maria?

Der Ruf, *die Russen kommen,* jagte den Deutschen große Schrecken ein. Sie fürchteten sich, sind geflüchtet. Mit allem, was sie auf ihre Pferdewagen laden konnten, sind sie davongefahren. Im Dorf war kein menschliches eben mehr, er hatte sich davon überzeugt. Von Hof zu Hof war er geschlichen. Das Vieh lief brüllend herum, kratzte im Schnee. Die Kühe wollten gemolken werden. Dabei war der Ruf *die Russen kommen* nicht schlimmer als früher in seiner Heimat der Aufschrei: *Die Deutschen kommen!* Damals gab es kein Weglaufen, keine Flucht. Nur die Lastwagen.

Aber jetzt, das gestand sich Józef ein, ließ der Ruf *Die Russen kommen* auch in ihm Angst wachsen. Würden sie ihn als Polen erkennen? Oder glauben, er sei ein deutscher Hitlerjunge? Ein Werwolf, der hinter der Front weiterkämpft. Einen Ausweis besaß er nicht, kein einziges Dokument. Nur seine Jacke mit dem großen P. Und seine Fahne.

Ich werde sie raushängen, sagte er laut vor sich hin. Ich werde meine polnische Fahne hissen und aus der Menzel-Gärtnerei eine polnische ogrodnictwo machen. Meine ogrodnictwo. *Jesus, Maria, Mutter Gottes, hilf uns Sündern, jetzt und in der Stunde unseres Todes, Amen!* Wie eine Beschwörungsformel legte er sein Gebet über das Haus und den Garten. In seinem Herzen wuchs die Überzeugung, seine Fahne werde ihm helfen, wie seine Gebete.

Maria, Mutter Gottes, hilf ...

Bei dem Wort *Maria* sprangen seine Gedanken zurück in die Höhle. Dort würde bald etwas passieren, was er mehr fürchtete als die anrückenden Russen. Maria war noch ein Kind und sollte gebären. In eiskalter Nacht. Die Russen vor der Tür. Schlimmer konnte es nicht sein.

Gedankenverloren blickte er in den Himmel. Der Lichtstreif einer Sternschnuppe zog einen langen Strich.

Was soll das bedeuten? Zeigt mir der Himmel das Ende meines Lebens an? Eines kurzen Lebens. Als ich in die Gärtnerei kam, war Maria zwölf Jahre, trug lange Zöpfe, spielte mit Puppen. Vom ersten Tag an hat sie mich verachtet. Nicht gesprochen mit mir. Allein das Lächeln der Gärtnerfrau löste meine Angst vor den Deutschen. Henriette war gut zu mir, spielte aber ein Doppelspiel. Waren wir allein, nannte sie mich Josef, verdeutscht ausgesprochen; kam Kundschaft, nannte sie mich einen Polaken. Die Gärtnerin lebte zwei Leben nebeneinander, wer kann das schon. Marias Ablehnung

213

war aufrichtiger. Ich wusste damit umzugehen. Ihre Beleidigungen ehrlich. Trotzdem mochte ich sie. Geträumt habe ich von ihr. Ich habe sie wie ein Engel gesehen, ein Engel, der über den Blumen schwebt. Sie war für mich voller Blütenduft. Mit aufgelösten Zöpfen lief sie über die Wiese, ihre Haare wehten wie goldene Flügel hinter ihr her. Sie trug einen heiligen Namen. Maria. Wie meine Mutter. Wie die Gottesmutter.

Bei all dem Gedankensud zog ein verträumtes Lächeln über Józefs Gesicht. Doch der nächste Gedanke löschte alles schnell wieder aus.

Ich habe gesündigt. An Maria. Als ihre Zöpfe abgeschnitten, die ersten Ansätze ihrer wachsenden Weiblichkeit sichtbar, ihr Kindsein verschwunden, habe ich mir bei ihrem Anblick männliche Freuden bereitet. Dafür schäme ich mich. Meiner selbstgeschnitzten *Mutter Gottes* habe ich diese Freveltaten gebeichtet. Fünf Zentimeter geschwärztes Holz haben mir vergeben. Meine Schwarze Madonna hat mich durch alle Widerwärtigkeiten begleitet. Hat mir vergeben, daran glaube ich. Hätte sie mir sonst den wunderbaren Traum geschenkt, in dem ich Maria zum Traualtar führe? Ein Traum war es nur, aber ein schöner. Kaum geträumt, kam das Leid. Im Treibhaus. Marias Schrei klingt noch in meinen Ohren. Mit verweinten Augen kam sie danach zu mir, suchte Schutz. Der Soldat ging zurück ins Haus, als habe er nichts anderes getan als reife Kirschen gekostet. Totschlagen wollte ich ihn, diesen verruchten Kerl. In

Gedanken bin ich zum Mörder geworden. Aber jetzt? Maria liegt verlassen in meinem Verließ. Ich bin es, der sie behütet. Ich bin ihr Mann.

Zwischen all diese Wellen der Angst, die Józef durchliefen, mischte sich sein stolzes Gefühl, bald Besitzer der Gärtnerei zu sein. Nicht jeder Traum muss eine Schaumkrone tragen, redete er sich ein. Es genügt, wenn er perlend in mir aufsteigt. Glücksgefühle dürfen tanzen. Doch schon sein nächster Gedanke erschreckte ihn zutiefst.

Was ist, wenn Maria bei der Geburt stirbt? Sie ist noch zu jung, Kinder zu gebären. Das hohe Fieber, das drängende Kind. Was ist schon normal in diesen Zeiten. Gebären in der Dunkelheit unter dem Koks? Was muss ich bei einer Geburt machen?

Józef wusste es nicht, doch der neue Gedanke verdoppelte seine Angst. Er fürchtete, stürbe Maria, würde man ihn anklagen. Verurteilen. In aller Hilflosigkeit durchfloss Józef große Angst. Schnell kroch er zurück in die Höhle, doch bevor ihn die Dunkelheit verschluckte, warf er noch einen Blick zum Himmel und wünschte einen Stern zu sehen, einen einzigen, einen Trost versprechenden. Aber die Wolken hingen wieder dick und schwer, als mästeten sie sich mit Schnee.

Maria wälzte sich von einer Seite zur anderen. Ihre Sehnsucht gierte nach der Geborgenheit der Mutter. Zerriss eine Wehe ihren Leib, wünschte sie, ungeboren zu sein. Sie verwünschte Mutters Leib, wie jetzt den ihren. Die Schwärze des Kellers, die Finsternis aller Gedanken und Gefühle, wie sollte das leuchtendes Leben gebären. Einem Bergmann gleich fühlte sie sich, der in die Tiefe gestiegen, Schächte und Flöze gebaut, taubes Gestein weggeräumt. Ihre wetterwendischen Gedanken gaukelten durch die Jahreszeiten. Sie rochen den Sommer mit seinen warmen Gewitterregen, erzitterten vor den kristallklaren Nächten im eisigen Winter. Ihren Zenit fanden sie in der Erinnerung an den brennenden Himmel, den ihr der Vater gezeigt. Bei dem Gedanken an ihn, schrie Maria laut auf, suchte seine schützenden Hand. Sie fieberte nach seiner Nähe, die sie in all ihrer Einsamkeit glaubte zu verspüren. In wirren Bildern lief sie als kleines Mädchen Hand in Hand mit Vater durch den Garten, atmete die fruchtige Erde. Der russische Tod hatte Vaters Seele nicht versteinert, der russische Winter seiner Seele die Wärme nicht genommen. Das glaubte Maria und hoffte auf ein Wunder. Was sie spürte, war gähnende Leere, deren galligen Becher sie trank, trinken musste, bis zur bitteren Neige. Alles war verloren. Vater. Mutter. Haus und Garten. Nur Josef war ihr geblieben. Der polnische Józef.

*

Dicht aneinandergepresst lagen Maria und Józef in ihrem Versteck. Marias Rücken krümmte sich an Józefs Brust. Seine Arme umschlangen alles, was zu greifen war. Mit weit auseinandergespreizten Fingern versuchte er, jeden Teil ihres Körpers zu beschützen. Er spürte die Fieberwellen, die über ihren Rücken liefen. Es war keine Nestwärme, nur Unruhe und Verzweiflung. Das Klopfen ihrer Herzen fanden keinen Gleichklang. Selbst die Flamme der kleinen Stummelkerze, die vor der winzigen Marienfigur in der hintersten Ecke der Kokshöhle brannte, flackerte wild und fand keinen Rhythmus. Ihr fehlte die Kraft, die Finsternis zu verjagen. Alles Leben war nur quälender Schatten.

Stunde um Stunde verrann. Józef schien es, als habe auch die Zeit ihre Tage wie ein gebärfähiges Weib. Und ihre Nächte. Dann bluten sie alle.

Zum wiederholten Male hörten sie das Dröhnen der Panzermotoren. Bäume krachten zu Boden. Glas zersplitterte. Ein Panzer kam dicht ans Treibhaus herangefahren, der Steinboden unter ihrer Lagerstätte vibrierte. Bange Minuten vergingen. Wie viele Perlen besitzt der Rosenkranz? Maria drehte ihren schweren Körper zu Józef, sah ihm hilfeflehend ins Gesicht. Das flackernde Kerzenlicht spiegelte in ihren Augen ihre Furcht. Józef zog Maria noch fester an sich, achtete aber darauf, dem Kind eine schützende Höhle zu lassen. Maria duldete Józefs Hand, die über ihren Kopf strich, ihre Wange tätschelte.

Gut, dass draußen dicker Schnee liegt, dachte Maria, der Panzer würde sonst alles zerstören. Józefs Gedanken gingen andere Wege. Wenn der Panzer aus Jux und Tollerei mitten durchs Treibhaus fährt, ist alles aus. Mit Maria, mit dem Kind und mit mir.

Als der Motor erneut aufheulte, glaubte Józef fest daran, die Panzerfahrer könnten die Kraft ihres Ungetüms ausloten, mitten durchs Treibhaus fahren, den Schornstein fällen. Zuletzt die Höhle zum Einsturz bringen.

Die kleine Kerze begann erneut heftig zu flackern, als fürchte sie, Verräter zu werden. Schnell streckte Józef seine Hand nach ihr aus, wollte sie mit spitzen Fingern löschen, tat es aber nicht. Der spärlich widergespiegelte Schein auf dem Antlitz seiner selbstgeschnitzten Madonna verzauberte ihn. Er hätte sich diesen Glanz auf dem schmerzverzerrten Gesicht seiner lebenden Maria gewünscht. Murmelnd begann er zu beten.

Wenn der Panzer über uns hinwegfährt, soll es nicht in der Finsternis geschehen. Es soll geschehen im Licht der Heiligen Jungfrau Maria. Maria bitt' für uns, jetzt und in der Stunde unseres Todes. Amen.

Bevor er seine Finger von der Flamme zurückzog, malte er ein Kreuz zwischen Kerzenlicht und seinem Schnitzwerk. Danach ein neues Kreuz über Marias Scheitel.

Banges Warten begann. Doch plötzlich verstummte das Klirren der Ketten, der Panzermotor tuckerte nur noch im Gleichmaß. Stimmen waren zu hören. Józef versuchte zu verstehen, doch lautes Lachen verwischte die gesprochenen Worte. Plätscherndes Rauschen verriet, die Panzersoldaten schlugen ihr Wasser ab. Voller Freude wünschte sich Józef, die Blasen der Soldaten wären so groß wie die Wolken, so unendlich groß, so unerschöpflich. Was aber, wenn der Druck gelöst, die Quellen versiegt? Plötzlich schalt er sich einen Idioten. Hatte er nicht genau dort, wo die Panzersoldaten jetzt stehen mussten, Eiszapfen abgebrochen? Würden sie die Bruchstellen bemerken, seine Fußspuren entdecken. Was würden sie tun? Maria stöhnte vor Schmerz. Mit festem Griff verschloss Józef Marias Mund, doch sie stieß ihn weg, strampelte mit den Beinen und trat ihm in den Bauch. Mit ganzer Kraft hielt er Maria fest, bis sie vor Erschöpfung nachgab.

Wieder dröhnte der Motor laut auf. Ketten klirrten. Der Panzer setzte sich in Bewegung. Würde er vorwärtsfahren? Oder rückwärts? Wie hingehaucht begann Józef erneut zu beten. Sein *Gegrüßet seist du Maria* kreiselte in der Finsternis, legte sich wie ein Schutzmantel über die zitternden Leiber. Marias drehte sich von ihm weg, stieß mit ihren Füßen gegen seinen Leib, strampelte alle Decken weg.

Ich will hier raus! schrie sie laut.

Kohlenstaub rieselte von der Höhlendecke.

Ich will hier raus!

Die Angst vor dem Panzer, wie auch Marias Geschrei brachten die Wandlung. Józef griff zuerst nach seiner Madonna, bot danach Maria seine Hand.

Komm, sagte nur. Komm.

Vorsichtig kroch er voran. Maria folgte im Gleich-klang seinen Bewegungen, hielt sich an seiner rechten Ferse fest. Erst im Treibhaus richteten sie sich auf. Maria gelang das nur schwer, mit beiden Händen musste sie ihren Bauch stützen. Jeden Schritt begleitete ein Stöhnen.

Draußen herrschte tiefe Dunkelheit. Ohne Vorsicht nahm Józef den direkten Weg zum Haus, zog den Schlüssel aus seiner Hosentasche und öffnete die Tür. Es kostete ihn viel Kraft, Maria die Treppe hinauf ins Schlafzimmer zu schieben. Erschöpft ließ sie sich auf Mutters Bett fallen.

Wie lange er geschlafen hatte, wusste Józef nicht. Marias furchtbarer Schrei weckte ihn auf.

Es kommt, schrie sie. Und immer wieder: Es kommt!

Józefs Verharren fand ein jähes Ende. Erschreckt fuhr er auf, wollte etwas tun, wusste aber nicht was. Marias Schreie wurden lauter. Wo war vorn, wo hinten.

Soll sie nur schreien, dachte er. Solange sie schreit, lebt sie. Wenn die Russen es nur hörten, zu Hilfe kämen. Helft mir, würde ich ihnen zurufen, ein polnisches Kind wird geboren. Dzieko polskie!

Doch Marias verschwitztes Gesicht, ihre glasigen Augen, ihr gequälter Mund, alles jagte ihm Schrecken ein. *Maria hilf!* Und Maria half. Plötzlich war es, als blase ein frischer Wind alle Verwirrungen weg. Wie ein Berserker schob Józef das Kleid über den aufgequollenen Leib hoch ins gequälte Gesicht. Vorsichtig drückte er Marias Knie weit auseinander und begann zu rufen.

Kumm ock, kumm raus! Kumm ock.

Und es kam. Ein haarloser Kopf wurde sichtbar, verharrte, als überlege er, ob es wert sei in diese Welt einzutreten oder besser zurückzukehren in die Wärme und Geborgenheit des mütterlichen Leibs.

Der schlesische Ruf gelang Józef besser als je zuvor. Das Kind schien ihn zu erhören. Wie ein Engel flutschte es aus dem Mutterleib, glitschte auf blutige Leinen. Allein die große Zehe des rechten Fußes hielt sich an Maria fest. Józef blieb nur das Staunen. Was er machen sollte, wusste er nicht. Die Schere fiel ihm ein. Im sprudelnden Wasser hatte er sie ausgekocht, in sauberen Lappen gewickelt und zu Füßen seiner *Mutter Gottes* gelegt. Nun lag sie tief unter dem Koks. Seine selbstgeschnitzte Madonna hatte er mitgenommen, die Schere nicht. Ihm fiel noch ein, man müsse einen Säugling, sobald er den Leib seiner Mutter verlässt, an den Füßen packen, in die Höhe heben, den Kopf nach unten frei hängen lassen, dann auf das Hinterteil schlagen, bis es zu schreien beginnt.

Mein Gott, noch einer, der schreit.

Als kleiner Junge war er bei einer Geburt dabei. Tante Zofia bekam ihr erstes Kind. Wie ein aufgeregter Bienenschwarm waren die Frauen durcheinandergelaufen, hatten nach heißem Wasser gerufen. Wo bleibt die *akuszerka*? Wo bleibt die Hebamme? Das hätte er auch gern gerufen. Was bei Tante Zofia gemacht wurde, war ihm nicht in Erinnerung. Nur zur untersten Treppenstufe durfte er damals, müsste jetzt aber wissen, was zu tun ist, wenn ein Kind geboren wird. Wären die Russen nur nicht weggefahren, kämen und böten Hilfe - oder schössen uns nieder. In diesem Moment war ihm das völlig egal. Er musste handeln. In die Küche laufen, den Ofen anschüren, heißes Wasser machen. Heißes Wasser wozu? Das Kind in heißem Wasser baden? Wie heiß? Józef ertrank in seiner Hilflosigkeit, wusste nicht einmal, was er beten sollte. *Gegrüßet seist du Maria* oder *Vaterunser*. Tausend *Vaterunser*. Trotz aller Gebete kam ihm niemand zu Hilfe. Keine Russen, keine Nachbarn, keine Hebamme. Es gab auch kein heißes Wasser. *Oh Maria hilf...*

Den Gedanken, Maria allein zu lassen, verwarf er. Er war ihr einziger Beistand, fühlte sich als ihr Mann. Ein hilfloser Mann. Es war das Kind, welches ihn aus seiner Betäubung weckte.

Maria! Es ist ein *chlopiec,* ein Junge! Ich brauche eine Schere.

In einem der vielen Nachttischschübe fand er eine, nahm sie in seine zitternden Hände, maß die Nabelschnur auf zwei gleiche Längen und schnitt durch. Der zum Kind gehörenden Strang drehte er in einen Knoten, zog ihn aber nicht allzu fest, wollte dem Kind keine Schmerzen bereiten. Dann hob er das Neugeborene an und wickelte es vorsichtig in ein Leinentuch. Bei der Übergabe an Maria jubilierte seine Stimme.

Maria, guck, dein Kind! Ein *chlopiec*! Ein Junge. Musst ihn an die Brust legen. Will trinken.

Ich will es nicht.

Józef überfiel die Angst, ein Schrecken gebäre den nächsten. Warum sie das Kind nicht an ihre Brust legen wolle, fragte er, es sei doch ihr Kind. Auf seine erneute Nachfrage brachte Maria leise hervor, ein totes Kind wolle sie nicht. Józef erschrak. Er hatte vergessen, das Kind an den Beinen hochzuhalten, auf den Hintern zu schlagen. Es kann nur schreien, wenn sich die Lungen mit Atemluft füllen. Das Kind war es, welches die Hilflosigkeit spürte, die es umgab. Es begann plötzlich zu schreien und offenbarte von selbst seinen Willen zum Leben.

Hörst du, Maria, es lebt!

Maria atmete schwer und begann zu weinen.

Ich will's trotzdem nicht.

Aber Maria, wir haben Kind geboren. Wenn du nicht willst, den kleinen *chlopiec*, nehme ich ihn für mich. Ist dann mein Kind. Dreh' dich zu mir, alles wird gut. Wird *unser* Kind. Musst aber dem kleinen *chlopiec* deine Milch geben. Guck, hat Finger im Mund. Hat Hunger.

Marias Antwort war kurz.

Mich friert.

Eines Tages, Maria, wir fahren nach Hawaii. Dort ist immer warm. Jetzt musst du Milch geben, dem kleinen *chlopiec.* Guck, hat kleinen Daumen im Mund. Wird Hunger haben. Kumm ock, Maria.

Maria sah ihr Kind zum ersten Mal an und spürte eine tiefe Enttäuschung.

Es will mich nicht. Es guckt mich überhaupt nicht an.

Ist noch zu schwach, kann Augendeckel nicht heben. Wenn er deine Milch trinkt, wird er ein starker Mann.

Józef schob Marias Kleider weg, drückte den haarlosen Kopf zwischen ihre Brüste und schlug das Kreuz über Mutter und Kind.

Gehe jetzt warmes Wasser holen. Werde Kind waschen. Dich auch.

Die letzten Worte rissen Maria aus ihrer Erschöpfung. Empört fuhr sie Józef an, sie wasche sich selbst. Vom vielen Schreien war Marias Stimme heiser, ihr Protest kaum zu verstehen. Bevor Józef das Schlafzimmer verließ, blickte er voller Glück in die Runde. Maria hatte sich aufgesetzt, ohne ihr Kind loszulassen. Józef durchzogen große Glücksgefühle. Alles, was draußen geschehen würde, so glaubte er, könne ihn nicht mehr erschüttern. Sollten Russen im Garten oder im Haus sein, würde er ihnen laut in seiner polnischen Sprache zurufen, er sei Vater eines Neugeborenen. Eines *chlopiec.* Auch wenn die Russen ihn nicht verstehen, werden sie zufrieden sein, keine deutschen Laute zu hören. Selbst wenn er keinen Russen sehen sollte, wollte er reden, immer nur reden. Vielleicht liegen sie versteckt hinter einer Hecke, hinter einer Hauswand und warten, wie der Habicht wartet, bis die Maus aus dem Loch kommt.

Während er die Treppe hinabsprang, begann er zu singen und überlegte, was besser sei zu singen. Die *Internationale* oder sein altvertrautes *Jeszcze Polska nie zginela ... noch ist Polen nicht verloren.*

*

Die Abenddämmerung lag wie milchiges Licht über dem Schnee. Maria war eingeschlafen. Józef suchte im Garten die Spuren der Panzer. Direkt vor dem Treibhaus klafften drei gelbe Flecken im Schnee.

Hier haben sie hingepisst. Pissen wie Hunde, die ihr Revier markieren. Aber das ist jetzt mein Garten, mein Haus, mein Kind! Leise fügte er hinzu ... und Maria bald meine Frau?

Antwort gaben ihm die Kühe des Nachbarn. Sie wollten gemolken werden. Józef breitete seine Arme weit aus, wollte drei Dinge auf einmal tun. Die polnische Fahne hissen. Kühe melken. Warmes Wasser bereiten. Józef spürte eine neue Zeit. Nie mehr würde ihm jemand etwas befehlen, zu ihm sagen: Tu' das, tu' jenes. Von jetzt an würde er selbst entscheiden. Er würde Herr sein. *Pan.* Die Zeit des Versteckens war vorbei.

Mit einem Besen kehrte er den Schnee schwungvoll nach rechts und nach links. Seine polnische Fahne hisste er an dem Fenster, aus dem früher die Hakenkreuzfahne flatterte. Im Herd schürte er ein kräftiges Feuer, setzte drei große Töpfe auf, gefüllt mit Schnee. Weil vom Himmel kommt, jauchzte er in seiner aufbrodelnden Freude. Danach eilte er mit zwei großen Emaileimern hinüber in den Nachbarhof, befreite die brüllenden Kühe von ihrer Milch. Eine neue Gegenwart machte sich breit. Józef spürte es voller Freude. Dem senkrecht in den Himmel steigenden Rauch aus dem Kamin des Gärtnerhauses sah er stolz hinterher. Seine polnische Fahne grüßte wie eine Selbstverständlichkeit vom Giebel des Hauses. Auf der Straße liefen die Kühe auf ihn zu, strecken ihre Hälse nach vorn und stießen ihr dumpfes *Muh* in die kalte Luft. Józef füllte alle Eimer mit Milch und nahm sich vor, Maria darin zu baden. In der Schule hatte man ihm erzählt, eine ägyptische Königin habe in Eselsmilch gebadet. Diese Erinnerung ließ ihn jubeln. Auch ich habe eine Königin in meinem Schloss. Sie soll ebenfalls in Milch baden, in Kuhmilch. Kuhmilch ist besser als Eselsmilch.

Wie ein fröhliches Kind lief Józef mit den randvollen Eimern laut singend zurück in die Gärtnerei. In *seine* Gärtnerei. In *sein* Haus. Zu *seinem* Kind. Auch zu *seiner* Frau? Immer wieder dieser Zweifel.

Am nächsten Tag wollte er bei Hilse und Puffe melken, abends bei Wiesner und Heidrich. Große Freude durchrauschte ihn. Seine neue Freiheit ließ ihn frei atmen.

Der Himmel war aufgebrochen. Zwischen zerfasernden Wolkenfetzen zeigte sich strahlendes Blau. Der Rauch aus dem Schornstein des Gärtnerhauses kräuselte in die Höhe, kein Windhauch störte seinen Weg. Im Haus war es warm, die Eisblumen an den Fenstern abgetaut.

Maria lag in Mutters Bett, eingetaucht in die Tiefseewellen des Schlafs. Unterseeische Wogen schwemmten sie durch die Unendlichkeit der Meere. Tausend Tentakel hielten sie fest. Grotten luden zur Wandlung. Traumgesichte aus Märchen erwachten. Lockrufe erklangen aus der Tiefe im vielfältigen Echo. Leuchtende Fische schwammen als glitzerndes Diadem um ihren Kopf, bildeten eine Krone. Die maßlose Tiefe, in der sie versank, glich der Unendlichkeit.

Seit der Stunde der Geburt war kein Panzer durch das Dorf gefahren, kein Geschützdonner zu hören. Allein das Gebrüll der Kühe durchbrach die Stille. Józefs Fürsorge war unermüdlich. Er heizte alle Öfen, kochte und putzte, schaffte Lebensmittel herbei. Den Hühnern warf er Körner hin, suchte nach gelegten Eiern. In den Nachbarhöfen fütterte er das freilaufende Vieh, molk die brüllenden Kühe. Heu und Stroh lag überall bereit. Alle Milch, die er für seine Familie benötigte, (ein ganz neuer, noch ungewohnter Begriff, der ihm Schwindel bereite), nahm er mit, den Rest molk er in den Schnee. Den herumlaufenden Schweinen füllte er die Tröge. Gänsen, Enten, Hühnern und Tauben warf er Futter hin. Während Józef molk, betete er zum Heiligen Franziskus, er solle die Tiere nicht leiden lassen, den Kühen die Milch nehmen.

*

Die Bauernhöfe des kleinen Dorfes reihten sich aneinander wie Perlen an einer Schnur. Das Gebrüll der Kühe kam von überall. Betrat er ein leeres Haus, durchliefen ihn warme Glücksgefühle. Nicht nur *Pan* der Gärtnerei schien er zu sein, das ganze Dorf bot sich ihm an. Freisein hatte er verlernt. Die Schwerelosigkeit der Kindheit war verloren gegangen. Wie lange gebrochene Flügel brauchen, wieder zu heilen, wusste er nicht, glaubte aber an Heilung. Freisein wollte er, vogelfrei nicht. Wie in einem Vakuum fühlte er sich. Welche Kraft würde zuerst nach ihm greifen. Das Muhen der Kühe, das Grunzen der Schweine, der Flügelschlag der Tauben waren vertraute Geräusche. Erklang ein anderer, nicht in ein verlassenes Dorf passender Ton, warf sich Józef erschreckt in den noch immer hoch liegenden Schnee und verharrte, bis er sicher war, ihm drohe kein Unheil. Einmal erschrak er über das Knattern seiner Fahne. Darüber schämte er sich. Niemals würde er einem Menschen davon erzählen, auch nicht Maria.

In den breitgewalzten Spuren der Panzer stapfte Józef durchs Unterdorf. Zum ersten Mal lief er frei durchs Dorf. So viele Schritte hatte er sich noch nie von der Gärtnerei entfernt. Die Namen der Bauern, die hier ihre Höfe hatten, kannte er nicht. An den offenstehenden Toren lief er vorbei, bis er plötzlich einen Hügel stehenblieb. Weit ringsum flaches Land, jetzt dieser Hügel? Ein großes Haus obenauf, davor ein Turm. An der Vorderseite prangte ein großes Holzkreuz. Eine Kirche. Hier mussten die Menschen gebetet haben. Die Erhöhung des Hauses fand Józef gut, obwohl dieses Gotteshaus fremdgläubig war. Vielleicht gar ketzerisch. Papstfeinde hatten hier gebetet, der Gottesmutter ihren Ehrenplatz verwehrt.

Zögernd blieb Józef stehen und blickte verunsichert zum Himmel, als warte er auf ein Zeichen. Von der Spitze des Turms blinkte ein vergoldeter Hahn, der auf Wind hoffte. Es gab aber keinen Wind, auch kein Zeichen. Der Hahn krähte nicht und bewegte sich nicht. Die Kirchentür stand weit offen. War das Zeichen genug? Mit jeder Stufe, die Józef den Berg emporstieg, wuchs bange Freude. Schon weit vor der Tür zog er seine Mütze vom Kopf, schob sie von einer Hand in die andere und drehte sie in seinen Händen, als sei sie sein Steuerrad. Durch die offene Tür hatte der Wind den Schnee wie einen weißen Teppich bis vor den Altar geweht. Aus der eisigen Kälte, die silbern von den Mauern glitzerte, glaubte Józef den Hauch eines Frühlingswinds zu spüren. Viele Jahre waren vergangen, ohne Heilige Messe. Doch so sehr er seinen Blick schweifen ließ, er sah keine *Mutter Gottes*. Kein *Ewiges Licht*. Wie sollte er hier beten? Er hätte es wissen müssen. Vor dem Gekreuzigten, der weit hinten mitleidsvoll auf ihn herabblickte, betete Józef wie zum Trotz: *Gegrüßet seist du, Maria.*

*

Am nächsten Abend hockte Józef erneut in einem der Nachbarhöfe unter den Kühen und befreite sie von ihrer Milch. Dabei überfiel ihn ein wilder Gedanke. In einer der vielen Scheunen müsse ein Fahrrad zu finden sein, mit dem er in ein anderes Dorf fahren könne, dort nach einer Marienfigur suchen. Doch sein eigener Gedanke erschreckte ihn. Wäre es nicht eine große Sünde, eine *Mutter Gottes* aus einer Kirche zu stehlen? Ein *Ewiges Licht*. Größer kann eine Sünde nicht sein. Beichten könnte er seine Sünde nur seiner kleinen Madonna, die er in seiner Tasche wohlverborgen stets bei sich trug. Sie würde ihm vergeben, würde ihm beistehen, hatte sie ihm nicht in seiner schwersten Stunde bei der Geburt des kleinen *chlopiec* in wunderbarerweise geholfen? Alles, was seit der Stunde der Geburt geschehen war, empfand Józef als Erlösung. Das Kind hatte die Befreiung gebracht, alle Angst von ihm genommen. Jetzt konnte er frei und offen durchs Dorf laufen, seine Lieder singen.

Auch vor den Russen fürchtete er sich nicht mehr. Sollen sie nur kommen, einem von den Deutschen malträtierten Polen würden die Russen nichts antun. Daran glaubte Józef so fest wie an die Heilige Gottesmutter.

*

Die Tage vergingen. Kein Russe kam ins Dorf. Kein Panzer, kein einziger Soldat. Józef war, als lebe er wie Józef und Maria in Bethlehem. Oder wie Adam und Eva im Paradies. (An deren Vertreibung dachte er in diesem Moment nicht.) Milch floss in unablässigem Strom aus prallen Eutern. Frischgelegte Eier mussten in den Scheunen der Nachbarn nur eingesammelt werden. Ab und an nahm Józef ein Hühnchen mit, mal für den Kochtopf, mal für den Backofen. Nach einigen missglückten Versuchen hatte er gelernt, Brot zu backen, auch wenn es mehr ein Fladenbrot wurde. In den leerstehenden Häusern fand Józef versteckt hängende Schlüssel, die ihm die Türen zu den Vorratskammern der geflüchteten Bauern öffneten. Daheim hatte er zugesehen, wie Mutter aus Milch Butter schlug. Ans Schlachten eines Schweins traute er sich aber nicht. Es war auch nicht nötig. Speck, Wurst und Fleisch hingen im Übermaß beim Pluntke und beim Wiesner in den Räucherkammern. Auch der Hilse-Bauer hatte gute Vorräte im Keller. Äpfel, Nüsse, eingeweckte Früchte, alles stand parat in den Regalen. Auf Henriettes Geheiß hatte er im Herbst die

231

Waben der Bienen ausgeschleudert, viele Gläser gefüllt. Józef brannte vor Eifer, doch zwischen allem Herumeilen vergaß er nicht ins Schlafzimmer zu laufen, nach Marias Wünschen zu fragen. Sie solle mehr essen, mahnte er. Alle Wünsche wolle er ihr erfüllen, sie müsse nur sagen, welche sie habe. Nie verließ Józef das Zimmer, ohne nach dem kleinen *chlopiec* zu schauen, auf ihn einzureden, ihm einen zärtlichen Stups auf die Nase zu geben.

Józefs bislang so enge Welt wandelte sich zu einem Riesenreich. Einmal brachte er Maria gebratene Tauben ans Bett. Beim Wiesner-Bauer war der Himmel über dem Hof stets voll fliegender Schatten, die ihn oft träumen ließen, selbst eine Taube zu sein. Frei zu sein, dem Himmel näher. Das Gurren der Tauben hörte er bis in den Schlaf. Die Schläge standen offen. Die Bauern hatten gehofft, die Tauben würden ihre alte Wildheit wiederentdecken, verbliebenen Samen in ihren Kröpfen sammeln. Doch die Kälte hielt die Tauben in der hintersten Enge des Verschlages gefangen. Die Katzen waren die ersten, die den Weg fanden. Seit Wochen waren sie ohne Milch, ohne eine zerdrückte Kartoffel in fleischiger Tunke. Auch die Mäuse hüteten ihre Verstecke. Was blieb den Katzen anderes, als hoch ins Gebälk zu klettern, den offenen Verschlag zu nutzten. Was für die Tauben der Ausgang, wurde für die Katzen der Einstieg. Sie erbarmten sich der hungernden Tauben und stillten den eigenen.

Ins Gebälk klettern kann ich auch, dachte Józef und steckte sechs der zitternden Tiere in einen Sack. Magern sie noch mehr ab, bleibt nichts mehr für mich, nichts für Maria. Selbst die jagderprobten Katzen verlören ihre Beute.

Józefs Gewissen wog nicht schwerer als die Tauben, die er ins Haus trug. Beim Ergreifen spürte er ihre pochenden Herzen, drehte er den Taubenkopf zwischen zwei Fingern um, wurde ihm übel.

Wenn alles vorbei ist, nahm er sich vor, wenn alles vorbei ist, werde ich Tauben halten in polnische Farben. Weiße Tauben mit roten Augen. Aber keine meiner polnischen Tauben werde ich schlachten. Das verspreche ich! Meine Tauben werden fliegen, fliegen und fliegen. Ins Blau des Himmels werden sie Löcher stoßen durch die meine Bitte um Vergebung aufsteigen kann. Schneeweiße Tauben will ich halten.

Vergebungstauben.

Maria fragte nicht nach dem woher, sie nahm alles an. Ihr noch immer versteinertes Gesicht hinderte Józef, ihre Gedanken zu lesen. Manchmal glaubte er, viele Gesichter zu sehen, hinter- und übereinander. Zwiebelschalengleich. Trotzdem begann er zu hoffen.

Wenn erst der Frühling kommt, werde ich den Garten umbrechen und säen. Das frische Grün wird von der höhersteigenden Sonne angelockt, wird wachsen und gedeihen. Ich brauche keine anderen Menschen. Keine Russen und keine Polen - schon gar keine Deutschen.

Ich habe Maria und den kleinen *chlopiec*. Dazu ein im Frühling aufquellendes Land. Was will ich mehr? Schöner kann mein Leben nicht sein.

*

An einem sonnigen Morgen standen zwei Kühe vor der Haustür und streckten muhend ihre Hälse nach vorn. Józef kannte sie aus dem Nachbarhof, sie trugen die dicksten Euter.

Was wollt ihr hier, wollt ihr bei mir bleiben?

Seine polnische Sprache verstanden die Kühe, kamen näher und stupsten ihn mit ihrer feuchten Nase. Freudig ging er ihnen voran. Die Kühe folgten ihm wie treue Hunde. Fast zärtlich legte er ihnen Stricke um die Hälse, band sie an der Futterkrippe fest. Schnell waren ihre Euter geleert. Zum Dank wollte er ihnen frisches Heu vorlegen, fand aber nur vertrocknete Rübenblätter. Wenn die Kühe zu mir kommen, warum kommt das Futter nicht hinterher, fragte er lächelnd. Ihm blieb keine andere Wahl, als in die Höfe der Nachbarn zu laufen und große Ballen Heu auf seine Schultern zu laden.

Das ist nicht gestohlen, redete er sich ein. Stroh, Heu, Rüben, alles Futter gehört den Kühen. Es ist nur recht, wenn ich es hole.

Bei seiner Arbeit verspürte Józef kein schlechtes Gewissen. Gegen Mittag ging er ins Schlafzimmer, wollte sehen, ob auch hier alles in Ordnung ist. Letzte

234

Strohhalme klebten in seinen Haaren. Maria fragte, wo er so lange gewesen sei.

Habe Futter für unsere Kühe in Scheune getragen. Heu, Stroh, Rüben.

Unsre Kühe? Wir haben keine Kühe.

Józef setzte sich auf den Stuhl neben Marias Bett und erzählte, was ihm passiert war. Seine Stimme strotzte vor Stolz, doch Maria fuhr ihn empört an.

Wenn die Kühe von nebenan sind, gehören sie dem Pluntke-Bauer. Die gehören nicht uns. Die musst du zurückgeben. Wir sind doch keine Diebe.

Ihre Empörung spiegelte sich in ihrem Gesicht. Ihre Augen flackerten, doch Józefs ließ sich seine gute Laune nicht nehmen. Er versprach hoch und heilig, die Kühe dem Pluntke-Bauern wieder zurückzugeben, sobald er wieder auf seinen Hof komme. Nur das Wort *Dieb* gefiel Józef nicht.

Die Kühe sind von selbst in unseren Hof gekommen und Futter müssen sie nun einmal bekommen. Für die anderen Kühe, die auf der Dorfstraße herumlaufen, liegt noch genug Heu in den Scheunen. Überall liegt Futter, nicht nur beim Pluntke.

Józefs Gedanken dachten schon weiter. Den Ochsen, den er in einem der Höfe gesehen, hätte er gern mitsamt Wagen und Geschirr in die Gärtnerei geholt. Mit ihm könnte er im Herbst, nach einer reichen Ernte, Gemüse und Blumen in die Stadt fahren. Mit einem Ochsen würde es zwar länger dauern als mit einem Pferd, aber

Pferde gab es nicht mehr im Dorf. Die Bauern hatten alle bei ihrer Flucht mitgenommen.

Mit seinen Kühen sprach Józef nur in seiner Sprache. Seine Begrüßungsworte waren verstanden worden, warum sollte er deutsch mit ihnen reden? Aus der Remise kramte er zwei Bretter, sägte sie auf die richtige Länge. Rote Farbe stand im Regal. Mit einem dicken Pinsel malte er die Namen JULKA und PELCIA darauf, hängte die Schilder über die Futterkrippen. Für den Ochsen wusste er noch keinen Namen, sah ihn aber schon neben den Kühen im Stall. Drei sind besser als zwei, redete er sich ein. Drei ist eine heilige Zahl. Der Dreieinige Gott. Die heilige Familie. Maria Selbstdritt. Maria und das Kind und Ich.

*

Das Leben des Polen Józef gewann neuen Glanz, doch Ärger lag parat. Am Morgen nach der geglückten Geburt hatte er die Betten frisch bezogen, das Zimmer gelüftet, eine Wärmflasche bereitgestellt. Am Abend, als er sich neben Maria legen wollte, verweigerte sie ihm die Nachbarschaft. Unbegreiflich fand er das, wie konnte Maria die Gemeinsamkeiten der Geburt so schnell vergessen. Erinnerte sie sich nicht mehr an seine Hilfe bei der Geburt? Was hatte er alles für Maria getan. Józef listete auf: Vor den Russen versteckt. Bei der Geburt geholfen. Die Nabelschnur durchtrennt.

236

Blutverschmierte Wäsche gewaschen. Mutter und Kind in frisches Linnen gebettet. Doch trotz Marias Verweigerung ließ Józef keinen Zorn aufkommen. Selbst dann nicht, als Maria ihm lauthals verweigerte, in ihrem früheren Kinderzimmer zu schlafen. Józef erwartete auch keine Dankbarkeit. Was er wollte, war die Erfüllung seines Rechtsanspruchs, den er dem von ihm selbst ersonnenen Recht entlieh. Dem neuen Recht einer neuen Zeit.

Geh in die kleine Kammer, wo immer der Besuch schläft.

Józef wollte entgegnen, er sei kein Besuch, tat es aber nicht. In allem gab er Maria nach. Immer wieder redete er sich ein, sie sei von der Geburt erschöpft, müsse sich erholen, sich in der neuen Situation erst zurecht finden. Auch sie durchlebe einen Wandel. Zeit heilt Wunden, sagt ein deutsches Sprichwort, das hatte er längst erlernt. Außerdem brütete er über einem Plan, zu dem Marias Zustimmung unausweichlich war. Gelänge er, würde sich alles wie von selbst lösen.

Fünf glückselige Tage ließen Józefs Seele tanzen. Er kochte, wusch, putzte, heizte das Haus, fütterte die Tiere. Nichts war ihm zu viel. Wie eine Primadonna kam er sich vor, so leicht war sein Schritt, so berauscht seine Sinne. Die durch den Wind tanzenden Schneeflocken sah er als lebensfrohes Ballett, ihre grazilen Bewegungen erfreuten ihn, ihr funkelndes Glänzen im aufblitzenden Sonnenschein brachte die Feierlichkeit seines Daseins zur Geltung. Józef war glücklich. Seine Überzeugung, sein Leben werde jetzt erst beginnen, floss aufbrausend durch seine Adern. Alles, was er bisher auf dieser Erde erleben musste, zählte er zu den Schatten, durch die ein Mensch zum Licht kommt. Ein Schattenprinz bin ich, wie der kleine *chlopiec*, den Maria zur Welt gebracht hat. Auch er, der noch keinen Namen besaß, musste durch tiefste Dunkelheit, bevor er im strahlenden Weiß des großen Betts seine Heimstatt fand. So empfand Józef. Er fühlte auch keinen Groll auf den deutschen Soldaten, der das Kind gezeugt. Keinen Groll gegen Maria, die sich ihm nicht verweigert. Für Józef stand fest: Ich, der Pole Józef, habe der Gebärenden Schutz geboten, habe ihr bei der Geburt geholfen, die Nabelschnur durchtrennt. Es ist *mein* Kind. Mein *chlopiec*.

Am Abend saß Józef wieder an Marias Bett. Geduldig wartete er, bis sie die von ihm gekochte Suppe leergelöffelt. Nachdem sie ihm dankbar lächelnd den Teller zurückgereicht hatte, nahm er allen Mut zusammen und sprach die Gedanken aus, die schon lange in ihm brodelten.

Maria. Wir müssen Namen finden für kleinen *chlopiec*. Muss getauft werden. Am besten, wir nennen ihn *Wojciech*.

Kaum ausgesprochen, veränderte sich Marias Gesicht. Ihre Augen drehten sich im Kreis. Empört gab sie zurück:

Das ist doch kein Name für ein deutsches Kind. Es muss einen deutschen Namen bekommen. Den Namen für mein Kind suche ich schon selbst aus.

Um ihr Deutsch-Sein hervorzuheben, beschloss sie augenblicklich nur noch Hochdeutsch zu reden. Erst wenn die alten Nachbarn wieder im Dorf sind, erst dann würde sie in ihren schlesischen Dialekt zurückkehren.

Józef bemühte sich emotionslos zu antworten, doch der Singsang seiner Stimme wurde ihm zum Verräter. Verriet seine Freude.

Weißt du, was sie gesagt haben im Radio? Hier ist nicht mehr Deutschland. Hier ist jetzt Polen.

Marias Empörung kam prompt.

Polen? Das geht doch gar nicht. Wenn die Bauern zurückkommen, die sind doch keine Polen. Was glaubst du, wie die mich auslachen, wenn mein Kind ... (sie zögerte, bevor sie weitersprach, rutschte noch einmal in die schlesische Sprachgrube, fand aber schnell wieder heraus) ... wenn der Kleene, wenn mein Kind Wojci... das kann man ja gar nicht aussprechen. Da zerbricht sich jeder die Zunge.

Glaub' mir. Bauern kommen nicht zurück. Radio hat es gesagt. Gestern und heute auch wieder.

Maria schüttelte den Kopf, wollte nicht glauben, was Józef erzählte. Schließlich sei noch immer Krieg, trumpfte sie auf. Die deutschen Soldaten könnten noch gewinnen, wenn Hitler die Wunderwaffe einsetzt. Dann kämen alle wieder zurück. Die polnische Fahne müsse er wieder zerreißen, den roten Stoff zu einer deutschen Fahne zusammennähen. Er könne von Glück reden, wenn sie ihn nicht anzeige. Das Hakenkreuz habe er rausgeschnitten, in die Jauchegrube getunkt. Das würde hart bestraft. Maria redete sich in Rage. Am besten sei es, auf den weißen Stoff ein Hakenkreuz aufzumalen, einen Kreis ausschneiden und ihn mitten ins rote Tuch zu nähen. Nähen könne er ja.

Józef widersprach nicht, schüttelte auch nicht den Kopf. Er vertraute dem Sprecher im Radio, der es in polnischer Sprache gesagt hatte. Missverständnisse blieben damit ausgeschlossen. Die Engländer seien einverstanden. Die Amerikaner auch. Sogar die Franzosen. Wer jetzt noch an Hitlers Wunderwaffen glaubt, glaubt auch an den Osterhasen. Józef ließ sich nicht beirren. Doch Maria noch tiefer zu beunruhigen, das wollte er auch nicht. Seine Freude hielt er im Verborgenen und lenkte mit einer Bitte ab.

Such selbst einen Namen. Das Kind muss getauft werden, darf nicht als Heide leben.

Marias Einwand, es gäbe keinen Pastor, setzte er entgegen, jeder könne taufen. Wir beide. Zusammen. Du und ich.

Alles, was Józef sprach, atmete Gemeinsamkeit. Halfen keine klaren Worte, versuchte er es mit verdeckten Andeutungen. Plötzlich zog über Marias Antlitz ein triumphierendes Lächeln, wie es Spieler im Gesicht tragen, wenn sie ein Trumpf-Ass auf den Tisch legen.

Wir dürfen nur taufen, wenn Not ist. Das habe ich im Konfirmandenunterricht gelernt.

Wir haben Not. Kein Priester im Dorf, also haben wir Not.

Noch immer lächelte Maria, glaubte gesiegt zu haben, doch Józef legte einen neuen Trumpf auf den Tisch.

Kind ist gesund, kann aber krank werden. Kann sterben.

Zwei Trumpf-Asse lagen aufeinander. Welches sticht, welches verliert? Wer gibt freiwillig nach? In Maria begann es zu brodeln. Angstgefühle kochten hoch. Ihr Kind könne sterben? Dreimal nein. Oder doch? Stürbe es, welche Last wäre von ihr genommen. Mutter würde nie erfahren, was Alfred mit ihr gemacht hat. Onkel Karl nicht. Tante Selma. Nicht einmal Alfred. Kein Nachbar, kein einziger Mensch. Maria blickte in die Katakomben ihrer kindlichen Seele, sah das Leuchten bizarrer Farben aus tiefsten Grotten. Stalagmiten gleich stachen sie aus der Tiefe. Stürbe das Kind, könnte sie im Dorf frei herumlaufen, als sei nichts geschehen. Józef würde schweigen, ihn hätte sie in der Hand. Das Zerschneiden der Hakenkreuzfahne würde ihm zum Verhängnis. Ein Seufzer der Erleichterung sprang über Marias Herz, doch der nächste Gedanke, das Kind als Heidenkind begraben zu müssen, stürzte sie in neuen Abgrund. Maria begann zu grübeln. Was würde Vater sagen … und plötzlich war ihr, als höre sie seine Stimme in ihr Ohr flüstern: Lass den Polen das Kind taufen. Aber verhandle mit ihm. Schließ' einen Vertrag. Stirbt das Kind, muss er es heimlich unter dem Nussbaum vergraben. Das muss er versprechen. Und schwören, keinem Menschen etwas zu sagen. Keinem deutschen, keinem polnischen. Nur dann darf er es taufen.

Wenn Vater das sagt, soll es so sein.

Nach einem kräftigen Atemzug zog Maria ihren Arm unter der Bettdecke hervor. Vorsichtig legte sie ihre Hand auf Józefs.

Sag' mir einen anderen Namen, einen, der nicht so polnisch klingt. Keinen, bei dem ich mir die Zunge zerbreche. Einen, der deutsch klingt und auch polnisch.

Voller Freude sprang Józef auf das Karussell, streichelte mit seinem Daumen über Marias Handrücken. Nie hätte er gedacht, so schnell sein Königreich zu betreten.

Gustaw, sagte er schnell, oder Jan. Einen Bruno habe ich auch gekannt. Aber Bruno klingt zu deutsch. Vielleicht Léon.

Marias Augen begannen zu glühen. Ihre Freude löste die Starre aus ihrem Gesicht.

Ja! Léon. Léon soll er heißen. Abgemacht - Seefe![2]

---

[2] * französische Truppen, die unter Napoleon in Schlesien stationiert waren, bekräftigten ihre Anordnungen mit dem französischen: C'est fait = daraus machten die Schlesier ihr Seefe.

Was heißt Seefe? fragte Józef. Der Name Léon hat nichts zu tun mit Seife.

Wie verwandelt sprudelte es aus Marias Mund.

Wir Schlesier sagen immer *seefe*, wenn etwas abgemacht ist. *Abgemacht - Seefe.* Wenn etwas fest abgemacht wird, sagen wir: *Abgemacht, Seefe.* Das hat was mit den Franzosen zu tun, hab' ich in der Schule gelernt. Früher, als die Franzosen hier waren, genau weiß ich das nicht. Der Name Léon gefällt mir. Ist auch ein französischer Name. Das weiß ich. Léon ist ein Name in Frankreich. Den nehmen wir.

Józef gab dem kleinen *chlopiec* mit dem Zeigefinger einen Stups auf die winzige Nase, malte mit seinem Daumen ein Kreuz auf seine Stirn. Dabei beugte er seinen Oberkörper weit nach vorn. Maria sollte seine Fingerbewegungen nicht entdecken.

Huhu, Léon, dzien dobry. Guten Tag. Im Stillen schüttete ein *Gegrüßet seist du, Maria, voller Gnaden* über den kleinen Kopf.

Maria begann zu weinen. Mit einer von Józef selbstgenähten Windel wischte sie über ihre Augen und putzte die Nase. Auf Józefs Frage, warum sie weine, wusste sie keine Antwort. Wortlos griff sie nach dem Kind, zog es dicht an ihren Körper. Vom gebeugten Kopf liefen ihre Tränen über das kleine Gesicht. Sie tauft es mit ihren Tränen, jubelte Józef und überlegte, ob die Tränen einer Mutter nicht genau so heilig seien wie vom Priester geweihtes Wasser. Die Gunst der Stunde ausnützend verwischte er Marias Tränen auf der Stirn des Kindes. Sprach dabei leise die heiligen Worte.

Ich taufe dich im Namen des Vaters, des Sohnes und des Heiligen Geistes ... auf den Namen Léon.

Ob Taufworte laut gesprochen werden müssen, wusste er nicht. Ob leises Flüstern ausreicht, auch nicht. Schließlich war es ihm egal. Getauft ist getauft, dachte er. Behutsam, als wolle er ihr Gesicht trocknen, tauchte er zwei Finger seiner rechten Hand noch einmal in Marias Tränen und malte mit den genässten Fingern ein Kreuz auf die Stirn des Kindes. Die letzte Träne rieb er in seine eigenen Augen und hoffte, die Dreieinigkeit der Familienbande damit zu besiegeln.

Maria ließ alles geschehen. Aber plötzlich erwachte sie wie aus einem Traum.

Was du da machst, das reicht nicht. Zum Taufen muss richtiges Wasser über den Kopf laufen. Drei Mal muss es über den Kopf laufen. Einmal für den Vater, dann für den Sohn und für den Heiligen Geist.

Voll Freude über Marias Worte eilte Józef in den Hof, schaufelte mit seinen Händen Schnee in einen Topf, trug ihn in die Küche und erwärmte ihn auf dem Herd.

Im Schlafzimmer tauften sie gemeinsam. Sie begossen den Kopf des Neugeborenen mit dem himmlischen Wasser, bis es in die Kissen tropfte. Gemeinsam sprachen sie die Worte und beschworen die Dreieinigkeit im stillen Verharren. Józef, Maria und der kleine *chlopiec*, der jetzt auch einen Namen besaß: Léon.

Plötzlich schreckte Józef auf. Ihm war, als habe er Autogeräusche gehört. Noch während er die Treppe hinabstieg, wandelte sich seine Angst in Zuversicht. Furchtlos lief er hinaus auf die Straße, stellte sich auf die Trümmer des von einem Panzer zerstörten Tors und blickte zuerst Richtung Oberdorf, danach zum Unterdorf. Keine Menschenseele war zu sehen. Doch in den festgefrorenen Spuren der Panzerketten entdeckte Józef Abdrücke von Autoreifen. Das war für ihn der Beweis.

Eines Tages werden sie kommen. Daran habe ich immer geglaubt. Ich bin nicht Adam. Ich bin Józef. Mit Maria und dem Kind. Sind die, die draußen herumfahren, die Heere eines Herodes? Sind es Russen? Polen? Oder doch wieder Deutsche?

Sie müssen meine polnische Fahne gesehen haben, überlegte Józef. Warum sind sie nicht hereingekommen? Deutsche wären hereingestürmt, hätten sie heruntergerissen. Polen hätten sie geküsst. Es müssen Russen gewesen sein.

Was Russen beim Anblick einer polnischen Fahne tun, wusste er nicht. In der Tatsache des *Vorbeifahrens und nicht Hereinkommens* sah Józef eine Gnade. Bevor Fremde ins Haus kommen, wollte er Maria seine Pläne offenbaren. Nach der gemeinsamen Taufe würde alles leichter sein. Józef streckte sich und hob seine Brust. Das Atmen wurde ihm leicht. Seine in langen schlaflosen Nächten ausgedachten Pläne lagen bereit, nun wollte er sie Maria verkünden.

Bevor er zurück ins Schlafzimmer ging, kochte er eine kräftige Fleischbrühe, schlug drei Eier hinein und quirlte auf. Auf einem Holztablett trug er das Essen an Marias Bett. Voller Befriedigung sah er, wie sie die heiße Suppe löffelte. Ihn dabei anlächelte. Sein Herz drohte zu bersten, als Marias Stimme polnische Worte hervorbrachte.

Serdecznie dziekuje. Soll herzlichen Dank heißen. Hab' ich's richtig gesagt. Besser kann ich das nicht aussprechen. *Serdecznie dziekuje.*

Józefs Herz tobte vor Glück. Einen besseren Moment konnte es nicht geben. Aber wie sollte er beginnen? Floskeln fielen ihm ein: Ich liebe dich! Ich will nur dein Bestes! Liebste Maria! Alles verwarf er. Sogar ein Kumm ock verwehrte er sich.

Maria, sagte er nur, pass gut auf. Wenn die Russen kommen, dich hier finden, eine Deutsche, niemand weiß, was sie machen mit dir. Wird viel erzählt. Sie verschleppen, vergewaltigen.

Marias Gesicht veränderte sich. Was das sei, vergewaltigen, wollte sie wissen. Józefs Stimme fiel es schwer, weiterzureden.

Du weißt, was deutscher Soldat gemacht hat mit dir. Vergewaltigen heißt, machen mit Gewalt. Vier oder fünf Männer auf einmal. Léon muss zugucken. Wenn er schreit, vielleicht töten sie ihn.

Józef malte ein düsteres Bild von denen, die er seine Befreier nannte. Er hoffte aber darauf, Marias Angst und Verzweiflung würden ihm zu Gehilfen. Doch Marias

Gesicht versteinerte. Ihre Unterlippe hing herab, begann zu zittern. Den am Bettrand sitzenden Józef schob sie weg, ihre Beine stießen wie Lanzen unter dem Federbett hervor.

Ich muss fort. Lass' mich raus. Ich muss weg.

Wohin sie wolle, fragte Józef und drückte Marias Füße zurück unter die Decke.

Flüchten. Wo die Muttel ist, der Onkel Karl ... ich muss hinterher.

Du bist krank, hast kleines Kind zur Welt gebracht. Hast keinen Pferdewagen, kein Auto. Wie willst du flüchten?

Beim letzten Wort hob Józef erstmals seine Stimme, dehnte das Wort, als führe es einen steilen Berg hinauf.

Ich laufe ...

... Russen in die Arme!

Noch hatte Józef wenig gesprochen, aber er spürte, seine Worte waren gut gewählt. Maria müsse einsehen, ein Weglaufen gelinge nicht mehr. Sie wisse nicht, wo Mutter ist. Wo Onkel und Tante. Auch nicht wo der Soldat, der im Treibhaus, sie wisse schon. Maria atmete tief. Ihre Nasenlöcher blähten sich wie Nüstern eines scheuenden Pferdes. Józef legte nach.

Wo willst du hin draußen auf Straße? Durch Oberdorf? Durch Unterdorf? Überall Russen.

Maria begann lautlos zu weinen. Józef nutzte die Stille und begann von seinem Plan zu erzählen. Ihr werde nichts passieren, sie müsse nur gut zuhören. Während er sprach, spürte er Freude, die Zeit in Deutschland gut genutzt zu haben, die deutsche Sprache zu erlernen. Andere im Steinbruch hatten sich geschworen, nie ein deutsches Wort auszusprechen. Selbst das Wort *Hitler* vermieden sie. Wenn sie von ihm sprachen, nannten sie ihn *diabel*, den Teufel. Diesen Schwur hatte er nicht mitgeschworen. Würde er jetzt seinen Plan in falschen Worten vortragen, wäre ein Erfolg zweifelhaft.

Während er begann, seine Gedanken zu erklären, wurde Maria immer kleiner. Wie eine welkende Pflanze sackte sie in sich zusammen, wurde zu einem Geschöpf dem Knochen und Rückgrat fehlen. Jeder Satz, jedes Wort, jede Silbe, alles, was in sie eindrang, erweichte ihr Gemüt, mehrte ihre Ausweglosigkeit. Alles, was bisher ihr Leben ausgemacht, wurde von Józef ausgelöscht. Es schwebte verloren im Nirgendwo. Allein die alten Mauern waren noch da, standen stumm. Erinnerungen wucherten. Kindheitsbilder blühten wie Schwamm auf feuchtem Gestein. Józefs Worte, die wie eine Flutwelle über sie hinwegrollten, verwischten alles, was war, als wären sie nichts als ein Traumgebilde. Wie ein Schaf fühlt sich Maria, dem die Herde weggelaufen. Schlimmer noch. Als verlorenes Lamm, von fremden Lauten in einen neuen Stall gelockt. Durch den Dunstschleier der heraufziehenden Dämmerung tanzten Bilder, die zu Trugbildern wurden. Von den Wänden sprangen sie zur Decke, von der Tür zum Fenster. Namen tanzten wie Kobolde um sie herum. Vater. Mutter. Léon. Auch Alfred war dabei. Der Ruf des *Kumm ock* schob sich wie ein Echo zwischen all diese Namen. Hoffnung und

Verzweiflung köchelten. Allein beim Wort *Vater* suchte sie Trost aus der Gewissheit um seinen Tod. Doch es gab kein Grab, keine Stelle, an der sie sich festhalten konnte. Tot im irgendwo. Der Zutaberg, der Zobten, stand draußen unverrückt und schwieg. Er spuckte kein Feuer, vergoss keine Lava. Vielleicht ist er genauso ratlos wie ich, dachte Maria.

Je länger Józef auf Maria einredete, sie umwarb, umso klarer wuchs in ihr die Erkenntnis, dass Träume keine Schäume sind. Ihr kindlicher Traum, ein Prinz werde kommen, sie entführen in ein Schloss in einem fremden Land, wurde nun wahr. Józef der Prinz. Die Gärtnerei das Schloss. Alles außerherum fremdes Land. Die früheren Traumbilder brillierten in schillernden Farben, während die Wirklichkeit im eintönigen Grau verschwamm. Am Schloss wechselte nur die Fahne.

Während Józef sprach, lauschte er seiner eigenen Stimme. Sie klang ihm verdrahtet wie die Stimme eines Lautsprechers auf einem der großen Bahnhöfe. Ernst, leblos, wenig erquickend. Lauter sollte er reden, kraftvoller; aber er scheute sich, wollte nicht, dass seine Stimme triumphiert. Wollte nicht in Verdacht geraten, Maria besiegen zu wollen. Sie tat ihm leid. Ihr gekrümmter Rücken, ihr hängender Kopf, ihre lautlosen Tränen, solche Zeichen der Qual hatte er schon einmal gesehen. Damals, als die Deutschen in sein Dorf eindrangen, die Familien trennten, auf Autos luden, irgendwohin transportierten. Aus dieser Erinnerung wuchs aber keine Genugtuung. Mitleid fühlte er. Quälen tut allen weh. Was er vor sich sah, genügte ihm zur Bestätigung. Maria litt. Kein störendes Wort kam von ihren Lippen. Keine Frage, kein Einwurf, kein fragender Blick. Nicht einmal eine vorgeschobene Lippe. So konnte er ungestört seinen Plan ausbreitete. Mit seinen Fingern malte er Striche auf das Bettleinen, als ziehe er neue Grenzen. Zeichne ein neues Leben.

Das war sein Plan.

Jedem, ob Russe oder Pole, (eine Rückkehr der Deutschen blieb für Józef ausgeschlossen, er bezog es nicht in sein Denken ein), jedem wolle er erzählen, Maria sei ein polnisches Kind polnischer Eltern. Maria sei von den Deutschen zu Beginn des Krieges aus Polen verschleppt worden. Man habe sie arisieren wollen, ihr verboten, polnisch zu sprechen. Deshalb beherrsche sie ihre Muttersprache nicht mehr. Natürlich müsse sie sofort anfangen, die Sprache zu erlernen: Jedno, dwaj, trzej, czery, das sei ganz einfach. Kämen zuerst Russen ins Haus, soll sie vortäuschen, taubstumm zu sein. Sie könne nicht verstehen, was geredet wird. Auch nicht sprechen. Wenn ihr aus Versehen ein Laut herausrutsche, solle sie *wojna* sagen. *Wojna*. Krieg. *Wojna*. Mehr müsse sie nicht sagen. Mehr dürfe sie nicht sagen. Und stottern soll sie, stottern.

Józef machte es Maria vor.

Wowowo ... jjjj ...nanana! Sprich mir nach: *Wooo ...
jjjj ...nanana.*

Maria öffnete ihren Mund, wollte nachahmen, fragte
stattdessen, wie das mit dem Kind sei. Erfreut über Marias Erwachen aus ihrer Versenkung versicherte er, an
das Kind habe er auch gedacht. Natürlich. Es sei von
ihm, werde er erzählen. Ich, Józef, bin der Vater des
Kindes. Wir beide mussten hier in der Gärtnerei
zwangsweise arbeiten. Unser gemeinsames Schicksal
habe uns zusammengeführt.

Damit sie nicht schlecht denken, werde ich sagen, du
bist schon sechzehn. Das Kind, unser chlopiec, unser
Léon ... Józef zögerte, bevor er weiter sprach ... die
Menschen werden verstehen. Bestimmt. Alle haben
schweres Schicksal erlebt. Natürlich müssen wir ... nein,
nicht müssen … (er zog mit seinem Zeigefingers einen
langen Strich quer über die Bettdecke, als lösche er das
Wort wieder aus) … wir wollen, sobald ein Priester ins
Dorf kommt, wollen wir heiraten. Haben gesündigt in
großer Not. Werden es beichten. Die gnadenvolle Mutter Gottes wird uns vergeben.

Zum Zeichen des Schwurs hob Józef zwei Finger in
die Höhe und versprach, Maria zu hüten und zu beschützen. Dem Kind, dem kleinen Léon, wolle er ein guter
Vater sein, wolle fleißig arbeiten und keinen Wodka
trinken. Nicht im Übermaß.

In seiner langen Rede forderte Józef Maria immer
wieder auf, polnisch zu lernen. Ihrem Einwand, dabei

zerbreche sie ihre Zunge, begegnete er mit einem Lachen. Er erklärte ihr kurze Sätze. Komm her! Geh' weg! Setz dich hin! Steh auf! Der Imperativ regierte. Er war kein Lehrer, wollte es auch nicht sein. Maria solle sich nicht quälen, er werde ihr helfen, einzelne Worte zu lernen. Tisch. Stuhl. Bett. Hühner. Eier. Blume. Kirsche. Kartoffel. Biene. Honig. Kuh. Ochse. Stall. Milch. Wasser. Luft. Erde. Das Wort Liebe lehrte er sie nicht. Liebe kommt aus dem Gefühl, dachte er, nicht aus dem Wort. Auch seine Absicht, einen Antrag zu stellen, die Gärtnerei als Eigentum zu bekommen, verschwieg er nicht.

Sobald die erste polnische Behörde tätig wird, werde ich zum *wójt* gehen oder zum *wojewóde*. Wir sind eine junge, (das Adjektiv *glücklich*, welches ihm schon auf der Zunge tanzte, vermied er, betonte dafür für umso mehr das nächste) *polnische* Familie. Die Gärtnerei, in der wir zwangsweise arbeiten mussten, soll unser Eigentum werden.

Józef schwamm im Redefluss. Die Strömung hatte ihn erfasst und trieb ihn fort wie einen lang und breit dahinfließenden Bach.

Für dich ändert sich nichts. Du bleibst im eigenen Bett. Im eigenen Haus. In der eigenen Küche. In der eigenen Gärtnerei. Im eigenen Dorf.

Marias Gedanken begannen zu wandern. Kindliche Träume erwachten. Józef war nun der Prinz, das Elternhaus ihr Schloss, ringsum fremdes Land. Wer hatte ihren Kindertraum verfälscht? Wer war es, der sie auf diesen Lebensweg gelockt? Dann glaubte sie es zu wissen.

Die verführerischen Worte des *Kumm ock* waren es. Sie hatten sie verführt. Vaters *Kumm ock* lockte sie zum brennenden Himmel, der den Krieg ankündigte. Alfred flüsterte diese Worte in ihr Ohr, um sie zu verführen. Diese Zauberworte waren es, die ihr Kind aus ihrem Leib lockten. Maria wünschte, diese Worte hätte es nie gegeben, wären nie in ihr Ohr gedrungen. Doch sie irrte. Józef brannten sie schon auf der Zunge. Um Vertrautheit zu schaffen, den neuen Lebensweg gemeinsam zu bestreiten, sprach er sie aus.

Kumm ock, Maria. Kumm ock.

*

Wer bist du?

Was für eine Frage. Woher soll ich das wissen? Wer fragt so etwas? Bei meinen Eltern war ich: *Heh, Junge.* Bei den Deutschen: *Dreckiger Pollacke!* Im Steinbruch die Nummer *siebenhundertzwölf!* Wer bin ich jetzt?

Józef überlegte, wusste aber keine Antwort. Ich muss sprechen. Schnell. Sofort. Ich muss laut und deutlich polnisch sprechen. Sie sollen erkennen, dass ich kein Deutscher bin.

Eine Antwort auf die Frage, wer bist du nicht, wäre ihm leichtgefallen: Ich bin kein Deutscher. Auf die Frage: *Wer bist du?* fand er keine Antwort. Seine

Mundwinkel zuckten, zitterten und vibrierten, als wollten sie eine Lüge ausbrüten.

Ich habe gewusst, sie werden kommen. Ich habe gewusst, sie werden mir Fragen stellen. Aber gleich zuerst eine so schwierige Frage, darauf bin ich nicht vorbereitet.

Das Zittern der Lippen übertrug sich auf Józefs Hände, auf seinen ganzen Körper. *Maria hilf!* Die nächste Frage, die ihm gestellt wurde, war leichter zu beantworten.

Wo kommst du her?

Endlich war die Quelle gefunden, die Józefs Worte hervorschießen ließ.

Aus einem Dorf, *komisarz*, östlich von Krakow. Von dort komm' ich. Bin dort geboren und getauft. Meine erst Heilige Kommunion habe ich dort empfangen. Der Heilige Herr Bischof hat mir dort auch *bierzmowanie* gespendet, die Firmung.

Das will ich nicht wissen. Wie heißt du?

Józef. Bin auf den Namen des Heiligen Józef getauft.

Und weiter? Man hat nicht nur einen Namen. Dein Familienname?

Verzeihen, Herr Kommissar. Seit mich die Deutschen verschleppt haben, werde ich Józef gerufen. Nur Józef. Den Namen meiner Familie hat keiner mehr gesagt. Ich habe ihn vergessen. Verzeihen sie. Niemand hat mehr gefragt.

Das glaube ich dir nicht.

Józef musste tief atmen, bevor ihm eine Antwort gelang.

Jetzt weiß ich ihn wieder. Józef ... Józef Krawiec.

Józef Krawiec?

Der Mann im braunen Ledermantel wiederholte Józefs Worte und ließ seinen strengen Blick über die zitternde Gestalt wandern. Sein Lächeln ließ eine Glückswelle über Józefs Gesicht huschen. Vier lange Jahre mussten vergehen, bis er seinen Namen hörte. Im Steinbruch war er eine Nummer, wie alle anderen. Nummer siebenhundertzwölf. Das wusste er noch, das würde es nie vergessen. Der deutsche Kapo hatte immer nur gerufen: Siebenhundertzwölf, raus treten! Siebenhundertzwölf, beeil dich! – Seit er hier in der Gärtnerei war, hieß er Josef, verdeutscht ausgesprochen.

Das alles geschah an einem späten Vormittag.

Ein Militärauto der Roten Armee kurvte in den Hof der Gärtnerei. Milizsoldaten sprangen von der Ladefläche, umstellten mit hochgehaltener Kalaschnikow das Haus. Aus einer nachfolgenden schwarzen Limousine stiegen zwei Männer, ließen ihre Blicke forschend über die Gebäude streifen. Der Kräftige trug eine Pelzmütze, die Insignien eines sowjetischen Offiziers waren deutlich zu erkennen. Der Schlanke im braunen Ledermantel lief neben ihm her. Seine schwarzen Haare waren unbedeckt. Ein kurzer Befehl des Kräftigen genügte, schon drückte ein Soldaten auf den Abzug seiner Waffe. Ungezählte Schüsse bohrten Löcher in die Wolken. Aufgeschreckt stoben die Hühner auseinander. Tauben flohen in den Himmel.

In diesem Moment geschah ein Wunder. Józefs polnische Fahne blähte sich durch einen Windstoß auf und leuchtete weiß/rot gegen den blauen Himmel. Die Männer sahen lächelnd zu. Wieder ein Wink. Zwei Soldaten sprangen zur Haustür und schlugen mit den Kolben ihrer Gewehre gegen das Holz.

Zu diesem Zeitpunkt stand Józef in der Küche, schälte die frisch gekochten Kartoffeln. Sie waren heiß, jede Kartoffel glitt von einer Hand in die andere. Mit seinem weit nach vorn geschobenem Mund blies Józef kalte Luft um die Schale. Die Schüsse draußen im Hof zerrissen sein Herz, das barsche Schlagen gegen die Haustür lähmte ihn. Den Motor des Autos hatte er gehört, aber gehofft, das Auto werde an der Gärtnerei vorbeigefahren wie das am gestrigen Tag. Nun waren sie da.

In einer polnischen Sprache rief Józef laut: Ich komme!

Zwei oder gar drei Mal schrie er die beiden Worte, als könne die Wiederholung seinen Schreck bekämpfen. Auf jeden Ruf kam energisches Klopfen als Echo. Józef hoffte, seine Stimme werde den Draußenstehenden durch die verschlossene Haustür signalisieren, hier wohne ein Pole, von dem keine Gefahr ausgeht. Maria, die mit dem kleinen *chlopiec* oben im Bett lag, sollte am Freudenton seiner Stimme erkennen, sie müsse keine

Furcht haben. Sie solle erkennen, Józef, ihr Beschützer, habe alles im Griff. Freudig eilte er zur Tür. Öffnete.

Die Soldaten drängten ihn mit ihren Gewehrläufen zur Seite, stürzten an ihm vorbei ins Haus. Erschrocken streckte Józef seine Hände in die Höhe. Erst jetzt bemerkte er das Messer in seiner Hand, mit dem er Kartoffeln geschält.

Prosze wybaczyc, verzeihen sie, stotterte er verlegen und warf das Messer mit einem Ruck seitwärts in den tiefen Schnee. Józef ärgerte sich. Nicht einmal seine Jacke mit dem aufgenähten *P* hatte er angezogen, obwohl sie griffbereit neben der Haustür hing. Oft hatte er sich in seinen Gedanken auf diesen Moment vorbereitet, nun geriet alles daneben. Der Offizier raunte dem Mann im Ledermantel ein paar schnelle Sätze zu, von denen Józef nur das Wort *towarzysz,* Genosse, verstand.

Wer ist alles im Haus?

Der Tonfall in den Worten des hageren Mannes kam Józef bekannt vor. Die Stimme erinnerte ihn an Jerzy, seinen Bettnachbarn in der Holzbaracke im Steinbruch. Jerzy stammte aus Gdansk. Zu gern hätte Józef den Kommissar gefragt, ob er auch aus Gdansk stamme wie Jerzy, hielt es aber für besser, sich auf die Beantwortung der Frage zu konzentrieren, die ihm gestellt wurden. Er wollte keine weiteren Fehler machen.

Ich bin Józef - dabei zeigte er auf sich, was ihm wegen der hocherhobenen Arme schlecht gelang. So deutete der Daumen der rechten Hand von oben auf ihn herab.

Ich wohne hier mit Maria und dem Kind. Unser Kind ist noch klein, sehr klein, Komisarz. Wurde erst geboren.

Warum Józef ihn Kommissar nannte, blieb ihm selbst ein Geheimnis. Vielleicht hätte er besser *towarzysz* sagen sollen. Genosse. Der Russe hatte es auch gesagt. Aber Józef wusste nicht, was ein *Genosse* ist.

Kaum hatte der im langen Ledermantel dem sowjetischen Offizier Józefs Worte übersetzt, begannen die Männer laut zu lachen. Auch die Soldaten, die den Hof kreisförmig umstellt hatten, lachten mit. Dieses Lachen verunsicherte Józef, ließ ihn aber glauben, die Situation, in die er hineingeraten war, könne nicht so gefährlich sein.

Bitte ... was gibt es zu lachen? wagte er zu fragen und zwang ein schüchternes Lächeln in sein Gesicht.

Lass deine Arme herunter, Józef. Wenn hier Maria und Józef mit dem neugeborenen Kind wohnen, ist es ein friedliches Haus. Wenn das Kind Jesus heißt, fahren wir gleich weiter. Dann haben wir uns verfahren. Nach Bethlehem wollten wir nicht.

Unser Kind heißt Léon. Ist vor zehn oder zwölf Tagen geboren. Genau weiß ich es nicht mehr. Weihnachten war schon vorbei. Ein Strich im Kalender zeigt genau an.

Während die Soldaten weiter ihre Scherze trieben, überlegte Józef, ob jetzt der richtige Moment sei, den Polen zu fragen, ob er aus Gdansk stamme, zumindest aus der Umgebung. Doch bevor er seine Überlegungen zu Ende bringen konnte, bekam er den Befehl, voranzugehen. Verlegen strich Józef seine Hände über die Küchenschürze und ging vor den Männern durch den Hausflur in die Küche. Zugern hätte er Maria ein paar beruhigende Worte ins Schlafzimmer gerufen, sie solle keine Angst haben, wenn Stiefelschritte auf der Holztreppe knarren. Doch Deutsch dürfe er jetzt nicht reden. Die Aufregung, die in Józef tobte, wurde sichtbar, seine Arme ruderten durch die Luft, seine Beine begannen zu zittern. Der polnische Kommissar deutete seine Verwirrung falsch und griff nach Józefs Arm, hielt ihn fest und stellte die schwierige Frage.

Wer bist du?
Ja, wer bin ich?
Während Józef versuchte, die gestellte Frage zu beantworten, kreisten seine Gedanken um Maria. Was wird sie sagen, wenn sie angesprochen wird? Vielleicht spricht der Kommissar auch deutsch. Wenn er aus der Gegend von Danzig stammt, ist das leicht möglich. Der Kommissar würde alles verstehen, was Maria spricht; würde merken, Maria ist eine Deutsche. Wird Maria unsere Abmachung einhalten?

So sehr er sein Gehör auch anstrengte, aus dem Schlafzimmer war kein Ton zu hören. Nicht von Maria, nicht vom Kind. Nur russische Kommandos. Die Tritte der Soldatenstiefel ließen die Holztreppe laut knarren. Im Schlafzimmer bot sich ein bizarres Bild. Einer Mumie gleich saß Maria mit dem Rücken an das hölzerne

Kopfteil des Bettes gelehnt, das Kind an ihren Körper gedrückt. Beschützte sie das Kind, oder das Kind sie? Ihre Augen waren glanzlos, ihre Haare klebten an den Wangen, ihr Blick verlor sich im Raum. Über ihre Lippen floss immer das gleiche Wort:

Wojna ... wojna ... wojna.

Die beiden Russen, die zuerst ins Haus gestürmt waren, rahmten Marias Bett. Ihre Lockrufe ignorierte das Kind, es hatte auch keine Chance, den Kopf zu wenden. Während Marias monotones *Wojna ... wojna ...* Józefs Herz zerriss, wuchs seine Furcht, das Kind sei tot. In schneller Rede erzählte er dem Kommissar, Maria sei ein polnisches Mädchen, habe mit ihm hier in dieser Gärtnerei zwangsweise arbeiten müssen. *Zwangsweise* betonte er besonders laut. Maria sei ein polnisches Mädchen, das nur wenige polnische Worte stammeln könne. Die Deutschen hätten sie gezwungen, nur deutsch zu reden. Eine Hilflose sei sie. Er habe sich ihrer angenommen, nun ja, da sei es halt passiert, sie wüssten schon, was er meine. Seinen Worten, Maria sei noch sehr jung, aber nicht zu jung, fügte er schnell hinzu, sie würden bald heiraten, sobald ein Priester ins Dorf kommt. In seinen Redefluss flocht er auch seinen Wunsch ein, die Gärtnerei als Eigentum zu erhalten. Eigentlich sei es *seine* Gärtnerei, schließlich hätte er jahrelang hier ohne Lohn hart arbeiten müssen. Er wolle zur Versorgung der polnischen Menschen mit Gemüse und Obst beitragen. Der Roten Armee, die uns befreit, natürlich auch, fügte er schnell noch hinzu.

Während des langen Redeschwalls konnte sich der im braunen Ledermantel ein Grinsen nicht verkneifen. Ordnungsgemäß wurden die polnischen Worte dem russischen Offizier übersetzt.

Nachdem alles gesagt war, setzte sich Józef erschöpft auf den Rand des Betts. Wie ein von allen Seiten umstellter Fuchs kam er sich vor und hoffte, die Männer würden ihm seine erlogene Geschichte glauben. Vielleicht gäben sie ihm auch ein Dokument, welches ihm erlaube, mit Maria und dem Kind hier in der Gärtnerei zu bleiben; in seiner *ogrodnictwo*. Seine Furcht, Maria könne losbellen, sie sei keine Polin, sei eine Deutsche, das Kind sei kein polnisches, es sei von einem deutschen Soldaten gezeugt, brannte wie Feuer. Was würden die Russen dann tun? Das Kind töten? Józefs Augen glichen Kugeln, seine Nasenflügel weiteten sich, als könne er wittern, aus welcher Richtung ihm Gefahr drohe. Gern hätte er etwas erzählt, was die Männer wieder zum Lachen bringt, wie vorhin, draußen vor der Tür, als sie lachend erklärten, sie hätten sich wohl verfahren, nach Bethlehem hätten sie nicht gewollt. Aber Józef fiel nichts ein, was ein Lachen verdiente. Ein Lachen, das nur die Lippen bewegt, wäre zu wenig. Deshalb fragte er nach einem Dokument und erhielt zur Antwort, er solle in die Stadt gehen, bei der Behörde einen Antrag stellen. Er könne die Gärtnerei erwerben. Über diese Worte erschrak Józef erneut.

Erwerben? Wir haben nichts. Was sollen wir den Deutschen bezahlen, die hier gewohnt haben?

Dummkopf, antwortete ihm der Pole. Die Deutschen sind fort, kommen nie wieder. Hier ist polnisches Land. Alles, was du siehst, gehört dem polnischen Staat. Von ihm kannst du die Gärtnerei erwerben. Geh' zur Behörde, dort wird alles geregelt.

Der Ledermantelmann drehte sich zum russischen Offizier und klärte ihn über das Gespräch auf. Der Russe nickte mit dem Kopf, legte seine Hand zum Gruß an die Pelzmütze und gab den Soldaten einen Befehl. Polternd liefen sie die Treppe hinab. Józef hoffte, der im Ledermantel würde das Schlafzimmer ebenfalls verlassen, doch er irrte. Der Kommissar starrte unverwandt auf Maria und das Kind und spitzte dabei seine Lippen, als wolle er pfeifen. Aber er pfiff nicht, sondern begann zu reden.

Pass' gut auf das Kind auf. Polen braucht junge Männer. Die Deutschen haben viel kaputt gemacht. Polen muss wieder stark werden. Stark wie die Rote Armee.

Fast wäre Józef der Satz über die Lippen gesprungen, als Soldat bekommt ihr Léon nicht. Als Soldat nicht! Seine Befürchtung, seine Gedanken würden dem Offizier ins Genick schlagen, traten nicht ein. Zufrieden ging er die Treppe hinab. Die Soldaten kletterten auf den Lastwagen. Der Motor sprang an. Im Wegfahren rief der Kommissar lachend zurück:

Wenn wir wiederkommen, solltest du nicht mit einem Messer in der Hand die Tür öffnen. Du weißt, ein Schuss fliegt schnell. Such' jetzt dein Messer, sonst muss deine

Maria die Kartoffeln mit der Schale essen, Józef Krawiec.

Am Abend dieses ereignisreichen Tages ging Józef in seine Schlafkammer, legte sich zufrieden ins Bett und schlief schnell ein. Die große Angst, die von Tag zu Tag, von Nacht zu Nacht, wie eine graue Felswand sein Denken versperrt, war eingestürzt. Die Russen waren an Marias Bett, nichts Schlimmes war passiert. Geschehen war genug, aber nicht, was Józef gefürchtet. Hoffnung war gesät. Er könne die Gärtnerei als Eigentum bekommen, müsse nur einen Antrag stellen. Sobald er Maria einen Tag allein lassen könne, wollte er zur Behörde gehen, wenn es sein müsste, zu fuß.

Alles wird gut, murmelte Józef, alles wird gut. Glückberauscht begann er zu beten. Zwei *Vaterunser* und drei *Gegrüßet seist du Maria, voller Gnaden* rieselten über seine Lippen.

Maria konnte nicht schlafen. In ihrer Brust brannte die Milch. Das Kind trank zu wenig, es war zu schwach. Je länger sie es betrachtete, glaubte sie, einen hilflosen Fisch vor sich zu sehen. Eine kleine Elritze, welche die Flut an Land gespült. Hilfesuchend schaute sie sich um. Lächelnd blickten Vater und Mutter von der Wand. Bei diesem Anblick zog ein Lächeln in Marias Gesicht. Verbreitete Mut.

Mit ihren Fingern öffnete sie den Mund des kleinen Léon und begann, Milch aus ihrer Brust zu drücken. Zuerst aus der linken. Es schmerzte sie, je öfter sie drückte. Doch plötzlich zischte ein weißer Strahl über das Bett. Noch einer, noch einer. Endlich! Maria lehnte das Kind gegen ihre hochgestellten Knie und versuchte, einen Milchstrahl auf die kleine Kinderzunge zu spritzen. Manchmal traf sie die Stirn. Manchmal Auge, Wange, Nase. Ein leises Wimmern erschreckte sie. Maria gab aber nicht auf. Sie legte den kleinen Léon mitten ins Bett und kniete über ihm, bis ihre Brüste direkt über dem kleinen Mund hingen. Von oben herab versuchte sie, ihre Milch in den Mund des Kinds zu spritzen. Voller Freude sah sie, wie das Kind die milchbeträufelte Zunge ableckte, erst zaghaft, danach in immer schneller werdendem Rhythmus. Wilde Gefühle überwältigten sie. Ohne nachzulassen, molk sie ihre Brüste leer. Danach fiel sie erschöpft in die Kissen und schlief ein.

Ein glücklicher Traum begleitete sie.

In einem knielangen Kleid entsteigt sie dem Bett. Schwebt. Durchs geöffnete Fenster fliegt sie vom sonnenüberfluteten Hof in den Garten. Blumenduft empfängt sie. Über den Blumenbeeten dreht sie Kreise. Verharrt bei den Rosen. Saugt ihren verführerischen Duft tief ein. Leere Stängel bleiben zurück. Kaum berührt sie sie mit den Fingern, brechen neue Blüten hervor. Zeigen ihre alte Pracht. Durch die Glasscheiben des Treibhauses greifen Lianen mit glitzernden Kristallen nach ihr.

Versuchen, sie festzuhalten. Sie zu umschlingen. Goldener Löwenzahn lockt. Kein grünes Blatt stört den Glanz der goldgelben Blüten. Mit weit ausgebreiteten Armen schwebt sie hinüber. Lässt sich fallen. Bald ist ihr Körper voller Goldstaub.

*

Der Winter zog seine Krallen zurück, der Schnee schmolz in der höhersteigenden Sonne. Im kleinen Bach neben der Dorfstraße zersprang das letzte Eis, ließ sich vom ansteigenden Wasser forttragen. Maria hatte sich erholt, lief geschäftig durchs Haus, übernahm alle Arbeiten. Józef werkelte im Garten, schaufelte den Schnee von den Beeten in der Hoffnung, die Erde könne so schneller auftauen. Ihn drängte es, auszusäen. Der kleine Léon nahm an Gewicht zu, brachte stolze drei Kilogramm auf die Küchenwaage.

In einigen Höfen waren Familien eingezogen, deren Sprache Józef nicht verstand. Was sie redeten, war weder polnisch noch deutsch. Russische Laute ebenfalls nicht. Maria erzählte er von den Fremden nichts. Alles, was Glück verhieß, wollte er an sie herantragen, was im Verdacht stand, Furcht oder Angst sprießen zu lassen, sperrte er aus.

Bei einem seiner Streifzüge durch das verlassene Dorf entdeckte Józef einen großen Haufen Sand. In der Scheune lagerten Kalk und Zement. Das war für ihn ein Signal des Aufbruchs. Mit der Schubkarre fuhr er die gefundenen Schätze in seinen Hof. Am nächsten Morgen begann er, dass von den Panzern zerstörte Hoftor wieder aufzubauen. Kleine und größere Bruchstücke lagen verstreut, doch das erleichterte ihm die Arbeit. Einen ganzen Quader hätte er nicht bewegen können, schon gar nicht in die Höhe wuchten. Józef sprühte vor Eifer und lobte im Nachhinein seine Arbeit im Steinbruch. Unter Peitschenhieben hatte er gelernt, mit Steinen umzugehen. Hier spürte er Freude bei der Arbeit. Die in der Erde verankerten Grundmauern waren unbeschädigt, so konnte er auf sicheres Fundament bauen. Zuerst sortierte er alle Steine, ordnete sie. Bald war die spätere Form des Tores zu erkennen. Alles, was er tat, geriet ihm gut. Unermüdlich hob er Bruchstücke an, stapelte sie übereinander, fügte selbstgerührten Mörtel in die Fugen, klopfte die Bruchstücke fest. Seine Arbeit kam gut voran. Von Stunde zu Stunde wuchs sein Werk.

Für den Bogens benötigte er ein Holzgerüst. Drei Tage baut er daran, dann war es so weit. Der Stein, den er als Letzten in die Rundung einsetzen musste, trug die eingemeißelte Zahl 1769. Unschlüssig wog er ihn in seinen Händen, als spüre er das Gewicht dieser langen Jahre. Das Kommen und Gehen. Abschiednehmen und Wiedersehen. Freudiges wie Schicksalsschläge. Lachen und Weinen. All das war durch diesen Torbogen ins

Haus getreten, von Generation zu Generation. Wie zur Rechtfertigung sprach Józef vor sich hin.

Ein Panzer hat ihn zerstört, zum Einsturz gebracht. Nicht ich habe das Tor zum Einsturz gebracht hat. Der Krieg war es, der den Generationenvertrag aufgelöst. Der Krieg war es, den jene, die hier gelebt haben, entfesselt. In fremde Länder haben sie ihn getragen mit Tod und Zerstörung. Nun ist er zurückgekehrt. Dieser Torbogen offenbart es. Das Alte ist ausgelöscht. Eine neue Zeit beginnt.

Józef hielt inne und überlegte, ob es nicht an der Zeit wäre, diesen Firststein mit der Zahl 1769 zu zertrümmern. Ihn in die Tiefe zu werfen, alle Erinnerungen, die in ihm verborgen lagen, auszulöschen. Doch der Firststein war wichtig, ohne ihn gab es kein Tor. Deshalb siegte die Vernunft. Woher hätte er einen neuen Firststein, der genau in diese Lücke passt, nehmen sollen? Um sein Werk zu vollenden, drückte er den letzten Stein mit einem Seufzer in die Lücke, in welcher der Mörtel schon einzutrocknen drohte.

Bedächtig kratzte er den ausquellenden Zement weg. Beim Aufschauen sah er Maria mit dem kleinen Léon auf dem Arm näherkommen. Schon von weitem lobte sie seine Arbeit.

Es sieht genau aus wie früher. Steinmetz wäre auch ein guter Beruf für dich.

Voller Stolz über das Lob streckte er Hammer und Kelle hoch in die Luft. Seine Freude währte nicht lange.

Maria schob die Mütze des Kindes hoch zur Stirn und plapperte los.

Guck, Léon. Siehst du die Zahl? Die hat dein Vorfahre eingemeißelt. Balthasar hieß er. Balthasar Menzel. Eine eins, eine sieben, eine sechs und eine neun. Die Zahl heißt 1769. So lange gehört dieses Haus der Familie Menzel.

Józefs Schreck war groß. Wie eiskaltes Wasser flossen die Worte über seinen Körper. Sollte dieser Firststein den neuen Frieden gefährden? Seine Pläne zerstören. Wäre es nicht besser, ihn wieder herauszureißen, in tausend Stücke zu schlagen. Sein schneller Griff zum Maurerhammer erschreckte ihn. Jähzornige Menschen hatte er genug erlebt, ihre Launen ertragen müssen. Vernunft sollte sein Leben begleiten, das hatte er sich im Steinbruch geschworen. Auch Marias gute Laune wollte er nicht verderben. Schweigend stieg er vom Gerüst, während Maria weiter auf das Kind einredete.

Weißt du, dieser Balthasar Menzel war dein Urururururgroßvater. Fünf Mal musst du *ur* sagen. Der hat dieses Tor gebaut. Das weiß ich von meinem Vatel, von deinem Opa. So steht es auch in den Papieren. Wenn du groß bist, kannst du alles nachlesen. Dein Urururururgroßvater hat das Tor gebaut. Im Jahr 1769. Vielleicht hab' ich mich verzählt mit den vielen *ur*. Aber der Balthasar war es, der die Zahl eingemeißelt hat, das weiß ich genau. So lange gehören Haus und Gärtnerei den Menzels. Da kannst du stolz darauf sein, du kleiner Menzel.

Mit gesenktem Kopf ging Józefs zum Haus. Sein Brot aß er schweigend. Selbst sein Gebet blieb tonlos. Die Türen fielen lauter ins Schloss, die Holztreppe knarrte stärker. In der Nacht trieben seine Gedanken Grannen, die wie kalbende Eisberge abbrachen. Dem durchs Fenster blickenden Mond fühlte er sich in seiner Einsamkeit gleich. Hielt mit ihm Zwiesprache.

Keiner ist einsamer als du, Mond. Doch. Ich.

Am nächsten Morgen ging Józef in aller Früh zum Tor. Mit einem Meisel schlug er die Zahl 1769 aus dem Firststein. Das ging schnell. Die nun leere Oberfläche schliff er glatt. Mit einem Zimmermannsstift malte er die Zahl 1945 darauf und kratzte alles, was außerhalb der Bleistiftstriche war, mit dem Meißel zentimetertief weg. Die Arbeit dauerte länger als gedacht. Die Kühe begannen nach ihm zu rufen, doch Józef kümmerte es nicht. Er kratzte und rieb und ruhte erst, als die neue Zahl sichtbar aus dem Stein hervortrat. Danach zertrümmerte er das Baugerüst, räumte Balken und Bretter weg. Doch bevor er in den Stall ging, die Tiere zu versorgen, trat er noch einmal auf die Straße und betrachtete sein Werk. Was er sah, befriedigte ihn. Nun war das Alte endgültig vorbei. Das Neue konnte beginnen.

Am Mittagstisch saßen sie schweigend, streuten Salz auf die gekochten Kartoffeln, schluckten sie hinunter. Es dauerte, bis Józef zu sprechen begann. Er wolle nach Swiebodzice fahren, ließ er beiläufig hören, am Abend sei er wieder zurück. Erstaunt fragte Maria, ob er Schweine kaufen wolle.

Ich will keine Schweine kaufen. Swiebodzice ist der Name der Stadt.

Und wo liegt die Stadt? Ist das weit weg?

Swiebodzice liegt ganz in der Nähe. Der Händler, der früher das Gemüse und Obst abgeholt hat, kam aus Swiebodzice.

Das Wort *früher* betonte Józef besonders laut.

Rede keinen Quatsch. Aus Freiburg kam der. Das ist nicht weit, das weiß ich. Mit meinem Vatel war ich oft dort. Onkel Karl und Tante Emma wohnten dort.

Józef ließ sich nicht beirren.

Die Stadt heißt jetzt Swiebodzice und liegt in Polen. Überall ist hier Polen.

Den letzten Satz sprach Józef in seiner polnischen Sprache und wartete, bis Maria ihn aufforderte, ihn auf Deutsch zu wiederholen.

Überall Polen?

Marias Stimme saugte sich voller Ironie.

Du spinnst ja. Alles hier Polen. Das glaub' ich dir nicht. Geh' doch mal raus zum Friedhof und guck auf die Gräber. Wer liegt denn dort? Alles Deutsche. Meine Großeltern und deren Eltern und so weiter und so weiter. Nur Deutsche liegen dort begraben, kein einziger Pole.

270

Aber jetzt ist es so. Radio hat es gesagt.

Und du glaubst alles, was im Radio so gesagt wird? Mein Papa hat nie daran geglaubt, was im Radio gesagt wird.

Trotzdem gehe ich morgen in die Stadt.

Was willst du in Freiburg?

Will Antrag stellen für Gärtnerei, zum Eigentum.

In vielen schlaflosen Nächten hatte er gegrübelt, in welcher Tonlage er Maria diese Botschaft verkünden wolle. Nun war es heraus. Sein bislang freundliches Bemühen hatte ihm nichts gebracht, jetzt wollte er seine eigenen Wege beschreiten. Seine Gedanken hatten sich in Worte verwandelt, doch Maria lachte darüber.

Als dein Eigentum? Bist du verrückt. Die Gärtnerei gehört uns. Uns gehört die und niemand anderem. Die wird nicht polnisch. Die polnische Fahne an unserem Haus gefällt mir sowieso nicht. Ich wollte sie schon runter machen, aber die Stange ist mir zu schwer. Hab' sie nicht aus der Halterung heben können.

Ruckartig fuhr Józef herum.

Lass meine Fahne. Rühr sie nicht an. Ich warne dich.

Das laute Gezänk beunruhigte den kleinen Léon in seinem Kinderbett. Schnell eilte Józef zum Kind, wollte es beruhigen, doch Maria stellte sich ihm in den Weg. Ohne das Weinen des Kindes zu beachteten schrie sie zurück:

Nimm deine Finger von meinem Kind. Ich warne dich!

Wortlos verließ Józef die Küche, ging in den Stall, legte seine Arme um die Hälse der Kühe, streichelte über ihre Rücken. Kein Wort kam über seine Lippen. Was der gestrige Tag begonnen, setzte der heutige fort. Sein Leben verlief im Kreis. Sein Verhältnis zu Maria war bislang das eines treuen Hundes, der nebenherlief, sich über jeden Brocken freute, der ihm zugeworfen wurde. Eines Hundes, der kuscht, wenn es verlangt wird. Der nachts vor dem Bett schläft oder vor der Tür. Nein, er wollte kein Hund mehr sein. Entschlossen warf Józef seinen Kopf zurück, ging mit energischen Schritten in die Scheune, holte sein aus einem Nachbarhof herbeigeschafftes Fahrrad, schwang sich in den Sattel und fuhr davon.

Als er am Abend zurückkam, lag das Gärtnerhaus in tiefer Stille. Die Tore waren geschlossen, doch in weiser Voraussicht hatte Józef den Schlüssel des Sandsteintors in seiner Hosentasche. Mit stolzem Lächeln blickte er auf die neue Zahl, die über seinem Kopf prangte. Aufrecht durchschritt er das Tor und ging ins Haus. In der Küche schnitt er einen Brot Keil vom frischgebackenen Laib, trank dazu einen Schluck Milch. Seine übermächtige Freude, nun amtlich Herr des Hauses und der Gärtnerei zu sein, verführte ihn, im Kreis zu tanzen.

Im Schlafzimmer entkleidete er sich, legte Hemd und Hose geordnet über die Lehne eines Stuhls. Maria besaß einen hellen Schlaf. Sie erwachte und setzte sich erschrocken auf. Die Silhouette eines nackten männlichen Körpers leuchtete im Mondlicht.

Was willst du hier? schrie sie entsetzt. Hier schlafe ich.

Józefs Antwort klang, als habe seine Stimme Kieselsteine verschluckt.

Und ich. Hier steht mein Bett. Ich bin dein Mann, du meine Frau. Habe ein Recht, neben dir zu schlafen. Bin kein Hund, der draußen vor der Tür schläft. Leg' dich hin und schlaf' weiter.

Um jedes Missverständnis zu vermeiden, kamen seine Worte langsam und deutlich. Entschlossen stieg er ins Bett, doch Maria krallte ihr Nachthemd über dem Busen zusammen, drückte das neben ihr liegende Kind an die Brust und eilte zur Tür.

Schnell sprang Józef auf und stellte sich breitbeinig vor die Tür. Für Scham fand er keinen Raum. Mit harten polnischen Worten ließ er eine Schimpfkanonade auf Maria prasseln. Maria verstand nicht, was die polnischen Worte bedeuten, verstand aber wohl. Angstvoll schlich sie mit Léon zurück ins Bett. Schweigend lagen sie nebeneinander. Als Maria den gleichen Atemrhythmus bemerkte, verzögerte sie, wollte kein Miteinander, wollte keine Gemeinsamkeit. Józef achtete nicht darauf. Sein Plan stand fest. Alles würde anders werden. Ein neues Leben sollte beginnen. Vorwärts wollte er leben, nicht rückwärts. Für ihn galt: Ich *pan*, Maria *pani*. Alles andere würde sich ergeben.

273

Vergangenheit bleibt Vergangenheit, hat dort zu bleiben, wohin sie gehört. Käme sie zurück, würde sie alles verschlingen.

*

Für Józef war der Himmel auf die Erde gekommen, hatte ihn eingehüllt und aufgenommen in seine Pracht. Von der Behörde hatte er es schriftlich. Haus und Garten waren sein Eigentum. Von Maria wusste er, dass ihr Vater auf den Schornstein des Treibhauses geklettert war, sein Besitztum zu betrachten. Er wollte es ihm gleichtun.

Von oben herab hielt er Ausschau.

Schnee, Kälte und aller Unbill des letzten Winters werden sich auflösen in Blüten und Wohlgerüchen. Die dunkle fruchtbare Erde wird ihr gespeichertes Wasser in der Luft tanzen lassen, in weiße Wolken verwandeln, dem Wind anbieten, einen Schleier über einen zaghaften Himmel zu ziehen. Mein Garten soll dem Garten Eden gleich sein.

Wie der Himmel sich wandelte, wandelte sich Józef. Er spürte die Gnade Gottes, spürte den unsichtbaren Mantel der Gottesmutter und flehte, sie möge ihn auch über Maria breiten. Doch wer vom Himmel träumt, fällt leicht aus den Wolken. Doch Maria war im Gehorsam erzogen. Das machte ihr leicht, sich unterzuordnen. Sie führte den Haushalt, versorgte das Kind. Von nun an respektierte sie Józef als *pan*. Die neue Welt forderte ihren Tribut. Nur selten dachte sie zurück an ihre Kinderträume. Sie mühte sich, die fremde Sprache zu verstehen, was ihr leichter gelang als zu sprechen. Mit dem Kind redete Józef nur polnisch, der kleine Léon lachte dazu. Maria fürchtete, der Schlüssel zum Kind werde ihr eines Tages entgleiten.

Den Bescheid, die Gärtnerei als Eigentum zu besitzen, hielt Józef wie eine Goldmünze in seinen Händen. Abend für Abend holte er sie aus dem Kästchen und streichelte das Papier. Aus ihm bezog er neue Kräfte. Einem Berserker gleich arbeitete er, gönnte sich keine Pause. Seine Losung hieß *Ora et labora*. Er ging spät zu Bett, stand lange vor Maria auf. Das erleichterte ihr Zusammensein. Am Tisch saßen sie schweigend, lenkten ihre Blicke in verschiedene Richtungen. Eines war aber neu. Sie beteten gemeinsam. Maria hielt die Hände wie Józef, die Handflächen aneinander gedrückt, die Fingerspitzen steil nach oben. Das Kreuz zu schlagen war ungewohnt. Sie achtete auf Józef und schlug es wie er, von rechts nach links. Sie machte alles, was Józef von ihr verlangte, sobald sie verstand, was er von ihr verlangte. Wenn Józef das Kind hätschelte, kroch Eifersucht in ihre Brust. Ob er ins Haus kam oder es verließ, immer trat er ans Kinderbett, streichelte dem Jungen über den Kopf, schlug ein Kreuz über ihn. Schlief Léon, stupfte er mit der Fingerkuppe vorsichtig die kleine Nase. War er wach, ließ er sich zu Späßen hinreißen.

*

Die Arbeit im Garten drängte. Im Radio hörte Józef nur politische Nachrichten, wie auch den Wetterbericht. Aus den Nachrichten wollte er erfahren, ob die Deutschen endgültig besiegt seien oder doch wieder zurückkämen. Vom Wetterbericht erhoffte er die Ankündigung guten Wachstumswetters.

Für Józef war es, als sei für ihn der siebente Schöpfungstag angebrochen. Der Himmel schickte seinen Segen über Garten, Pflanzen, Tiere. Alles geriet ihm gut. Nur eines blieb ungelöst. Gott hatte Adam aus seiner Einsamkeit geholfen, ihm eine Frau zur Seite gestellt. Er blieb dagegen allein. Arbeitete er in seinem Garten, fühlte er sich wie Adam; kam er ins Haus, wandelte er sich zum Beschützer eines Josefkindes. So lebte er in zwei Welten. Auf dem Weg vom Garten ins Haus vollzog sich seine Metamorphose. Die widerstrebenden Gefühle, an denen er litt, wurden bald zur Qual. Ihm blieb nur, auf Gottes Hilfe zu warten.

*

Als es an der Zeit war, spannte Józef den Ochsen vor den Pflug und bereitete den Acker für das Auslegen der Kartoffeln. Das Tier zog langsam und bedächtig Furche um Furche. Józef blieb viel Zeit, über sein Leben nachzudenken. Voller Missmut schüttelte er den Kopf.

Um wieviel besser wäre ein Stier. Fürs Ackern, wie auch für die Kühe. Es muss so gewollt sein. Haus und Stall tragen dieselben Zeichen. Voller Ungeduld rief er dem Ochsen zu, er solle schneller laufen.

*

Die angrenzenden Felder lagen brach. Die Neuangekommenen lebten von dem, was vorhanden war, als gäbe es keinen nächsten Winter. Die Deutschen kommen eines Tages zurück, sagten sie. Es lohne nicht, für die Deutschen zu säen. Für Józef blieb das eine faule Ausrede, sie passte nicht in sein Weltbild. Aus seinem Denken war alles *Deutsche* ausgeschlossen. Maria, das Kind und die Gärtnerei waren aus der apokalyptischen Zeit zurückgeblieben, seine polnische Fahne zeigte den Wandel. Weiß und rot. Weißer Schnee hatte geholfen, das Kind aus dem Mutterleib zu locken. Rot war Marias Blut, welches ihn zuerst erschreckt, dann aber erfreut. Die Geburt des kleinen Léon in polnischen Farben hatte das Tor zu einem neuen Leben geöffnet.

Es ist mein Land, mein Kind, meine Maria. Seefe!

Józef lachte über dieses Wort, rief es lautstark dem Ochsen zu und scheute sich nicht ein paar schlesische Worte, die ihn Maria gelehrt, hinterher zu rufen:

Kumm ock, aaler Uchse. Kumm ock.

*

Der Neubau des zerstörten Tors besiegelte Józefs Traum. Manchmal ärgerte er sich und überlegte, ob es nicht besser gewesen wäre, in den obersten Stein die Zahl Null einzumeißeln. Alles frühere existierte für ihn nicht mehr. Doch das Leben ist zwiespältig. Bei null zu beginnen, hieße auch, die Erinnerung an seine Eltern auszulöschen. Die schönen Stunden seiner Kindheit zu vergessen. Oft hatte sich der Gedanke eingeschlichen, das kleine Dorf in der Nähe von Kraków aufzusuchen. Immer wieder hatte er ihn verworfen. Ein leeres Haus könne keine Heimat sein. Vater und Mutter wären überall und doch nirgendwo. Käme er in ein Elternhaus ohne Eltern, alle Gerüche, alle Farben, alle Lichter und Schatten, selbst das Blau des Himmels wären verblasst. Sein Traum sollte kein Alptraum werden. Nachtmahre gab es genug.

Später werde ich in mein Heimatdorf fahren, sagte er still vor sich hin. Ich werde nach Vater und Mutter forschen, aber erst, wenn Maria meine vor Gott angetraute Ehefrau ist. Maria und der kleine Léon sollen sehen, an welch schönem Ort ich meine Kindheit verbracht habe.

Doch da war noch etwas, was ihn bedrängte. Vater und Mutter vorzulügen, Maria sei eine Polin, der kleine *chlopiec* ein von ihm gezeugtes Kind. Diese Gedanken quälten ihn. Im Radio hatte er gehört, was die Deutschen in Auschwitz gemacht hätten. Viele Auschwitz habe es gegeben. Wenn in einem der vielen Auschwitz meine Eltern zu Tode gekommen sind, welche Bilder würden bei der Rückkehr bleiben? Vater und Mutter in der gemütlichen Stube am hölzernen Tisch. Arbeitend auf dem Feld. Auf der von ihm blau angestrichenen Bank vor dem Haus. Kniend in der Heiligen Messe. Diese Bilder wollte er nicht verlieren. Deshalb blieb Józef und suchte nicht. Aber auch das war nur der halbe Grund für sein Verharren, die halbe Wahrheit. Józef wusste es und gestand es sich ein. Führe er weg, was würde Maria tun? Weglaufen, hinauf ins Gebirge? Entdeckte man sie, käme aller Schwindel auf. Er verlöre Maria. Verlöre das Kind. Verlöre die Gärtnerei. Als großer Lügner müsste er das Dorf verlassen, seine Gärtnerei. Seinen großen Traum würde er verlieren.

Nein! Tausendmal nein. Solange der Erzengel nicht mit gezücktem Schwert vor mir steht und mir vorhält: *Wer seine Eltern nicht sucht, sündigt. Geh' und suche! -* solange werde ich in meinem Garten bleiben, in meinem Paradies.

*

Maria hastete durchs Haus, wollte Józef alles recht machen. In der Vorratskammer hingen Schinken, Speck und Würste. Kannen und Körbe waren gefüllt mit Eiern und Fett. Aus den Nachbarhöfen hatte Józef vieles herbeigeschleppt. Maria wusste von allem, doch das Wort *gestohlen,* das früher als heißes Blei auf der Zunge brannte, hatte sich verflüchtigt. Kämen die alten Nachbarn nicht bald zurück, wäre alles verdorben oder von durchziehenden Familien mitgenommen. Józefs Rechtfertigung fand Marias Zustimmung. Seine wiederkehrende Philippika, die Deutschen kämen nie mehr zurück, hatte längst ein Nest gebaut. Alle Gedanken an Flucht waren verflogen. Wohin hätte sie gehen sollen? Hitler sei tot, Józef habe es im Radio gehört. Warum sollte sie ihm nicht glauben. Wenn Hitler tot ist, gibt es keine Wunderwaffen und keine Hoffnung auf den viel gepriesenen Endsieg. Vater tot. Mutter verschwunden. Die Verwandten geflüchtet. Allein Józef war ihr geblieben. Sich ihm zu ergeben, blieb ohne Schande. Und sie ergab sich ihm.

Nichts war mehr wie früher. Ihr Bett hieß nicht mehr Bett, ihr Tisch nicht mehr Tisch, ihr Stuhl nicht mehr Stuhl, das Haus nicht mehr Haus. Das wäre erträglich, es waren nur tote Dinge. Aber auch das, was lebte, trug fremdklingende Namen. Kuh. Ochse. Hühner. Tauben. Enten. Bienen. Blumen. Pflaume. Kirsche. Apfel. Birne. Nuss. Brot. Butter. Honig. Alles unaussprechliche Worte.

Fleißig übte Maria die fremde Sprache, versuchte ihre Zunge zu bändigen. Oft wusste sie nicht, ob sie die Zungenspitze an die oberen oder an die unteren Zähne drücken, wie man durch geschlossene Zähne Zischlaute erzeugt. Sie versuchte es und Józef korrigierte, ohne zu belehren. Wörter, die Maria Mühsal bereiteten, sprach er ihr vor. Über ihre Tollpatschigkeit bei den Sprachübungen fanden Józef und Maria ihr Lächeln zurück. Auch andere Dinge, die Maria nie gelernt hatte, wurden ihr von Józef gelehrt. Brotbacken. Wäschewaschen. Mit steilen Händen beten. Nur was das Kind betraf, verbat sich Maria Józefs Ratschläge. Tröstlich war für sie allein der französischdeutschpolnische Name ihres Kindes. Léon.

*

Es war ein frühlingshafter Tag. Józef wollte zum Mittagessen ins Haus. Im Zipfel seiner Gärtnerschürze lagen frische Hühnereier, er hatte sie in der Scheune gefunden. Ein Schwingen in der Luft ließ ihn verharren, die Eier wären ihm fast entglitten. Seit dem Tag, an dem die Deutschen mit ihren Pferdewagen in die Schneenacht gefahren waren, hatte er dieses Schwingen nicht mehr gehört. Der Wintersturm hatte geblasen, Panzerketten geklirrt, Geschützdonner alles vibrieren lassen. Die Luft war immer voller Töne. Jetzt aber drang

Glockenklang in seine Ohren. Józef legte das Gewicht der Eier auf sein beugtes Knie, schlug mit der freien Hand ein Kreuz. Ein *proboszcz* muss im Dorf sein, ein Pfarrer, wer sonst würde es wagen, die Glocken zu läuten. Józef lief ins Haus, legte seinen Fund in den vorgesehenen Korb, ging zum Kinderbett und malte Léon ein Kreuz auf die Stirn. Danach hastete er in die Küche, lobte Maria für ihr Tun und streichelte über ihren Kopf. Nach all seiner Verwirrung lief er wieder in den Hof. Schon unter der Haustür öffnete er dem neuen Schwingen seine Seele. Hastig lief er durchs Tor hinaus auf die Straße, blickte nach allen Seiten. Wie ein Schuljunge kam er sich vor, der einen Streich plant. Das Glockengeläut wurde verstärkt durch Widerhall. Nachbarn schauten zu, wie er die Straße zum Unterdorf hinab lief. Erst an der Treppe, die zum erhöht gebauten Gotteshaus hinaufführte, blieb er stehen. So schnell war er schon lange nicht mehr gerannt. Erwartungsvoll blickte er zur geöffneten Kirchentür. In diesem Haus mit Turm war er schon einmal. Kälte hatte ihn empfangen. Nicht nur der Schnee, den der Wind hineingeweht, ließen ihn damals frieren. Es gab keine Heiligenbilder. Kein Bildnis der Mutter Gottes. Kein Allerheiligstes. Alleingelassen hing der Gekreuzigte im Viereck des Turms. Die Kälte des Schnees hatte damals seine Zweifel bestätigt, der Anblick ihn frösteln lassen. Nur die Tatsache, dass diese Kirche mitten im flachen Land auf einem künstlichen Hügel gebaut wurde, hatte ihn erfreut. *Gloria in excelsis Deo*. Es ist ehrfurchtvoll, zum Gebet emporzusteigen.

Józefs Herz pochte laut. Stufe für Stufe stieg er empor. Vor der Eingangstür verharrte er und überlegte, ob es nicht besser wäre, hier draußen jeden Glockenton in sich aufzunehmen, ihn ausklingen lassen. Doch Ungeduld bedrängte ihn. Noch während des Glockenklangs betrat er den Kirchenraum, beugte sein Knie und schlug das Kreuz. Erst als der letzte Ton verklungen war, erhob er sich und ging langsam vor zum Altar. Aus der Stille des Raums drang schwächliches Hüsteln an sein Ohr, danach schlürfende Schritte. Aus einer der kleinen Türen trat ein in einen langen Priesterrock gekleideter Mann und rieb sich die von den Glockenseilen gequälten Hände. Vor dem Knienden blieb er erstaunt stehen und blickte ihn fragend an.

Józefs Worte kamen stoßweise, der schnelle Lauf nahm ihm noch immer den Atem. Die Erregung des Augenblicks ließ ihn stammeln. Bevor er seine Bitte hervorbringen konnte, kam eine Frage, die ihm bekannt vorkam.

Wer bist du?

Inzwischen wusste Józef, wer er war.

Józef Krawiec bin ich, der Gärtner aus der Menzel ... (Józef schluckte das letzte Wort schnell hinunter) ... aus der Gärtnerei, kaum zweihundert Meter von hier.

Nur mit Mühe war es ihm gelungen, das Wort *Menzel* zu unterdrücken, es siedelte noch immer nahe an seinem Mund. Bald würden die Leute sagen: *Krawiec-Ogrodnictwo*. Das würde ihm gefallen.

Doch bevor ihn seine Fantastereien überwältigen konnten, hob der Priester seine Hand, schlug ein Kreuz über dem Knienden und sprach segensreiche Worte. Im gleichen Atemzug schob er eine Frage nach.

Kannst du ministrieren?

Józefs Augen bekamen ein Glänzen. Wenn der Geistliche mich um Hilfe bittet, gibt es nur eine Antwort.

Tak! Tak!

Hast du eine Familie?

Józef nickte, fühlte sich aber unwohl dabei.

Ist eine halbe Wahrheit schon eine Lüge? Darf ich einen Priester vor dem Altar belügen? Eine Familie besaß er wohl. Jeder Mensch besitzt Vater und Mutter. Meine ist in Auschwitz. In welchem? Oder fragt der Priester nach Weib und Kind?

Józef wusste es nicht zu deuten. Wenn einer das eine meint, der andere an etwas anderes denkt, wenn sich beide Gedankengänge kreuzen und vermischen, muss das nicht eine Lüge gebären? In Józefs Kopf begann es zu gären. Maria und das Kind werde ich beschützen. Meine Familie darf nicht noch einmal verschleppt werden. Was muss man tun, um verschleppt zu werden? Nur weil einer ein Pole ist, wird er verschleppt? Jetzt Maria, weil sie Deutsche ist? Wenn verschleppen so leicht ist, dann ist lügen noch leichter, dachte Józef. Um dieser verwirrenden Frage auszuweichen, bat er beichten zu dürfen. Auf die Gegenfragte des Pfarrers, wann er zum letzten Mal gebeichtet habe, wusste er eine schnelle Antwort.

Vor fünf Jahren.

Fünf Jahre? O mein Gott, allein das ist eine große Sünde.

Der Pfarrer hielt seine Hände wie abwehrend vor den Bauch. Józef kam es vor, als wolle er ihn nicht an sich heranlassen, seine Nähe meiden. Wusste der Geistliche nicht, welch grausamer Krieg durchs Land gezogen, welch grausame Schicksale den Menschen auferlegt wurden? Im Steinbruch gab es keine Kirche. Das Verlassen der Gärtnerei war ihm verboten. Selbst wenn ich gewagt hätte, die zweihundert Meter von der Gärtnerei hierher zu laufen, diese Kirche war ohne Mutter Gottes, ohne Ewiges Licht, ohne Allerheiligstes. Wem hätte ich beichten können. Nicht einmal ein Beichtstuhl stand hier. Warum versteht das der Priester nicht?

Józef war voller Fragen, doch bevor er Antworten fand, füllte er den Frageberg auf und fügte hinzu, er wolle heiraten.

Beichten willst du. Heiraten willst du. Sonst noch etwas?

Ja, Pater. Taufen. Meinen Sohn Léon. Léon Krawiec.

Nun war sie heraus, die große Lüge. Józef wischte mit seiner Hand über den Mund, als könne er damit das Gelogene vertilgen. Mit gequältem Lächeln blickte er zum Geistlichen und fürchtete, missverstanden zu werden. Der Padre könne meinen, einen durch Kriegswirren konfus gewordenen Menschen vor sich zu haben. Als der Geistliche Józefs Worte langsam wiederholte, glaubte Józef, sogar Mitleid zu hören.

Du willst beichten, willst heiraten und deinen Sohn taufen lassen. Ein bisschen viel auf einmal, findest du nicht?

Der Tonfall der ausgesprochenen Worte ließ in Józef Zweifel wachsen, ob der vor ihm Stehende wirklich ein Priester sei. Doch trotz aller Bedenken platzte es plötzlich aus Józef heraus. Seine Worte stürzten wie Wassermassen über steile Felsen. Józef begann zu erzählen vom Elternhaus, der glücklichen Kindheit, der Verschleppung durch die Deutschen, von den bitteren Jahren im Steinbruch, der Versetzung in die Gärtnerei. Seine Worte kamen ohne Hass und Häme, blieben bei der Wahrheit, übertrieben nicht. Erst an der Stelle, an der die Waagschale ihr Gleichgewicht verlor, sich die Geschichte in *seine* Geschichte verwandelte, sprang die Unwahrheit über seine Lippen. *Sein* Sohn solle getauft werden. Von nun an reihte sich Lüge an Lüge. Das Knüpfen einer langen Perlenschnur begann. Maria, deren Alter er vor Scham verschwieg, sei ein polnisches Mädchen, hätte mit ihm in Zwangsarbeit gemeinsames Leid erfahren. Sie hätten sich gegenseitigen Trost gespendet. Ein Zusammenfinden im Martyrium sei es gewesen – (Józef Reden wurde immer schneller) - der Priester möge verstehen. Menschen seien nun mal so, schränkte aber schnell ein, wir einfachen Menschen. Heiraten wolle er, das Kind soll eine Familie habe, eine gesegnete Familie. Deshalb wolle er vorher beichten.

Der Priester kniete sich neben ihn und Józef begann seine Beichte. Seine Beichte war komplett, komplett erlogen.

Vor dem Heimweg fürchtete sich Józef. Seine Schritte wurden ihm schwer. Mit seiner Lügenbeichte hatte er große Schuld auf seine Schultern geladen. Maria würde ihm seine Qualen ansehen. Aber so gottesfürchtig Józef auch war, so war er auch wundergläubig. Was ihm auf dem Heimweg widerfuhr, sah er als Zeichen Gottes, als Zeichen der allgnädigen Gottesmutter

Kaum war er die ersten Schritte auf der Dorfstraße entlanggelaufen, zwang ihn eine Kolonne russischer Autos in den Straßengraben. Der aufgewirbelte Staub setzte sich auf Józefs Haar. Von den Ladeflächen blickten verquere Gesichter auf ihn herab. Erschreckten ihn. Einer legte sein Gewehr auf ihn an, schoss aber nicht. Die anderen lachten darüber. Vom nächsten Wagen kamen Zurufe, die Józef nicht verstand, jedoch die Gesten, die die jungen Soldaten machten, verstand er genau. Obszöne Gesten. Kaum waren die Autos Richtung Oberdorf verschwunden, kam ein neuer Konvoi, zwang ihn erneut in den Graben. Wieder diese tatarischen Gesichter siegestrunkener Soldaten.

Sie hätten vorbeifahren können, während ich in der Kirche betete. Sie hätten vorbeifahren können, wenn ich in meinem Garten arbeite. Nein! Sie fahren jetzt vorbei, damit ich sie sehen muss. Sie fahren in

Richtung meiner Gärtnerei. Fahren in Richtung Maria. Richtung Leon. Heilige Mutter Gottes, ich danke dir, dass du mir ihre Gesichter gezeigt hast!

Wie ein Fingerzeig der Heiligen Mutter empfand es Józef. Genugtuung und Dank trieben seine Schritte voran. Der Blick in die schlitzäugigen Gesichter bestärkte ihn in der Gewissheit, seine Lügen seien mehr als Notlügen. Niemand könne von ihm verlangen, Maria preiszugeben. Schon gar nicht das Kind. Auch die Gottesmutter wolle es nicht. Glück quoll in ihm auf. Niemals wollte er Maria und das Kind verraten. Das wäre die größere Sünde. Die Gottesmutter wollte es nicht, würde sie ihm sonst diese Zeichen senden. Sein ausgeklügelter Plan gebar noch mehr Wunder.

Aus zwei Deutschen werden zwei Polen. Katholiken. War es nicht Gnade, zwei junge Menschen aus der Tristesse dieser kahlen Kirche zum alleinseligmachenden Glauben zu führen? Zum Gebet zur Jungfrau Maria!

Vor Józefs Augen geriet das, was er getan, zu einer schönen Frucht. War das alles nicht viel größer, viel gewaltiger als das winzige Schrotkorn einer Lüge?

Genugtuung und Dankbarkeit trieben Józef heim.

Am Abend sprach Józef mit Maria über alles, was an diesem ereignisreichen Tag geschehen war. Vom Läuten der Glocken erzählte er, seinem Gang zur Kirche, dem Gespräch mit dem Priester. Auch sein Vorbringen der Bitte um Hochzeit und Taufe verschwieg er nicht.

Immer wieder wies er Maria darauf hin, alles sei mit ihr abgesprochen. Sie habe keine Einwände vorgebracht. Alles sei nur zu ihrem Besten, einer guten Zukunft für den kleinen Léon. Mit gekrümmten Rücken saßen sie einander gegenüber, ihre Unterarme auf dem hölzernen Tisch weit nach vorn gestreckt. Ihre Hände kamen sich nahe, berührten einander aber nicht. Das Wissen um die große Lüge lastete auf ihren Schultern, ließ ihre Köpfe sinken. Es dauerte, bis Józef sein Gesicht wieder anhob und seine Erzählung fortsetzte.

Wir können nicht mehr zurück. Habe alles dem Priester erzählt. Großes Unheil käme über mich, erführe er meine Lüge. Großes Leid auch über dich, über unseren kleinen *chlopiec*, unseren Léon,

Nun hob auch Maria ihren Kopf, sah aber Józef nicht an.

Pfarrer sündigen bestimmt auch, entfloh ihrem Mund. Auch Priester sind Menschen.

Ohne auf Marias Einwand zu achten, redete Józef weiter.

Nur Gott weiß, wer wir sind. Und unsere Gottesmutter. Sie hat uns beschützt in der kalten Nacht, erinnerst du. Der russische Panzer stand dicht am Treibhaus. Wir mussten verharren, der kleine *chlopiec* drängte heraus. Weißt du noch? Ist aber in deinem Leib geblieben, hat Gefahr gemerkt. Hab' zur Heiligen Mutter Gottes gebetet: Lass ihn herauskommen, lass ihn schreien. Soll Zeichen geben, will leben. Aber nicht laut schreien, nur zu uns. Du und ich und die Heilige Mutter Gottes sollen hören. Gottesmutter hat gewusst, Neugeborene können nicht leise schreien. Hat Panzer weggeschickt. Weißt du noch?

Während er redete, schlichen Józefs Fingerspitzen weiter über den Tisch, berührten Marias Hand und streichelten sie. Sie ließ ihn gewähren, was Józef in einen Glücksrausch versetzte.

Kennst du Geschichte von Heiligen Hedwig? Ist Schutzheilige von Schlesien. In Polen nennen wir sie Jadwiga. War eine deutsche Prinzessin. Vor siebenhundert Jahren ist sie gekommen aus Bayern. Jung war sie, jung wie du. Hat Jagiello geheiratet, polnischen König. Hat christlichen Glauben mitgebracht. Hat Kirchen und Klöster bauen lassen. Ist zur Heiligen geworden für schlesisches Land.

Maria hörte gespannt zu. Bei der Frage, woher er das wisse, blickten ihre Augen Józef mitten ins Gesicht

Hat mir Deutscher erzählt. Im KZ. Hat immer gebetet zu ihr.

Maria wusste nicht, was ein KZ ist, wollte auch nicht fragen. Sie hieß Józef in seiner Erzählung fortzufahren. Schnell und unbeirrt redete er weiter, als sei er nie unterbrochen worden.

Wenn dir schwerfällt zur Maria zu beten, bete zur Heiligen Hedwig. Einer Deutschen. Sie wird dein Gebet weitertragen, wohin es gehört.

Józefs Arm rutschte immer weiter nach vorn, fasste nach Marias Hand, umklammerte sie und hielt sie fest. Mühsam schluckte er den Speichel, der sich in seinem

Mund aufgestaut hatte, hinunter und mühte sich, mit der zärtlichsten Stimme zu sprechen, die er auf seine Zunge legen konnte.

Maria, willst du meine Frau werden?

Gespannt lauschte er in die Stille. Die Kerzenflamme knisterte leise, mehr war nicht zu hören. Jedes Zucken auf Marias Lippen versuchte er zu entschlüsseln. Als er ihr leises *tak* hörte, fühlte er sich wie ein Schiffbrüchiger, über den die tosenden Wellen eines Tsunamis zusammenschlagen. Wellen des Glücks.

*

Drei Tage vor der geplanten Hochzeit überfiel Józef ein starkes Hautjucken. Er badete in heißem Wasser, schmirgelte seine Haut mit Sand, übergoss seinen Körper mit kaltem Brunnenwasser, nichts half. Der Juckreiz ließ ihn nicht schlafen. Im Badezimmer kratzte er mit der langen Stielbürste über den Rücken, über Arme und Beine. Gelang es ihm, kurz einzuschlafen, sah er sich im Traum als Fliege verfangen im Netz einer Spinne. Lange dürre Spinnenbeine kamen näher, betasteten ihn, drohten ihn zu fesseln. Rastlos lief er nachts durchs Haus, rieb sich an Türen und Schränken. Die Batterien in der Taschenlampe, die er dem deutschen Leutnant entwendet hatte, waren aufgebraucht. Seit die Deutschen geflohen waren fehlte elektrischer Strom. Beim nächtlichen Umherwandern trug er eine Kerze, deren Flamme er mit seiner Hand beschützte. In seiner Ratlosigkeit meinte er, ein Wodka täte ihm gut. In der Gärtnerei gab es aber keinen. Was er fand, war eine angebrochene Flasche Rotwein. Vor Jahren hatte er mit Henriette daraus getrunken, doch an die alte Zeit wollte er nicht mehr denken. Entschlossen leerte er die Flasche in den Abguss und spülte kräftig nach. Vergangenheit ist Vergangenheit, sagte er zu sich selbst. Ich will in die Zukunft.

*

Drei Tagen dauerte der Juckreiz, dann ließ er nach. Józef war überzeugt, Gott habe ihm nun seine Lügen verziehen; eine andere Erklärung ließ sein Glaube nicht zu. Befreit von einer großen Last stieg er in der Nacht in den Dachboden und öffnete einen der alten Schränke. Hinter anderen Kleidern fand er, wonach er suchte. Vorsichtig trug er das Bündel ins Schlafzimmer, zog das weiße Leinentuch, welches zum Schutz vor Staub übergezogen war, ab. Józef kannte Marias Gewohnheit jeden Morgen als erstes den Blick auf das Foto ihrer Eltern zu richten, als finde sie in ihm die Geborgenheit ihrer Kinderjahre wieder. Diese Blickrichtung wollte er nützte. Genau vor dieses Foto hängte er seine Überraschung.

Vorsichtig schlich er in sein Bett. Bevor er das Betttuch über den Kopf zog, ließ er seinen Blick noch einmal durch den Raum gleiten. Im hellen Mondlicht strahlte ein blaues Kleid zu ihm herüber.

Nach einem erholsamen Schlaf schlug Maria ihre Augen auf. Der gewohnte Blick zum Hochzeitsfoto ihrer Eltern war versperrt. Ein kornblumenblaues Kleid hing davor. Schneeweißer Kragen. Puffärmel wie Himmelskugeln. Weiße Knopfreihen von der Mitte des Kragens bis weit hinab. Verwundert setzte sich Maria im Bett auf. Der Anblick bannte sie. Der Stoff glänzte seiden. An Stellen, an denen das Blau aus den Schatten der Falten trat, zeigte es sein volles Leuchten. Die barocke Fülle des Oberteils verengte sich zur Mitte. Ein Gürtel engte die Hüfte. Darunter weitete sich der Stoff zu einer blauen Glocke. Auf dem Fußboden standen weiße Schuhe mit blauen Schleifen.

Marias Blick irrte im Raum umher. Der kleine Léon lag am angestammten Platz, Józef daneben. An der Wand das Kleid. Immer in der gleichen Reihenfolge lief ihr Blick. Unter herabhängenden Augenlidern versuchte Józef in Marias Gesicht zu lesen. Großes Erstaunen war zu erkennen. Auf Marias gehauchte Frage, was das sei, antwortete er mit verstellter Stimme:

Dein Hochzeitskleid, schöne Braut!

Blitzschnell drehte sie sich zu Józef und herrschte ihn an.

Mein Hochzeitskleid? Wo hast du das her?

Der sich bislang Schlafendstellende setzte sich auf. Seine strahlenden Augen suchten Marias Gesicht. Er atmete kräftig, bevor er seine auswendig gelernte Rede begann.

Liebe Maria! Kleid ist Hochzeitsgeschenk. Wollte es dir eigentlich erst am Hochzeitstag zeigen, aber in der Nacht, ich konnte nicht schlafen, mir ist eingefallen, vielleicht müssen Änderungen gemacht werden. Soll passen in Länge und Breite. Ich habe deshalb schon heute gebracht. Wir können abstecken. Nähen. Musst anprobieren.

Aus Marias Gesicht strahlte einen verirrten Traum. Mit schneller Bewegung raffte sie ihr Nachthemd, zog es bis zum Hals. Angstgefühle quollen auf, verfärbten ihre Ohren. Es dauerte, bis sie sprechen konnte.

Wo hast du das Kleid her?

Józef negierte die Frage. Mit süß klingender Stimme fragte er zurück, ob ihr das Kleid gefalle. Doch schneller als eine Antwort zog der Geruch von Mottenkugeln in seine Nase. Es ärgerte ihn. Er hätte das Kleid schon längst aus dem Leinentuch nehmen müssen. Als er es aus einem der Bauernhäuser hierhertrug, war die weiße Hülle ein guter Schutz. Wie ein Kobold wäre die blaue Farbe über den Schnee getanzt. Wäre zum Verräter geworden. Seine Freude über den Fund war zu groß, verdrängte allen Geruch. Jetzt stach er ihm in die Nase. Quoll auf von Minute zu Minute.

Woher du das hast, will ich wissen. Aus welchem Haus?

Marias Augen begannen zu funkeln. Józef befürchtete neuen Ärger. Seit Wochen hing das Kleid auf dem Dachboden, die in den aufgenähten Taschen liegenden Mottenkugeln hatte er nicht bemerkt.

Aus leerstehendem Haus habe ich Kleid geholt. Wird dich schmücken. Richtiges Hochzeitkleid. Müssen viel lüften. Geruch wird verschwinden.

Maria schwieg, kein Gesichtszug verriet ihr Denken. Ihre Stimme begann zu zittern.

Aus welchem Hof hast du das gestohlen?

Ist nicht gestohlen.

Wo hast du das her?

Ich weiß nicht mehr. Alle Häuser waren leer. Bin gelaufen in dieses Haus, in anderes. Habe Kleid gesehen, gleich an dich gedacht. Kleid wird dich schmücken, meine Braut.

Józef war es gleich, ob die Perlenschnur seiner Notlügen um eine Perle länger oder kürzer geriet. Mit seinen Händen malte er Figuren in die Luft und hoffte, seine sprechenden Finger würden den Unterschied zwischen Wahrheit und Lüge verwischen. Es dauerte, bis Marias Kopf aus dem Schutz der Bettdecke hervorkam. Trotz aller Bedenken glänzten ihre Augen. Die kugelrunden Ärmel, die Bänder der Taille, das kräftige Blau hielt sie gefangen. Ihre Augen spiegelten verborgene Freude. Mit geöffneten Lippen atmete sie tief. Ihre Augen glänzten. Nach einer Weile wischte sie eine herabtropfende Träne mit der Bettdecke weg, schüttelte den Kopf. Es dauerte, bis sie zu sprechen begann.

So ein blaues Kleid hab' ich noch nie gesehen. Es muss neu sein. Vielleicht für eine Feier, die nicht mehr stattgefunden hat. Die Kleinert Erna war verlobt mit einem Obergefreiten. Der ist kurz vor Weihnachten in

Russland gefallen. Vielleicht wollten die heiraten. Sie hatte schon ein Kind von ihm, durfte deshalb nicht in Weiß heiraten. Der Bräutigam ist tot, die Braut geflüchtet. Das bringt kein Glück nicht. Das Kleid ziehe ich nicht an.

Maria hob das Federbett wieder vor den Mund, ihr starrer Blick blieb jedoch in das Kleid gebohrt. Józef beugte sich zu ihr, ohne sie zu berühren. Ihr Zögern quälte ihn.

Maria. Kleid kann nichts dafür, wenn der Mann totgeschossen. Krieg ist so. Kleid kann nichts dafür. Warum hat Frau nicht mitgenommen bei Flucht. Hat hängenlassen. Warum?

Maria drehte ihren Kopf weg. Józef wusste es nicht zu deuten.

Du musst daran denken, habe schönes Kleid gerettet. Die Fremden würden am Lagerfeuer herumtanzen. Im Dreck schleifen. Wenn kaputt, einfach wegwerfen. Wäre schade um schönes Kleid. Kleid wäre traurig.

Während er diese Worte hervorstammelte, durchlief ihn ein seltsames Gefühl. Ihm war, als laufe er über einen mit einer dünnen Eisschicht bedeckten Teich, die Gefahr des Einbrechens war riesengroß. Um Rettung wollte er beten. Die Gottesmutter werde ihm helfen. Seine betenden Hände hielt er unter dem Betttuch versteckt. Nach dem dritten Gebet stand er auf, nahm das Kleid vom Haken und hielt es Maria entgegen.

Komm, probiere. Müssen sehen, ob wir ändern. Frau hat es hängen lassen, warum? Wäre glücklich zu wissen,

Maria vom Menzel-Gärtner trägt mein Kleid zu ihrer Hochzeit.

In Marias Gesicht begann es zu flackern, doch ihr Mienenspiel blieb Józef ein Rätsel. Jeder Versuch es zu deuten misslang. Nur nicht schweigen, schoss es Józef durch den Kopf. Weiterreden muss ich, immer weiterreden.

Eine Fremde in diesem schönen Kleid. Stell dir vor. Wäre schade. Der Kleinert Erna würde das nicht gefallen. Mach' ihr eine Freude. Ich weiß nicht, ob Kleid wirklich von Kleinert Erna. Vielleicht aus einem anderen Haus. Weiß nicht, woher ich geholt hab. Aus welchem Haus. Ist auch egal. Kumm ock, Maria. Kumm ock. Probiere an.

Wie junge Küken aus dem Ei schlüpfen, kamen die schlesischen Worte aus Józefs Mund. Oft hatten sie ihm geholfen, sie würden ihn auch jetzt ihm zum Ziel führen. Und sie halfen. Maria stand auf, nahm das Kleid, hielt es vor ihren Körper. Verstohlen lächelnd trat sie vor den Spiegel.

Du musst anziehen, lockte Józef, fürchtete aber, sein Dazwischenreden könnte Marias Gleichgewicht wieder stören. Keines seiner Worte sollte die Waagschale ihrer Entscheidung zur falschen Seite kippen lassen. Sein Schiff war mit Wünschen überladen. Die Farbe der Kornblüte spiegelte sich in Marias Augen, ließ alle Hemmnisse schwinden.

Du musst rausgehen, wenn ich es anprobiere, sagte Maria verschämt und lächelte dabei.

Józefs Lippen entfloh ein kam hörbares Jauchzen. Er eilte in die Küche und bereitete das Frühstück. Teller und Tassen klapperten laut. Immer wieder blickte er zur Uhr. Die Zeit verging langsam, jede Minute wurde zur Qual. Erst das Knarren der Holztreppe ließ sein Herz pochen. Erwartungsvoll dreht er sich um. Maria kam in ihrem alten Kleid die Treppe herab, doch in ihrem Gesicht lag ein heimliches Leuchten. Enttäuscht wollte Józef fragen, überlegte aber, was seien schon Worte. Wäre den Menschen die Sprache genommen, läge das Paradies nah.

*

Seit diesem Tag breitete sich ein neuer Himmel über die Gärtnerei. Die Tage fieselten sich in Stunden und Minuten. Mancher Augenblick schoss wie zurückkehrende Schwalben pfeilschnell durch die Luft, manch anderer trottete lustlos dahin, wie der Ochse beim Ziehen der Furchen. Doch der Rhythmus im Gärtnerhaus war verändert. Von nun an glich er dem eines erregten Herzens. In jeder freien Minute saß Maria an der Nähmaschine, ließ den glänzenden Stoff durch ihre Finger gleiten. Sie maß und änderte, drehte und wendete. Probierte vor dem Spiegel. Bei allem, was sie tat, achtete sie darauf, nicht von Józef überrascht zu werden. Sie hieß ihn, die Nähmaschine in ihr Kinderzimmer zu tragen, dazu den großen Spiegel. Den Schlüssel drehte sie hörbar im Schloss. Erst wenn sie sicher war, allein zu sein, holte sie das blaue Kleid aus der Truhe.

Das Schnurren der Nähmaschine verführt zum Träumen.

Maria sieht, wie sie im blauen Hochzeitskleid vor die Haustür tritt. Józef trägt ihren Arm. Sie gehen über den Hof, schreiten elegant durchs neuaufgebaute Tor. Auf der Straße wartet der Hochzeitszug. Langsam geht es voran. Die Nachbarn treten aus den Häusern, klatschen Beifall, folgen festlich gekleidet dem Brautpaar. Plötzlich steht Cousin Alfred in blitzblanker Uniform neben ihr, das Eiserne Kreuz an der Brust. Nun ist er es, der sie zum Traualtar führt. Kinder streuen Blumen vor ihre Füße. Die Hilses verneigen sich, reihen sich ein. Die Puffe treten erst aus ihrem Hof, als der Hochzeitszug schon vorbei ist, sind mit dem Melken nicht rechtzeitig fertig geworden. Familie Heidrich schließt sich an. Verlorengeglaubtes erblüht. Vergessenes erklingt.

Eene scheene Huxt[3] ies doas! Nee, guck amol, ies doas eene scheene Braut, unser Mariele! Su eene scheene Huxt! Und doas Kleedla! Asu een scheens Kleedla hoab ich mei Laba lang nich gesahn.

_____

[3] Hochzeit

Wie auf einem großen Teppich schwebt Maria im Glück. Doch vor dem Aufgang zur Kirche steht die Kleinert Erna am Straßenrand. Sie sieht das blaue Kleid, springt mitten in die Straße, stößt ihren rechten Arm wie ein flammendes Schwert in die Höhe. Die linke zeigt auf das Brautkleid.

Das Kleed gehört mir! Wenn der Gustav heem kummt aus'm Krieg, wulln mer zum Tanze giehn.

Das Wort Krieg weckte Marias aus ihrem Traum. Mit fahrigen Händen fuhr sie über ihre Haare. Solche Bilder kannte sie. Schon oft waren sie an ihr vorübergezogen. Manche Naht war danebengeraten, musste aufgetrennt werden. Am liebsten wäre sie durchs Dorf gelaufen, hätte nachgeschaut, ob die Kleinert Erna wirklich verschwunden ist, wie die anderen Nachbarn

Von diesen Träumen ahnte Józef nichts. Maria verriet sie auch nicht. Sie fürchtete, Józef würde sie auslachen. Fürchtete, er würde sie an der Hand nehmen, sie durchs Dorf führen. Ins Oberdorf. Ins Unterdorf. Er würde die fremden Bewohner vor die Tür bitten. Sie ihr vorstellen. Das wollte sie nicht. Sie wollte auch nicht von Józef gesehen werden. Das Blau des Kleides kam ihr recht. Als Mutter eines Kindes durfte sie kein weißes Brautkleid tragen. Die Tradition verbot das. Das Leben ist wandelbar, auch das hatte sie längst erkannt. Der Prinz, das Schloss, das fremde Land - alles, was sie als Kind erträumt, malte die Wirklichkeit in anderen Farben. Das Blau des Brautkleides war das Symbol.

Kopf muss bedeckt sein, hatte Józef vorgeschrieben. Muss kein Schleier sein. Weißes Spitzentuch genügt.

Davon lagen genug in Mutters Truhe. Auch polnische Wörter lagen parat, ihre deutsche Herkunft zu verdeckten. Kamen Fremde in die Gärtnerei, sprach Józef nur in seiner Sprache. Durch geheime Zeichen, die er in sein Sprechen einflocht, erkannte sie, ob sie mit einem *tak* oder mit *nie* antworten solle. Vielleicht nur zustimmend lächeln. Für alles wusste Józef eine Lösung. Ihr neuer Name war leicht auszusprechen. Alle Papiere der Menzels, Fotos, Briefe, Schulbücher und alles andere, was Marias deutsche Abstammung verraten könnte, hatte Józef in nächtlicher Stunde aus den Schüben und Ledermappen gekramt, in die Jauchegrube geworfen und tief umgerührt. Vermischt mit dem ausgetrennten Hakenkreuz aus der Fahne.

Marias Denken glich sich Józefs an. Nur so konnte neues Leben beginnen. Das Schicksal hatte es so gewollt. Auch für Józef wurde dieser Satz zum Lebenselixier.

*

Beim Gemeindeamt beantragte Józef die Ausstellung neuer Papiere. Auch für Maria. Maria Kozioł. Alles war abgesprochen. Gleich nach dem Überfall sei Maria von den Deutschen verschleppt worden, durfte die heimatliche Sprache nicht mehr sprechen. Bald werde sie wieder in ihrer Muttersprache reden, er werde ihr dabei helfen. Das alles versprach Józef. Den Namen des polnischen Dorfs, aus dem sie stamme, wisse sie nicht mehr. Der Amtmann nickte zustimmend, verlangte aber, Maria müsse persönlich ins Amt kommen; müsse die neuen Papiere vor seinen Augen unterschreiben.

Am Abend saßen Maria und Józef am Tisch. Übten den neuen Namen. Kozioł. Kozioł. Ein großes Blatt wurde voller Kozioł gekritzelt. Warum Maria das ł am Ende ihres Namens in der Mitte durchstreichen musste, kapierte sie nicht. Während sie schrieb, wollte sie wissen, was der Name bedeute. Ob man ihn ins Deutsche übersetzen könne. Józef mochte die Frage nicht, druckste herum. Seine Erklärung, im früheren Grenzgebiet habe es viele Familien mit diesem Namen gegeben, müsse ihr genügen. Polnische wie Deutsche.

Und außerdem – (Józefs Redefluss begann wieder zu fließen) - nach der Hochzeit bekommst du meinen Namen. Unser Kind heißt dann Léon Krawiec. Den Namen Kozioł mit dem durchgestrichenen ł kannst du wieder vergessen.

Marias Nähe löste in Józef Freude aus. Alle Schwere der letzten Jahre war verflogen. Alle schwarzen Wolken lösten sich auf, gaben den Blick in den Himmel frei. Noch nie siedelte Józefs Leben so nahe am Paradies.

Am nächsten Morgen gingen sie ins Gemeindeamt, das Weltliche zu erledigen. Maria stimmte Józefs falscher Angabe zu, sie sei schon sechzehn. Einer Lüge eine andere hinzuzufügen fiel leicht. Maria ging sogar noch weiter.

Wenn wir schwindeln, schreiben wir meinen Geburtstag auf den ersten Mai. Dann ist immer Feiertag an meinem Geburtstag.

Ihre Argumentation verriet ihr noch kindliches Wesen. Mit allem, was Józef tat, war Maria zufrieden. Trotz aller guter Vorbereitung wäre es im Gemeindeamt beinahe zum Eklat gekommen.

Dicht hinter Józef betrat Maria das Amtszimmer. Mit ihrem Vater war sie mehrfach hier, erkannte alles wieder. Der gleiche Schreibtisch, die gleiche Lampe. Allein die Hakenkreuzfahne fehlte, wie auch das Foto des Führers zwischen den Fenstern. Bei ihrem Eintritt hob sich, wie von magischen Kräften gezogen, ihr rechter Arm. Sie war sogar nahe daran, die beiden Worte auszusprechen, die früher beim Betreten dieses Raums Pflicht waren. Wieder war Józef ihr Retter. Mit leichter Bewegung zog er ihren erhobenen Arm auf seine Schulter, hielt ihn dort fest.

Maria Kozioł, fragte der Amtsdiener und blickte Maria ins Gesicht. Der Blick schmerzte sie.

Geboren am ersten Mai 1929.

Maria drängte es dazwischenzurufen, es sei gelogen, sie fand aber keine polnischen Wörter. Józef war schneller, rief für sie ein lautes *tack*. Der Mann schob die Mappe zur Unterschrift über den Tisch. Sein *Podpis* verstand Maria. Die Stimme glich dem Ton des Ortsgruppenleiters. Lag es an der Akustik des Raums? Marias Hand begann zu zittern. Ihr schreiben glich mehr einem malen, doch der neue Name fand seinen richtigen Platz. Am eindrucksvollsten gelang Maria der Querstrich durch das ł.

Der Heimweg verlief still. Den Haustürschlüssel drehte Józef zweimal im Schloss. Frieden war eingekehrt. Alle Pläne besiegelt, der Weg geebnet. Doch der frohe Augenblick währte nicht lange. Maria hielt die Spannung nicht aus.

Das mit dem Ältermachen ist Urkundenfälschung. Das wird hart bestraft in Deutschland.

Mit langen Armen suchte Józef nach Marias Hand, hielt sie fest und suchte ihren Blick. Kein Aufbrausen, kein strenges Wort entfuhr seinem Mund.

Maria. Wenn sie nachrechnen, neun Monate, sie können denken, du warst dreizehn, als wir, du weißt schon. Mit dreizehn ist verboten. Man würde mich einsperren.

Wie nach einer überstandenen Erkrankung Fieber zurückkehren kann, wallte in Maria Erregung und Zorn. Voller Entschiedenheit gab sie zurück, sie sei schon vierzehn gewesen, als sie …

In ihren Augen blitzten Gewitter, doch Józef hüllte seine Stimme erneut in weiche Seide.

Wüssten sie, deutscher Soldat hat Kind gemacht, sie würden kommen und mitnehmen. Deutsches Kind, vielleicht neuer Hitler. Wir mussten sagen, bin Vater von Léon. Ich!

Maria begann zu zittern, doch Józef ließ aufkommendes Mitleid nicht zu, drängte alle Gefühle zurück und verstärkte die bittere Medizin. An den Schultern drehte er Maria zu sich herum, wollte ihre Augen sehen.

Wenn sie erfahren, Mutter Deutsche, nehmen sie dich mit. Kind auch. Weißt du, wo Sibirien liegt? Willst du dorthin?

Maria schüttelte den Kopf.

Und was machen sie mit mir? Wenn sie wissen, ich habe gelogen, habe falsche Angaben gemacht, weißt du, was sie mit mir machen? Ins Gefängnis. Willst du so? Du Sibirien, ich Gefängnis. Willst du das?

Ich will heem, schluchzte Maria.

Du bist daheim, hier, in deinem Haus, in deinem Garten. Nirgendwo anders bist du daheim. Nur hier.

Zögernd erhob sich Maria und warf sich an Józefs Hals, umarmte ihn und drückte ihren Mund auf den seinen. So wechselten ihre Wetter.

Am Abend sah Józef zu, wie Maria den kleinen Léon in frische Windeln wickelte, danach ins Kinderbett legte. Bisher lag der Kleine wie ein Grenzpfahl in der Mitte der Ehebetten, verband und trennte zugleich.

Heute hob Maria die Sperre auf. Józef überlegte nicht lange, wagte den Grenzgang und schlüpfte zu ihr. Spürte ihre Wärme. Bewusst hielt er seine Hände zurück, fürchtete, sie zu verbrennen.

Maria schwieg. Józef auch. Durch die Gardinen leuchteten aus der Ferne schwache Blitze. Erste Sommergewitter zogen auf, ohne Donnergrollen.

Die Nacht wird zur Gegenwart.

Vom Hochzeitsbild lacht Henriette herüber, ruft ihnen zu, sie sollen sich nicht so haben. Sie seien doch beide nicht neu. Maria hört es und erschrickt. Voller Vertrauen greift sie nach Józef, sucht Schutz in seiner Nähe. Er will sie streicheln, zögert aber.

Bitte, nimm das Foto von der Wand. Müssen nicht zugucken …

Maria ist es nur recht. Sie steigt aus dem Bett, nimmt das Bild von der Wand, trägt es hinaus in den Flur, dreht es um, lehnt es mit der Glasscheibe gegen die Wand. Als sie zurückkommt, hebt Józef wortlos die Decke. Sie liegen Gesicht an Gesicht, schließen die Augen.

Dein Körper ist warm, sagt Józef. Maria antwortet nicht. Der kleine Léon liegt in sicherer Entfernung und dreht sich im Schlaf.

Hochzeitsmorgen.

Die Kühe heben verwundert die Köpfe. Lange bevor die Sonne die Nachtschatten auflöst, ihre Reste in die Stallecken vertreibt, wird frisches Heu in die Krippe gelegt. Auch der Griff ans Euter ist ungewohnt um diese Zeit. Die Kühe lassen gewähren, füllen die Eimer nur zur Hälfte. Józef ist damit zufrieden, den Rest wird er am Abend ausmelken.

Dann ist es so weit.

Im blauen Hochzeitskleid schreitet Maria durchs Hoftor. Józef trägt ihren Arm. Der kleine Léon liegt im Kinderwagen, ein Nachbarmädchen, die Urszula Krychowiak, schiebt ihn hinter dem Brautpaar her. Am Straßenrand stehen die neuen Nachbarn, bilden Spalier. Der Kirchturm ist schon zu sehen.

Plötzlich beginnt es in Marias Ohren zu dröhnen. Stimmen überschlagen sich, reden wild durcheinander. Vaters Stimme klingt hohl, als käme sie aus einer tiefen Gruft. Die Gärtnerei ist dein Erbe, sagt er. Sie muss weitergegeben werden von Generation zu Generation. Mutters Stimme klingt traurig, beklagt, nichts von der Schwangerschaft gewusst zu haben. Der Pielok heult, seine Kühe seien gestohlen. Der Pluntke ist empört. Sie könne doch nicht polnisch werden. Schamste dich nich, hört sie rufen. Schäm dich! Die Kleinert Erna taucht auf. Versperrt den Weg. Will ihr Kleid zurück. Schreit: Haltet die Diebin. Sperrt sie ein. Alle Nachbarn plärren wild durcheinander. Trommelwirbel mischt sich ins

Geschrei. Im Stechschritt überholen Soldaten den Hochzeitszug. Alfred, mit dem Eisernen Kreuz an der Brust,
marschiert in vorderster Reihe.

Marias Knie werden weich, ihr Schritt schwer.

Józef zieht sie an sich, flüstert ihr ins Ohr:

Dreh dich nicht um, was hinter uns liegt, ist vorbei.
Was vor uns liegt steckt voller Geheimnis. Ein neues
Leben beginnt. Dreh' dich nicht um.

***